plaisir
d'amour

SANDY ALVAREZ
CRYSTAL DANIELS

Finding Solace

KINGS OF RETRIBUTION MC

Ins Deutsche übertragen
von Oda Janz

Sandy Alvarez & Crystal Daniels
Kings of Retribution MC Teil 3: Finding Solace

Aus dem Amerikanischen ins Deutsche übertragen von Oda Janz

© 2018 by Sandy Alvarez & Crystal Daniels unter dem Originaltitel „Finding Solace (Kings of Retribution MC Book 3)"

© 2023 der deutschsprachigen Ausgabe und Übersetzung by Plaisir d'Amour Verlag, D-64678 Lindenfels
www.plaisirdamour.de
info@plaisirdamourbooks.com
© Covergestaltung: Sabrina Dahlenburg
(www.art-for-your-book.de)
ISBN Print: 978-3-86495-596-9
ISBN eBook: 978-3-86495-597-6

Für unseren Bruder – Wir vermissen dich

Kapitel 1

Road Captain. Das ist mein Titel, mein Job beim *Kings of Retribution MC*. Es klingt vielleicht eingebildet, aber ich bin verdammt gut in dem, was ich tue. Als Road Captain manage ich alle Fahrten. Ich habe mir den Titel verdient, weil ich effizient recherchiere, plane und organisiere, bis hin zu den kleinsten Details, damit alles so reibungslos wie möglich abläuft. Wenn auf der Straße etwas schiefläuft, ist es meine Schuld. Meine Brüder vertrauen auf meine Fähigkeit, den Überblick zu behalten und dementsprechend zu planen, denn alles kann sich in einem Augenblick ändern. Sie vertrauen mir genauso wie ich ihnen. Außerdem kann ich gut mit einer Waffe umgehen. Doc hat meinen kleinen Bruder Noah und mich zusammen mit Logan unterrichtet, als wir aufwuchsen. Mein Vater hat mir beigebracht, wie man sich unsichtbar macht. Mit der Zeit hat sich das als wertvolle Fähigkeit herausgestellt.

Bin ich ein Heiliger? Sicher nicht! Habe ich jemanden getötet? Ich habe in meinem Leben Dinge für meinen Club getan – für meine Familie –, die man als unbarmherzig bezeichnen könnte, und ich würde sie wieder tun, wenn ich meine Familie damit schützen könnte. Das ist der Grund, warum ich mich so beschissen fühle. Ich liege in diesem verdammten Krankenhaus und kann meinen

Verpflichtungen gegenüber meinem Club nicht nachkommen. Das bringt mich um!

Als ich vor einigen Jahren mein Bein verlor, dachte ich, das wäre das Schlimmste, was mir je passieren könnte, aber das hier ist noch viel schlimmer: Ich liege in diesem beschissenen Krankenhausbett und bin aufgrund einer Schwellung an der unteren Wirbelsäule teilweise bewegungsunfähig in der unteren Hälfte meines Körpers. Außerdem ist mein Arm an zwei Stellen gebrochen.

Als ich nach dem Unfall aufwachte, dachte ich als Erstes an Alba und Leyna. Waren sie okay? Kam Gabriel noch rechtzeitig bei ihnen an? Letztlich versicherten mir alle, dass es beiden Frauen gut ginge und dass Alba und Gabriel sogar ihr erstes Kind bekommen hätten, aber das linderte nicht wirklich meine Schuldgefühle, dass sie überhaupt in Gefahr gewesen waren. Wenn ich nicht eingeschlafen wäre, wäre ich schneller dort gewesen und nichts von alledem wäre passiert. Ich konnte nicht glauben, dass ich es verpasst hatte, dass einer meiner Brüder Vater wurde.

Allmählich spüre ich meine Beine wieder, aber es reicht noch nicht aus, um darauf zu stehen. Ich liege nun seit vier Wochen in diesem Bett und allmählich zerrt es an den Nerven. Ich liege die ganze Zeit hier, während die Leute ein und aus gehen, an mir herumdoktern und mich anstupsen. Jeder sagt mir, dass es irgendwann besser wird. Doch in der Zwischenzeit gehen ihre Leben weiter, während meines stillsteht. Natürlich kommen die Jungs fast täglich vorbei und erzählen mir die neuesten Club-Geschichten, aber meine Stimmung hebt das nicht wirklich. Die Tatsache, dass ich nicht aufstehen und gehen kann, wann ich möchte, macht mir wesentlich mehr zu schaffen, als es das tun sollte, wenn man bedenkt, dass ich schon zweimal in meinem Leben lernen musste, wie man läuft. Jetzt muss ich das alles noch einmal machen. Ein leises Klopfen an der Tür unterbricht mich in meinem Selbstmitleid. Vanessa, die Krankenschwester, die sich in den letzten Wochen um mich gekümmert hat, kommt lächelnd herein. „Guten Morgen, Mr. Carter. Wir müssen noch ein bisschen daran arbeiten, wie sie vom Bett in den Rollstuhl kommen, bevor sie heute entlassen werden", sagt sie.

Ich schlage die Bettdecke zur Seite und hebe den linken Arm hoch zur Halterung über meinem Kopf. Dann ziehe ich mich in eine aufrechte Position und versuche, meine untere Körperhälfte zur Bettseite zu bewegen. Die Krankenschwester schiebt meinen Rollstuhl zu mir und ich lasse das Bett herunter.

„Okay, verlagern Sie jetzt langsam Ihr Gewicht, bis Sie in den Rollstuhl gleiten."

Zu Hause habe ich einen besseren Rollstuhl, einen, mit dem ich das allein hinkriegen sollte. Er ist einfacher zu bedienen mit meinem gebrochenen Arm. Von einer 1973er Harley-Davidson Shovelhead zu einem Rollstuhl. Ich bin total gefrustet. Mit diesem verdammten Gips kann ich wenig allein machen, also muss ich mich vor allem auf meinen linken Arm verlassen, der das Gewicht meines gesamten einen Meter achtzig großen Körpers stützen muss. Mit ein wenig Hilfe verlasse ich das Bett und sitze endlich im Rollstuhl.

„Großartig! Das wiederholen wir noch ein paar Mal, bevor der Arzt heute Morgen seine Visite macht", sagt sie aufmunternd.

Ich muss ihr ein Kompliment machen. Diese Krankenschwester musste seit Wochen meine Launen ertragen. Selbst dann, als ich so schlimm drauf war, dass ich mir am liebsten selbst eine reingehauen hätte, weil ich so ein Arschloch war.

„Wissen Sie, ich werde all die gutaussehenden Männer vermissen, die Sie jeden Tag besucht haben. Wir Krankenschwestern hatten immer etwas, worauf wir uns freuen konnten", sagt sie leichthin, mit einem Lächeln im Gesicht. Sie steht direkt neben mir, falls ich ihre Hilfe brauchen sollte.

„Ich bin sowas von bereit, von hier abzuhauen", stöhne ich, während ich mich über das Ende des Krankenhausbettes in den Rollstuhl hieve.

„Sie sollten bald mit einer intensiveren Form der Physiotherapie beginnen. Und keine Sorge, bevor Sie sich versehen, sind Sie wieder fit", versichert sie mir.

Eine Stunde lang wiederholen wir das Ganze immer wieder, bis meine Muskeln von dem Training, das ich gerade absolviere, brennen. Ich habe nur einmal Hilfe gebraucht. Vanessa hilft mir zurück ins Bett, bevor sie sich verabschiedet. „Ich glaube fest daran, dass Sie in ein paar Monaten wieder laufen können. Denken Sie positiv!", sagt sie und verlässt das Zimmer.

Ich schließe mein Laptop, nachdem ich den Lieferstatus der Ausstattung geprüft habe, die ich vor einer Woche bestellt habe. Dann höre ich jemanden an der Tür und Prez spaziert herein.

„Hey Prez, was führt dich denn heute Morgen hierher?", frage ich. „Ich dachte, du und die Jungs hätten ein Treffen mit dem Stadtrat wegen des neuen Gebäudes in der Innenstadt."

„Haben wir auch. Aber ich wollte vorher kurz vorbeischauen und sehen, ob deine Brüder und ich irgendwas für dich tun können, bevor du nach Hause kommst", antwortet er, geht zu dem Stuhl in der anderen Ecke des Zimmers und setzt sich.

Ich fühle mich furchtbar, weil er so viel zu tun hat. Jake hat zusammen mit Nikolai die Leitung der Baufirma übernommen, während ich krankgeschrieben bin. Unsere Firma ist brandneu und es läuft gut. Ich weiß, dass Jake mehr als qualifiziert dafür ist, die Dinge am Laufen zu halten, aber ich hoffe, dass sich das alles bald ändert, sobald ich mich zu Hause in meine neue Routine eingelebt habe.

„Ja, heute kommt irgendwann ein Typ vorbei, der einiges an Ausstattung liefert. Vielleicht kann einer von den Jungs eine Weile bei mir zu Hause bleiben, nur für den Fall, dass ich nicht rechtzeitig von hier wegkomme."

„Sicher. Bauen sie das Zeug auch auf?", fragt er.

„Ja", antworte ich. „Und es tut mir leid, dass du

dich um alles kümmern musst, Prez."

„Nichts, was ich nicht schaffen würde. Logan kümmert sich um den täglichen Betrieb des Ladens und Quinn hat einen neuen Mechaniker eingestellt, um uns zu unterstützen. Wir haben alles unter Kontrolle, mein Junge."

„Heute Mittag kommt ein Handwerker bei mir vorbei, um den alten Lastenaufzug zu reparieren, um den ich mich nie gekümmert habe. Ich muss dafür sorgen, dass er funktioniert, bevor ich nach Hause komme oder ich muss auf der Couch in meinem Büro schlafen", erzähle ich ihm.

Prez lehnt sich nach vorn und sieht mich an. „Hör mal, ich weiß, der Arzt hat dir das vermutlich schon gesagt, aber hast du dir mal überlegt, eine Pflegekraft für zu Hause anzustellen, solange du dich noch erholen musst? Mach den ganzen Scheiß nicht allein. Ich kenne dich, Reid."

Natürlich hat der Arzt davon gesprochen. Ich war dagegen, und bin es heute noch. Der Gedanke daran, die Hilfe einer fremden Person in Anspruch zu nehmen, passt mir gar nicht. Immerhin bin ich ein erwachsener Mann. Es ist nicht einfach für mich zu akzeptieren, dass ich Hilfe brauche beim Duschen, Anziehen oder um auf die Toilette zu gehen. Das Letzte, was ich brauche, ist ein Vortrag. Ich weiß, er ist gut gemeint, aber im Moment will ich ihn nicht hören.

Prez räuspert sich und steht von seinem Stuhl auf. „Wenn der Arzt denkt, dass du Hilfe brauchst, dann solltest du sie auch annehmen. Stolz kann einem Mann zum Verhängnis werden. Tu alles, was nötig ist, um gesund zu werden", sagt er mit fester, väterlicher Stimme.

Ich muss an meinen alten Herrn denken. Wenn er noch leben würde, würde er mir den Hintern versohlen für so viel Wut und Selbstmitleid. „Ich denke darüber nach", antworte ich.

„Ich muss los. Ich schicke Quinn später zu dir nach Hause und gebe Nikolai Bescheid, dass er dir die Verträge heute Abend per E-Mail zur Abnahme schicken soll. Denk über das nach, was ich gesagt habe", merkt er noch an, bevor er aus dem Zimmer marschiert und die Tür hinter sich schließt.

Ich weiß nicht, wie ich mit dem Gefühl umgehen soll, nutzlos zu sein, nicht zu wissen, wo heute noch Platz für mich in meinem Club ist. Der Club ist mein Leben. Zum Teufel, ich wusste immer, sobald ich achtzehn war, wollte ich ein Prospect des MC werden. Die Tatsache, dass mein Vater eines der Gründungsmitglieder war, machte keinen Unterschied. Die Mitglieder des Clubs behandelten mich wie jeden anderen Prospect. Es hat mich zu dem Menschen gemacht, der ich heute bin und jetzt fühle ich mich wie ein Außenseiter. Was, wenn ich nie wieder auf ein Motorrad steigen kann? All diese Was-wäre-wenn-Fragen ermüden mich.

Und was wird aus meinem Privatleben? Und damit meine ich noch nicht einmal die Befriedigung meiner Bedürfnisse. Was, wenn ich nie wieder gehen kann? Es war schwer genug, mit der Angst vor Ablehnung oder Verurteilung umzugehen, als ich mein rechtes Bein verlor. Jetzt kann ich keines meiner Beine benutzen.

Es klopft an der Tür und Dr. Brown, mein Neurologe, kommt herein. „Mr. Carter, sind Sie bereit, uns heute zu verlassen?", fragt er.

„Ja, Doc. Ich bin verdammt bereit. Wann lassen Sie mich endlich raus?"

„Die Schwester macht gerade Ihre Entlassungspapiere fertig." Er blickt kurz auf seine Uhr und sieht mich dann wieder an. „Ich würde sagen, es dauert noch ungefähr dreißig Minuten. Holt Sie jemand ab?"

„Ja", antworte ich.

„Zuerst müssen wir noch einige Dinge besprechen. Sie beginnen übermorgen mit der Physiotherapie in unserer Einrichtung auf der anderen Straßenseite und das machen Sie mindestens zwei- bis dreimal die Woche. Außerdem werden wir beide uns einmal pro Woche sehen. Ich bin nicht zu hundert Prozent überzeugt, dass Sie allein klarkommen. Sie werden vielleicht professionelle Hilfe brauchen. Deshalb habe ich Ihre Daten an *InCare Healthcare* geschickt. Die finden jemanden für Sie, der täglich zu Ihnen kommt und Sie zu unseren Terminen fährt. Außerdem bekommen Sie Hilfe bei allen anderen körperlichen Tätigkeiten, bei denen Sie Unterstützung brauchen werden. Zumindest, bis Sie in vier Wochen den Gips abbekommen", beendet er seinen Vortrag.

Was zum Teufel hat er sich dabei gedacht, so eine Entscheidung für mich zu treffen? Ich nehme ein paar tiefe Atemzüge und versuche, mich zu beruhigen. „Ich will keine Krankenschwester, die zu mir nach Hause kommt", sage ich und blicke ihn finster an.

Das Klingeln meines Handys hält mich davon ab, weiterzusprechen. Ich greife nach dem Telefon, das auf dem Ablagetisch auf der linken Seite des Bettes liegt und wische über den Bildschirm, um das Gespräch anzunehmen. „Was?", belle ich ins Telefon.

„Wie geht's, Bruder?", fragt mich Quinn auf der anderen Seite.

„Gut, dass du anrufst, Mann. Was machst du gerade? Kannst du mich abholen? Sie lassen mich hier in ungefähr fünfundzwanzig Minuten raus."

„Prez hat mir gesagt, ich soll zu dir nach Hause fahren, also war ich gerade dabei, auf mein Bike zu steigen und rüber zu fahren."

Der Arzt sieht mich an und blickt ärgerlich auf seine Uhr. Der kann mich mal. Ich habe hier den ganzen Morgen gesessen und darauf gewartet, dass er seinen Arsch hierher bewegt. Es wird ihn nicht umbringen, wenn er jetzt ein paar Minuten warten muss.

„Wenn du jetzt von der Werkstatt losfährst, kannst du dir von Logan meine Schlüssel geben lassen, zu mir fahren und meinen Truck holen", sage ich ihm.

„Mach ich. Bis gleich."

Ich lege auf und werfe mein Handy auf das Bett. Jetzt bin ich bereit, das Gespräch mit dem Arzt fortzusetzen. Ich entschuldige mich nicht für die Unterbrechung, verschränke meine Arme vor meiner Brust, sehe ihn an und warte darauf, dass er fortfährt. Er hätte sich nicht die Freiheit herausnehmen dürfen, meine Patientenakte an *InCare* zu senden, ohne mich vorher zu fragen. Ich habe deutlich gemacht, dass ich mehr als bereit bin, nach Hause zu gehen. Die Tatsache, dass ich nicht gehen kann, macht mich nicht zu einem Invaliden.

„Mr. Carter, mir ist bewusst, dass Sie ein Problem damit haben, Hilfe anzunehmen, aber glauben Sie mir, wenn ich Ihnen sage, dass Sie dafür dankbar sein werden. Schon allein die Physiotherapie wird Sie körperlich und mental sehr beanspruchen. Sie werden jemanden brauchen, der sich um Sie kümmert."

„Diese Entscheidung treffe ich selbst", erwidere ich schroff.

Er seufzt und blättert durch die Papiere auf seinem Clipboard. Dann händigt er sie mir aus. „Hier ist ein Rezept für die Muskelrelaxanzien, die Sie nehmen müssen und eines für leichte Schmerzmittel. Das zweite Blatt ist für Ihren Termin am Ende der Woche und enthält die Nummer von *InCare*. Wenn Sie keine Hilfe annehmen möchten, rufen Sie sie an und stornieren Sie alles. Gehen Sie nach Hause und denken Sie vorher darüber nach. Vielleicht überlegen Sie es sich ja noch anders, Mr. Carter." Er schüttelt mir die Hand. „Ich sehe Sie dann in einer Woche", fügt er hinzu und geht aus dem Zimmer.

Es dauert nicht lang, bis Quinn kommt. Er hat einen Seesack dabei. „Ich wusste nicht, was du hier zum Anziehen hast, also habe ich dir ein paar Sportklamotten aus deinem Schrank mitgebracht."

Es scheint, als sei ich nicht der Einzige mit schlechter Laune. „Danke Bruder. Was ist denn los?", frage ich.

Er fährt mit der Hand durch sein struppiges, blondes Haar und seufzt laut. „Bin gerade Dr. Evans begegnet. Diese Frau. Ich versuche nur nett zu sein, aber sie reißt mir jedes Mal beinahe die Eier ab, wenn ich mit ihr rede. Ich verstehe es nicht. Ich bin ein netter Typ." Er wirft seine Hände in die Höhe.

Ja klar. Quinns Vorstellung von *nett sein*, beinhaltet nicht nur eine Begrüßung, vor allem nicht, wenn es um Frauen geht. „Hast du mal darüber nachgedacht, dass sie nicht auf deine endlose Flirterei steht und die Kosenamen, die du ständig verwendest? Versuch doch mal, eine ganz normale Unterhaltung mit ihr zu führen und lass deinen Mund nicht immer von deinem Schwanz steuern." Ich muss lachen.

Dann nehme ich den Seesack und ziehe die Sachen heraus, die er mitgebracht hat. Als ich mir das T-Shirt überstreife, antwortet er. „Mein Kopf ist total leer, wenn ich sie sehe, Mann. Flirten fällt mir leicht. Normalerweise funktioniert das."

„Ja, wenn die Frau nur auf der Suche nach ein

bisschen Spaß ist. Emerson fällt mir nicht gerade als Erste ein, wenn ich an eine Frau denke, die nur Spaß haben will", sage ich ihm. Das weiß ich, weil ich genauso bin. Ein Getriebener. Nachdem ich ein Paar Socken angezogen habe, beginne ich damit, meine Jogginghose anzuziehen. Quinn sieht dabei zu, wie ich mich abmühe.

„Brauchst du Hilfe, Mann?", fragt er.

„Nein, geht schon." Es dauert ein paar Minuten, bis ich sie hoch zu meinen Hüften gezogen habe. Dann sehe ich zu Quinn, der mich immer noch anstarrt.

„Musst du mich so anglotzen, Bruder?"

„Sorry." Er dreht mir den Rücken zu. „Ich kann dir helfen. Ich meine, solange du mir nicht mit deinem Schwanz im Gesicht rumwedelst, kann ich dir beim Anziehen helfen." Er steckt seine Hände in die Hosentaschen und wippt auf den Fersen vor und zurück.

Ich weiß, dass Quinn mir helfen will, aber das hier ist etwas anderes. Ich bin ein erwachsener Mann. Nach ein paar weiteren Versuchen habe ich es geschafft, sie ganz nach oben zu ziehen und schlüpfe in meine Schuhe. „Ich will kein Arsch sein. Ich versuche nur, das allein hinzukriegen. Außer die Schuhe." Ich deute auf meine Füße. „Ich kann die Scheißdinger nicht mit einer Hand zubinden."

Er kommt zu mir und kniet sich hin. „Ich finde das nicht schlimm, Reid. Wenn du Hilfe brauchst, dann frag einfach. Das bleibt zwischen dir und mir. Ich werde niemandem was erzählen."

„Danke. Gib mir eine Minute, um meinen Arsch in diesen Rollstuhl zu schieben und dann können wir los."

Ein paar Minuten später habe ich mein Zeug gepackt und rolle aus der Tür. Eine Schwester begleitet mich nach unten zum Truck, den Quinn eben geholt hat. Das ist der Moment, in dem mir klar wird, dass ich es auf keinen Fall schaffe, mich in das Fahrerhaus des Trucks zu hieven.

„Ich muss dich in den Truck heben, Bruder. Ist das okay für dich?", fragt Quinn.

Zeit, sich zusammenzureißen. Das würde mein alter Herr jetzt sagen. Plötzlich wird mir klar, wie schwer meine Genesung werden wird. „Tu, was du tun musst, Mann. Sieht aus, als müsste ich für eine Weile auf andere Transportmittel umsteigen. Auf etwas, in dem ich tief genug sitze, um selbst rein und raus zu kommen", sage ich ihm. Nachdem ich meinen Rollstuhl so nah wie möglich an die offene Trucktür geschoben habe, lasse ich zu, dass Quinn mich in das Fahrerhaus hebt. Er sagt kein Wort, und ich bin dankbar dafür.

Ich seufze und schnalle mich an. Vermutlich werde ich die Pflegekraft wohl doch in Anspruch nehmen müssen.

***

Endlich biegen wir in die Einfahrt zu meinem Haus ein. Vor ein paar Jahren habe ich eine alte, historische Feuerwache in ein Loft-Apartment mit zwei Schlafzimmern umgebaut. Quinn blieb so lange, bis sichergestellt war, dass die Typen, die die medizinischen Geräte geliefert hatten, auch alles aufgebaut haben. Da der Handwerker den Lift repariert hat, schiebe ich mich selbst hinein und drücke den Knopf, um nach oben zu fahren, und selbst alles zu inspizieren.

„Hey Mann, wenn alles okay ist, dann geh ich mal. Logan braucht mich, um später den Laden zu schließen und ich muss noch den Ölwechsel und das Tuning an einem Bike fertig machen", sagt Quinn, während er mit einem Sandwich in der Hand aus der Küche kommt.

„Ja, es ist alles okay", antworte ich ihm und rolle aus dem Fahrstuhl. Er knarzt ein wenig, wenn er in Gang kommt, aber das ist in Ordnung, wenn man bedenkt, dass er noch ein Teil des ursprünglichen Hauses ist.

Auf der Fahrt nach Hause habe ich nachgegeben und bei *InCare* angerufen. Ich wollte meine Optionen besprechen und darüber reden, was ich selbst zu meiner Genesung beitragen muss. Dabei wurde mir gesagt, dass für mich eine 24-Stunden-Betreuung am besten wäre. Das bedeutet, dass die Person, die mir helfen soll, ein Zimmer bräuchte, und zwar mindestens für die nächsten vier Wochen, bis ich diesen verdammten Gips loswerde.

Das letzte Mal, als ich mit jemandem zusammen gewohnt habe, war mit meinem Bruder und damals waren wir Kinder. Ich habe Probleme damit,

Menschen zu vertrauen und noch größere Probleme bei Frauen. Ich bin lieber allein. Dann ist alles genau so, wie ich es mag.

Quinn beißt in das Sandwich, das er in seiner Hand hält. Sofort dreht er sich um und spuckt es in das Spülbecken. „Was zum Teufel? Das schmeckt wie Scheiße."

„Ja, klar tut es das. Das Zeug liegt seit einem Monat hier rum. Du hättest es vorher probieren sollen, du Idiot." Ich lache und sehe ihm dabei zu, wie er zum Mülleimer geht und das vergammelte Essen hineinwirft.

„Du brauchst Lebensmittel, Mann. Warum rufst du nicht Bella an und bittest sie, dir was vorbeizubringen?", sagt er.

„Ich komm schon klar", antworte ich.

„Na gut. Ruf mich an, wenn du etwas brauchst, Bruder, und sag mir morgen Bescheid, wie es läuft. Ernsthaft, ich bin froh, dass du dem Pflegedienst in den nächsten Wochen eine Chance gibst."

„Na ja, ich verspreche nichts. Ich schau mal, wie es läuft. Bis morgen, Quinn", sage ich als er winkt und aus der Tür verschwindet.

Die Tatsache, dass niemand mehr da ist, der mir vorschreibt, was ich zu tun habe, ist wohltuend. Mich in meiner eigenen Wohnung zu bewegen, ist viel einfacher. Mein Obergeschoss hat ein offenes Konzept. Auf der einen Seite sind die Küche und das Esszimmer. Auf der anderen befindet sich ein relativ großes Wohnzimmer mit dem ursprünglichen, offenen Kamin.

Ich begebe mich nach hinten den Flur hinunter. Früher war alles hier in einzelne, kleinere Zimmer unterteilt, um genug Stockbetten unterzubringen. Während des Umbaus habe ich so viele der alten Backsteine beibehalten wie möglich. Den industriellen Look der alten Feuerwache zu erhalten, war mir sehr wichtig. Ich ließ die Wände einreißen und habe zwei der Schlafzimmer in ein Gästezimmer verwandelt. Die anderen Zimmer am Ende des Flurs wurden zu meinem Schlafzimmer. Es ist nicht riesig oder extravagant, aber für mich reicht es. Ich fahre mit dem Rollstuhl zu meinem großen Doppelbett. Es sieht so aus, als sei der Trapezlift, den ich bestellt habe, um in das Bett und wieder herauszukommen, richtig installiert worden. Eigentlich hätte ich nicht an so etwas gedacht, aber da ich nur einen Arm benutzen kann, kam es mir praktisch vor. Ich drehe mich um und fahre in das Badezimmer. Dort sehe ich, dass die Handwerker bei der Montage der zusätzlichen Handläufe in der Dusche ausgezeichnete Arbeit geleistet haben. Eine eingebaute Sitzbank ist bereits vorhanden und ich hoffe, ich werde keine Probleme dabei bekommen, mich hinzusetzen und wieder aufzustehen.

Als ich wieder in der Küche bin, stöbere ich durch die Küchenschränke und finde mehrere Schachteln Käsemakkaroni. Also hole ich einen Topf aus dem unteren Schrank und befülle ihn mit Wasser, bevor ich es auf dem Herd zum Kochen bringe. Ich bin nicht der beste Koch. Normalerweise esse ich im Clubhaus oder hole mir etwas bei einem Imbiss. Nachdem ich mein Abendessen zubereitet habe, beschließe ich, es mit hinunter in mein Büro zu nehmen. Die untere Etage ist noch nicht ganz fertig. Das Einzige, was ich bisher gemacht habe, ist ein paar Wände für mein Büro hochzuziehen. Ich bin noch nicht sicher, was ich mit dem Rest des Raums machen soll.

Ich öffne die Tür und mache das Licht an. Wenn ich mein Büro beschreiben müsste, würde ich sagen, es sieht ein bisschen so aus wie in der Fernsehserie CSI. Mehrere Flachbildschirme hängen an der Wand vor meinem Schreibtisch, auf dem zwei Desktop-Rechner stehen. Zugegeben, ich bin ein Computer-Freak. War ich immer schon. Natürlich liebe ich den Club, mein Bike, meine Brüder und die Arbeit auf dem Bau, die ich nebenbei erledige. Aber das hier ist meine Leidenschaft. Seit ich denken kann, war ich von Technik und Kriminologie fasziniert, neben der Tatsache, dass ich immer ein Mitglied im Club sein wollte. Ich habe alles gelesen, was mit diesen beiden Themen zu tun hat. Ich habe zwar keinen Universitätsabschluss, aber mein Wissen war für den Club schon oft von Vorteil. Mann, selbst die örtliche Strafverfolgungsbehörde bittet mich ab und zu um Hilfe. Auf freiberuflicher Basis. Sagen wir einfach, aufgrund meiner Kenntnisse konnte ich über die Jahre hinweg Geld verdienen.

Nachdem ich einige Stunden in meinem Büro verbracht habe, schalte ich alles aus und fahre nach oben, um ins Bett zu gehen. Es ist meine erste Nacht allein. Niemand stört mich. Mich fertig zu machen, war relativ einfach und auch vom Rollstuhl ins Bett zu kommen, lief ganz gut. Als ich es mir bequem mache, versuche ich meine Gedanken zu ordnen und mich für die folgenden Tage bereit zu machen.

Kapitel 2

Mila

„Guten Morgen, Mila." Brittany, eine andere Krankenschwester und Kollegin, begrüßt mich, als sie auf die Schwesternstation kommt.

„Morgen, Brit", antworte ich mit einem Lächeln und lege meine Tasche auf den Tresen. Ich sehe auf die Uhr an der Wand und merke, dass ich zehn Minuten habe, bevor meine Schicht beginnt. „Ich hole mir einen Kaffee aus der Cafeteria. Soll ich dir etwas mitbringen?"

„Nein, danke, ich habe alles." Brittany nimmt ihr Clipboard, dreht sich um und geht los. Plötzlich bleibt sie stehen, wirbelt herum und schnippt mit den Fingern. „Mist, das hätte ich fast vergessen. Kate möchte dich sprechen. Sie hat gesagt, du sollst in ihr Büro kommen, bevor du mit deiner Schicht beginnst."

Kate ist unsere Vorgesetzte. Sie ist 56 Jahre alt und Mutter von fünf Kindern. Ich könnte mir keine bessere Chefin wünschen. Sie versteht die Herausforderungen, die Kinder mit sich bringen. Sie ist immer verständnisvoll, wenn eine von uns früher gehen muss oder einen Tag frei braucht, um für die Familie da zu sein.

Ich wollte schon immer Krankenschwester werden. Meine Großmutter war auch eine. Ich erinnere mich daran, welche Freude sie empfand, wenn sie sich um andere kümmerte. Von klein auf wusste ich, dass das, was meine Großmutter tat, wichtig war. Ihre Arbeit veränderte das Leben anderer Menschen.

Und das wollte ich auch – etwas verändern. Meine Eltern waren allerdings überhaupt nicht begeistert. In ihren Augen ist das, was ich tue, minderwertig. Zu sagen, dass ich eine Enttäuschung für sie bin, wäre untertrieben. Ich sollte nach Harvard gehen und in die Fußstapfen meiner Eltern treten oder zumindest einen reichen Kerl heiraten. Aber für einen Ehemann stets parat zu stehen und zu Botox-Lunch-Dates mit den Ehefrauen der Firmenpartner zu gehen, ist nicht meine Vorstellung vom Leben.

Meine Eltern schickten mich jeden Sommer zu meiner Großmutter. Sobald die Schule aus war, setzten sie mich in ein Flugzeug nach Montana. Sie wollten ihr Kind nicht um sich haben. Gott bewahre, dass sie Zeit mit ihrer Tochter verbringen mussten. Seit ich mich erinnern kann, verbrachte ich jeden Sommer bei meiner Großmutter. Und dann waren meine Eltern geschockt, dass ich wie sie wurde. Ohne meine Großmutter hätte ich niemals erfahren, was es heißt, geliebt zu werden. Meine Eltern glaubten, dass Kinder gesehen, aber nicht gehört werden sollten. Meine Großmutter hingegen glaubte, dass Kinder Gottesgeschenke sind und man dankbar für sie sein sollte. Die Art, wie meine Großmutter mich liebte, als ich ein Kind war, hat aus mir die Mutter gemacht, die ich heute bin. Meine Tochter Ava bedeutet mir alles und ich zeige ihr immer, wie sehr ich sie liebe. Ich hätte nie gedacht, dass ein One-Night-Stand mein Leben für immer verändern würde.

Als ich mit neunzehn Jahren herausfand, dass ich schwanger war, boten mir meine Eltern zwei Optionen an: Abtreibung oder Adoption. Ich wählte die Adoption. Nur, dass ich sie am Ende nicht durchziehen konnte. Meine Eltern gaben sich große Mühe, mich und meine Schwangerschaft zu verbergen. Ich sollte mein Baby bekommen, sie den Adoptiveltern übergeben und dann einfach mit dem Leben weitermachen, das sie für mich geplant hatten. So, als sei nichts geschehen. Ich war im Krankenhaus und es dauerte noch Stunden, bis meine Tochter geboren werden würde, als sie mir die Adoptionspapiere unter die Nase hielten. Ich habe diese Dokumente eine Stunde lang angestarrt. Meine zitternde Hand hielt den Stift über der Zeile mit der Unterschrift. Ich wusste, dass ich die Entscheidung, meine Tochter wegzugeben, für den Rest meines Lebens bereuen würde. Sie war ein Teil von mir und ich liebte sie bereits. Meine Mutter bemerkte mein Zögern und sagte mir, ich solle die Papiere unterzeichnen. Wenn ich es nicht täte, wäre ich auf mich allein gestellt. „Dein Vater und ich wollen dann nichts mehr mit dir zu tun haben." Zwei Tage später saßen Ava und ich in einem Bus nach Montana, wo meine Großmutter uns mit offenen Armen empfing. Ich war nie glücklicher als in diesem Moment. Das war vor vier Jahren und ich habe seitdem nicht mehr mit meinen Eltern gesprochen.

Meine Mutter meldet sich noch nicht einmal bei ihrer Mutter. Großmutter hat seit einigen Jahren Alzheimer und vor sechs Monaten musste ich die schwere Entscheidung treffen, sie in ein Heim zu bringen. Der Tag, an dem ich feststellte, dass ich mich nicht länger selbst um sie kümmern konnte, war der schlimmste in meinem Leben. Als Großmutter die Diagnose erhielt, nahm sie mir das Versprechen ab, mich nicht mit ihrer Pflege zu belasten. Ich sagte ihr, dass ich ihr das niemals versprechen würde. Als es soweit war, dass ich ein Pflegeheim für sie aussuchen musste, habe ich die beste Einrichtung gewählt, die wir in der Gegend hatten. Die Versicherung zahlt einen gewissen Anteil, aber ich muss immer noch jeden Monat eine heftige Summe beisteuern. Deshalb mache ich Überstunden, wann immer es geht. Für Großmutter ist das Beste gerade gut genug, egal, was es kostet.

Mit dem Gedanken, vor meiner Schicht noch einen Kaffee zu trinken, gehe ich in die Richtung von Kates Büro. Ich klopfe und warte auf das Zeichen, dass ich eintreten soll. „Komm rein!", ruft sie. Ich öffne die Tür. Meine Chefin sitzt am Computer und tippt irgendetwas.

„Du wolltest mich sehen?", frage ich.

Kate blickt vom Bildschirm auf, nimmt ihre Brille ab und legt sie vor sich auf den Tisch. „Das wollte ich. Bitte komm rein und setz dich, Mila."

Ich gehe hinein und schließe die Tür hinter mir.

„Ist alles okay?", frage ich und setze mich auf den Stuhl vor ihrem Tisch.

Sie seufzt. „Leider nein. Ich hasse es, dass ich das tun muss, aber das Krankenhaus nimmt Kürzungen vor und bedauerlicherweise fangen sie bei den Krankenschwestern an. Ich bin leider gezwungen, zwei Schwestern zu entlassen. Du warst eine der letzten, die eingestellt wurden und bist damit eine der ersten, die ich entlassen muss. Es tut mir leid, Mila. Ich hoffe, das weißt du."

Scheiße!

Was soll ich denn jetzt tun? Das habe ich nicht erwartet, als ich heute Morgen zur Arbeit kam. Ich reibe meine schwitzigen Hände an meinen Beinen ab und nicke. „Ich verstehe, Kate. Ich weiß, dass du nichts dafür kannst. Sagst du mir Bescheid, wenn ich zurückkommen kann? Ich arbeite gern hier."

„Ich denke, ich habe da etwas, das dich interessieren könnte", sagt sie und wühlt in den Papieren auf ihrem Schreibtisch herum. Als sie gefunden hat, was sie sucht, gibt Kate mir die Papiere. Ich beuge mich über ihren Tisch und nehme verwundert die Akte entgegen.

„Als mir dieser Fall heute Morgen übergeben wurde, habe ich sofort an dich gedacht. Ich weiß, dass du einen Kurs in häuslicher Pflege belegt hast, als deine Großmutter ihre Diagnose bekam, also bist du perfekt für diesen Job qualifiziert. Der Patient muss zu Hause betreut werden. Er hatte vor etwa einem Monat einen Unfall, bei dem er von einem Auto angefahren wurde."

Mein Kopf schnellt in die Höhe, als sie „von einem Auto angefahren wurde" sagt. *Ist er es?*

Ich blicke auf den Ordner auf meinem Schoß und schlage ihn auf.

Name des Patienten: Reid Carter.

Mein Mund wird trocken, als ich seinen Namen lese. Ich habe Reid nur ein paar Mal getroffen. Alle Mitglieder des Clubs machen mich ein wenig nervös. Sie sind so raubeinig wie warmherzig und nicht zu vergessen: wahnsinnig attraktiv. Vor allem der, um den es hier geht. Reid ist mindestens eins achtzig groß und breitschultrig. Einer seiner Arme ist mit farbigen Tattoos bedeckt und einige davon ragen aus dem Kragen seiner Shirts an seinem Hals hervor. Außerdem hat er honigfarbenes Haar und grüne Augen, die mein Herz höherschlagen lassen, wenn er mich ansieht. Jedes Mal, wenn ich ihn traf, war er sehr still. Ein kurzer Gruß, mehr nicht. Kein wirkliches Gespräch. Ich nehme es ihm aber nicht übel. Irgendwie habe ich das Gefühl, dass er eher ein Beobachter ist. Er mag es, Leuten zuzusehen.

Ich lese Reids Akte und höre Kate zu, als sie von den Verletzungen spricht. Schwellungen an der Wirbelsäule und ein gebrochener Arm. „Der Patient hat seine Mobilität in einem Bein teilweise verloren, weil die Schwellung auf die Nerven in der Wirbelsäule drückt. Er wird anfangs zwei- bis dreimal zur Physiotherapie gehen. Du müsstest ihn zu den Terminen fahren. Er kann noch nicht selbst hinters Steuer."

„Was ist mit seinem rechten Bein? Du hast gesagt, er hat seine Mobilität im linken Bein eingebüßt. Kann er denn das rechte Bein bewegen?", frage ich Kate.

Sie schüttelt den Kopf und antwortet: „Dem Patienten wurde nach einem früheren Unfall das rechte Bein unterhalb des Knies amputiert. Sein Arzt sagt, Mr. Carter hat wohl ein Kribbeln auf dieser Seite gespürt, aber er kann es nicht bewegen. Mit seiner Prothese wird seine Therapie etwas komplizierter."

Ich bin geschockt. Ich wusste nicht, dass Reid eine Prothese trägt. Bella und Alba hatten es nie erwähnt. Aber warum sollten sie auch? Sie hatten keinen Grund dazu. Als ich Kate meinen Namen sagen höre, wende ich mich wieder ihr zu. „Da ist noch etwas, das du wissen solltest, bevor du den Job annimmst."

Sie hat meine volle Aufmerksamkeit. „Was denn?"

„Mila, der Job muss in Vollzeit ausgeführt werden. Das heißt, du musst dort wohnen. Mr. Carter braucht eine 24-Stunden-Betreuung." Ich will gerade protestieren, aber Kate ist schneller. „Ich weiß, du hast deine Tochter, aber triff Mr. Carter wenigstens. Vielleicht findet ihr eine Lösung, die für euch beide passt."

„Kate, es gibt nur Ava und mich. Ich habe niemanden, der mir mit meiner Tochter helfen könnte. Sie ist tagsüber im Kindergarten, aber ich bin sicher, dass sich niemand eine Pflegekraft mit einem Kind ins Haus holt. Ich würde das auch gar nicht erwarten."

„Wärst du bereit, Mr. Carter zu treffen, um herauszufinden, ob ihr beide zusammenpasst? Wenn alle Stricke reißen, versuche ich eine andere Pflegerin zu finden, die über Nacht bleibt. Aber es kann ein paar Wochen dauern, bis ich jemanden gefunden habe. Ist das okay?"

Etwas atemlos stimme ich zu. „Okay, ich versuche es." Zu diesem Zeitpunkt habe ich keine Wahl. Ich brauche den Job.

„Großartig. Mr. Carters Adresse ist in der Akte. Sei morgen in aller Frühe da."

Ich nicke und stehe auf, um zur Tür zu gehen. Als ich zum Türknauf greife, drehe ich mich noch einmal zu Kate um. „Hat Reid, ich meine, Mr. Carter, eine Ahnung davon, wer seine Pflegerin sein wird?"

„Nein. Ich habe seinen Fall ja erst heute Morgen bekommen und noch keine Gelegenheit gehabt, mit ihm zu reden. Aber er erwartet dich morgen früh."

„Okay. Danke, Kate. Ich melde mich morgen bei dir, nachdem ich bei ihm war." Sie lächelt und ich verlasse ihr Büro.

Nachdem ich die Tür geschlossen habe, mache ich drei Schritte, dann lehne ich mich gegen die Wand und presse Reids Akte an meine Brust, während ich einmal tief Luft hole. „Das ist keine große Sache, Mila. Du schaffst das. Er ist nur ein Patient", sage ich zu mir selbst. Ein verdammt heißer Patient, der noch dazu ein Mitglied der Kings ist. Ich habe das Gefühl, dass mir diese Sache über den Kopf wachsen wird.

Nachdem ich in der Schwesternstation meine Handtasche geholt und Brittany kurz erzählt habe, was passiert ist, beschließe ich, den Tag mit Großmutter zu verbringen.

Als ich in ihr Zimmer komme, schenkt mir Joni, ihre Tagespflegerin, ein warmes Lächeln.

„Was für eine schöne Überraschung! Normalerweise sehen wir dich hier nicht so früh. Wie geht es dir, Liebes?", fragt sie und umarmt mich. Ich verehre Joni. Sie ist Ende fünfzig und ein warmherziger Mensch. Jedes Mal, wenn ich sie sehe, begrüßt sie mich mit einem Lächeln und einer Umarmung.

„Ich arbeite heute nicht, also dachte ich, ich schaue bei Großmutter vorbei und bleibe eine Weile bei ihr. Wie geht es ihr denn heute?"

Sie tätschelt meinen Arm. „Sie ist okay. Sie schläft schon fast den ganzen Morgen. Die Nacht war ein bisschen schwierig, sie wird vermutlich noch etwas länger brauchen." Ich muss nicht fragen. Ich weiß, was Joni mit „ein bisschen schwierig" meint. Großmutter wacht dann mitten in der Nacht auf, schreit und sucht verzweifelt nach ihrem Mann. Ihr dann sagen zu müssen, dass mein Großvater nicht mehr da ist, ist herzzerreißend. Er starb vor zehn Jahren an einem Herzinfarkt. Und jetzt fühlt es sich jedes Mal so an, als würden wir ihn erneut verlieren, wenn Großmutter so einen Anfall hat.

Ich seufze und sehe hinüber zu ihrem zerbrechlichen Körper. Sie liegt in ihrem Bett und schläft tief und fest. Ich hasse es, dass die Frau, die wie eine Mutter für mich war und mich zu der Mutter gemacht hat, die ich heute bin, diese furchtbare Krankheit erleiden muss. Und ich kann rein gar nichts dagegen unternehmen.

„Ich setze mich einfach eine Weile zu ihr, wenn das okay ist", sage ich zu Joni.

„Natürlich, Liebes. Ich komme gleich wieder, um nach ihr zu sehen", antwortet sie, als sie aus dem Zimmer schlüpft.

Ich gehe zu dem Stuhl neben dem Bett meiner Großmutter und ziehe ihn etwas näher heran, bevor ich mich setze. Ich lege meine Hand auf die ihre und beobachte, wie sich ihr Brustkorb hebt und senkt. „Ich vermisse dich so sehr, Großmutter", sage ich und lege meinen Kopf neben sie.

***

Am nächsten Morgen renne ich durch das Haus und versuche gleichzeitig, mich fertig zu machen und Ava aus der Tür zu bekommen. Ich habe verschlafen. Das passiert mir nie. Ich möchte am ersten Tag meines neuen Jobs nicht unprofessionell wirken. Ich möchte nicht, dass Reid einen schlechten Eindruck von mir bekommt. Ich nehme meine Arbeit sehr ernst.

„Ava!" Ich brülle über den Flur. „Wir müssen los,

Liebling." Ich muss lächeln, als ich sehe, wie mein kleines Mädchen kichernd durch den Flur rennt und ihre blonden Locken dabei auf und ab hüpfen.

„Ich bin fertig, Mama", verkündet sie und sieht mich mit ihren großen, blauen Augen an. Mein Baby sieht mir überhaupt nicht ähnlich. Ich habe sehr helle Haut, lange, glatte, schwarze Haare und helle, mandelförmige Augen, die die Farbe von Bernstein haben. Die Leute sagen mir ständig, dass meine Augen sie an die einer Katze erinnern. Avas Haut ist immer wie von der Sonne geküsst, sie hat wunderschöne, blonde Locken und große, blaue Augen. *Genau wie ihr Vater.*

Meine Tochter hat einen offenen Charakter und sagt für gewöhnlich immer genau, was sie denkt. Ich dagegen behalte meine Gedanken eher für mich. Vermutlich habe ich das bereits als Kind gelernt. Meine Eltern interessierten sich nicht für meine Meinung. Was ich dachte oder was ich wollte, war unwichtig. Deshalb liebe ich Avas Mut. Ich möchte, dass sie sagt, was sie denkt und was sie fühlt.

Ich erinnere mich an den ersten Sommer, den ich bei meiner Großmutter verbrachte. Ich habe kaum gesprochen. Sie versuchte, mit mir zu reden, doch ich antwortete ihr nur mit einzelnen Wörtern. Als ich sechs war, erklärte mir meine Großmutter, dass ich bei ihr frei sprechen dürfe und dass sie alles an mir interessiere. Was ich am liebsten im Fernsehen sah, was für Sachen mir Spaß machten und wie mir die Schule gefiel. Sie wollte einfach alles wissen.

Als ich älter wurde, vertraute sie mir an, wie weh es ihr getan hatte, mitansehen zu müssen, dass sich meine Mutter veränderte, nachdem sie meinen Vater getroffen hatte. Es dauerte nicht lange, bis meine Mutter begann, sich für ihre Familie zu schämen und so tat, als wäre sie etwas Besseres. Großmutter sagte, dass sie nur meinetwegen versuche, den Frieden mit meiner Mutter zu wahren. Sie wusste, dass sie mich nie wieder sehen würde, wenn sie sich nicht mit meinen Eltern arrangierte. Ich allerdings denke, dass es andersherum war. Ich glaube, dass meine Eltern die Beziehung zu meiner Großmutter nur aufrecht hielten, damit sie einen Ort hatten, wo sie mich abladen konnten, wenn sie mich nicht bei sich haben wollten. Ich wollte mir nie anmerken lassen, wie sehr ich es liebte, nach Montana zu kommen. Ich hatte immer Angst, dass sie merken würden, wie glücklich ich hier war und es mir dann wegnehmen würden.

Etwas zieht an meinem Ärmel und ich schüttle die Gedanken ab. „Mama, dein Gesicht sieht komisch aus.“

Ich sehe zu Ava hinunter und strecke ihr die Zunge raus. „*Dein* Gesicht sieht komisch aus.“ Ich wuschle ihr durch die Haare und nicke mit dem Kopf in Richtung der Tür. „Komm, du albernes Mädchen, lass uns gehen, bevor wir zu spät kommen.“

Dreißig Minuten, nachdem ich Ava beim Kindergarten abgesetzt habe, stehe ich vor Reids Haus. Verwirrt sehe ich aus dem Auto auf das Gebäude vor mir und dann auf die Adresse in der Akte. Ja, ich bin richtig. Doch das hier ist kein Haus oder Apartment. Ich stehe vor einer alten Feuerwache mit zwei großen Rolltoren, die typisch für so ein Gebäude sind. Auf der Seite des Gebäudes sind Treppen, die zu einer metallenen Tür führen. Ich denke, ich probiere es damit.

Nachdem ich aus dem Auto gestiegen bin, hänge ich mir meine Tasche über die Schulter und mache die Tür zu. Ich halte mich nicht damit auf, abzuschließen. Mein Auto ist eine verrostete, alte Kiste, in ihren letzten Zügen. Auch wenn dieser Teil der Stadt ein wenig heruntergekommen aussieht, mache ich mir keine Sorgen, dass es jemand stehlen könnte. Außerdem wäre wohl niemand so bescheuert, irgendein krummes Ding vor dem Haus eines MC-Mitglieds abzuziehen.

Als ich ganz oben auf der Treppe ankomme, sehe ich nach rechts und bemerke eine Kamera, die direkt auf mich gerichtet ist. Ich habe gehört, wie Bella einmal sagte, dass Reid ein Technik-Freak sei, also bin ich mir ziemlich sicher, dass ich hier richtig bin. Er hat vermutlich überall Kameras installiert. Ich drücke auf den Knopf neben der Tür und warte. Ich klingle noch weitere fünf Mal, bis die Tür endlich aufgeht und ich einem sehr gutaussehenden und sehr angepisst wirkenden Reid gegenüberstehe.

„Was zum Teufel willst du?", schnauzt er mich an.

Kapitel 3

Reid

Ich wache auf, weil irgendjemand an meiner Haustür Sturm klingelt. Mein Handy auf dem Nachttisch zeigt mir 09:15 Uhr an. Es ist vier Wochen her, dass ich länger als bis sechs Uhr morgens schlafen konnte. Endlich kam niemand mehr ins Zimmer, der das Licht anknipste, mir Medikamente verabreichte oder sonst etwas veranstaltete und jetzt klingelt irgend so ein Arschloch an meiner Tür. Ich öffne die App auf meinem Handy, die mit der Kamera an der Haustür verbunden ist und sehe Bellas Freundin Mila draußen stehen.

Was zur Hölle macht sie hier?

Ein paar Sekunden lang starre ich sie an. Mila ist eins siebzig groß und hat rabenschwarzes, langes Haar. Sie ist schlank, mit Kurven an den richtigen Stellen, und hat ein herzförmiges Gesicht mit den aufregendsten Augen, die ich jemals gesehen habe. Ich bin besessen von ihrem Mund und der Tatsache, dass ihre untere Lippe etwas voller ist als ihre obere.

Das erste Mal habe ich sie bei einem BBQ im Clubhaus getroffen. Das heißt, sie und ihre kleine Tochter. Es gibt niemanden, der mir so den Atem raubt wie sie, bei dem mir so die Worte fehlen. Ich vergesse nie das erste Mal, als sie mich mit ihren Katzenaugen angesehen hat. Ich habe noch nie solche Augen gesehen. Sie hat mir meinen verdammten Atem geraubt. Aber egal, es gibt keinen Grund für sie, vor meinem Haus zu stehen und ich will, dass sie geht. Ich will nicht, dass sie mich anstarrt. Mich verurteilt. Nicht sie.

Sie drückt erneut auf die Türklingel. Ich werfe die Decken auf das Bettende, ziehe mich hoch und schiebe meine Beine über die Bettkante. Dann rutsche ich in meinen Rollstuhl. Ich habe nur die Jogginghosen vom Vortag an, fahre aus dem Zimmer, in den Flur und von dort in die Küche. Ziemlich aufgewühlt reiße ich die Tür auf. „Was zum Teufel willst du?", schnauze ich sie an. Meine Stimme ist noch ganz verschlafen.

Ihre hypnotisierenden Augen treffen auf die meinen und für eine Sekunde starren wir uns gegenseitig an, bevor sie antwortet: „Macht es dir etwas aus, mich zuerst reinzulassen, damit ich dir erklären kann, warum ich hier bin?" Sie klingt ziemlich sauer.

Sie steht da, klingelt an meiner verdammten Tür, weckt mich auf und dann ist sie sauer? „Was willst du? Ich bin nicht in der Stimmung für Besucher", sage ich ihr.

„*InCare* hat mich geschickt."

Was? Verdammt, nein! Das wird nicht funktionieren. Ich will nicht, dass Mila all diese Dinge für mich tut. „Nein", schneide ich ihr das Wort ab.

„Nein?", fragt sie und ist etwas verunsichert von meinem Auftreten, doch sie erholt sich schnell. „Okay, ich gebe zu, dass ich zuerst Bedenken hatte, als man mir gestern deine Akte gab, aber ich brauche diesen Job, Reid." Als Mila ihre Arme vor der Brust verschränkt, drückt sie damit ihre Brüste nach oben und ich bin kurzzeitig etwas abgelenkt. „Aber ich werde auch nicht hier stehen und betteln", fährt sie fort und verunsichert jetzt mich ein wenig mit ihrem Auftreten.

Mein Blick wandert zurück zu ihrem Gesicht und ich sehe, wie sie mich anstarrt. „Wenn ich es richtig verstanden habe, benötigst du eine Vollzeitpflege für mindestens vier bis acht Wochen, je nachdem, wie schnell du dich erholst. Das stimmt doch, oder?"

„Du hast die Krankenakte gelesen, Kätzchen, also gehe ich davon aus, dass du alles weißt." Ich starre sie weiter an und bemerke, dass ihre Augen irritiert flackern, als ich sie *Kätzchen* nenne.

„Ich bin kein verdammtes Haustier. Ich habe einen Namen", zischt sie. „Ich wäre dir dankbar, wenn du ihn benutzen würdest."

„Ach nein, ich denke, Kätzchen gefällt mir besser", sage ich mit einem Grinsen und beobachte, wie sie rot wird und ihre Hände zu Fäusten ballt. Als ich meinen Mund öffne, um weiterzureden, hebt sie ihre Hand und bringt mich zum Schweigen. Nicht viele Menschen würden damit durchkommen, aber ich merke, dass Mila echt tough ist, und das respektiere ich.

„Meine Tochter müsste auch mitkommen", gibt sie mit zusammengebissenen Zähnen von sich und ignoriert, was ich gesagt habe.

Ich bin nicht darauf vorbereitet, den Lärm und

das Chaos zu akzeptieren, das ein Kind in meinem Hause veranstalten würde. *Scheiße!* Egal, wie ich mich momentan fühle oder ob ich mich zu der Frau, die vor mir steht, hingezogen fühle oder nicht, ich werde nicht zulassen, dass sie wegen mir nicht mehr für ihre kleine Tochter sorgen kann. Für den Moment gebe ich nach und bewege mich zum Küchentisch. Mila folgt mir. Sie zieht einen Stuhl zu sich heran und setzt sich.

„Weißt du überhaupt, was das bedeutet? Ich bin kein kleiner Mann, Mila." Ich mache eine Bewegung mit meinen Händen, um das zu unterstreichen. „Du wirst mir dabei helfen müssen, aus diesem Stuhl zu kommen, aus dem Auto ..." Ich mache eine Pause und versuche ein Grinsen zu verbergen ... „oder der Dusche. Und manchmal brauche ich Hilfe beim Anziehen. Ich will diese Hilfe nicht in Anspruch nehmen müssen, aber mit nur einem Arm ..." Ich zucke mit den Achseln, halte aber den Augenkontakt zu ihr aufrecht.

Sie mustert meinen Körper. Was mir dabei auffällt: Ihr Blick bleibt nicht an meinem Bein hängen. Bei den meisten Frauen ist das so. Sie starren es an, als wäre es irgendwie abartig, aber Mila tut das nicht.

Sie räuspert sich und setzt sich aufrechter hin. „Ich bin mehr als fähig, all diese Dinge zu tun, Mr. Carter. Es ist mein Job und ich bin ziemlich gut darin."

Oh. Jetzt ist es also Mr. Carter. „Ich dachte, du bist eine Geburtshelferin?", frage ich sie.

„Ich habe auch einen Abschluss in häuslicher Pflege. Ich wäre nicht hierher geschickt worden, wenn ich nicht qualifiziert wäre."

„Okay, dann gebe ich dir eine Woche, um mir zu zeigen, dass du es kannst", antworte ich.

Mila lehnt sich entspannt im Stuhl zurück. „Ich entschuldige mich dafür, dass ich dich heute Morgen geweckt habe. Wenn du willst, kann ich Kaffee kochen?" Sie sieht sich im Zimmer um, dann steht sie auf und geht zum Küchentresen, auf dem die Kaffeekanne steht.

Ich beobachte, wie sie sich bewegt. „Hört sich nach einem guten Anfang an."

Was mache ich da eigentlich?

„Ich finde mich in der Küche zurecht. Du kannst dich anziehen, wenn du willst. Ich meine, ein Shirt überwerfen", sagt sie und öffnet und schließt Küchenschränke, bis sie findet, was sie braucht.

Vielleicht fühlt sie sich in meiner Nähe ja genauso unwohl wie ich mich in ihrer. „Das ist okay, Kätzchen. Mir geht's gut."

Ihr Rücken versteift sich, als erneut das Wort Kätzchen aus meinem Mund kommt, aber sie ignoriert es und zuckt mit den Achseln. „Wie du willst. Hast du Hunger? Ich könnte etwas kochen. Das ist alles Teil meines Jobs." Sie geht zum Kühlschrank und öffnet ihn. Darin findet sie lediglich abgelaufene Kaffeesahne und ein Glas Mayonnaise. „Oder vielleicht auch nicht", murmelt sie und schließt die Tür.

„Ich muss einkaufen gehen. Quinn war gestern

hier und hat nur vergammeltes Essen gefunden.“ Ich reibe meinen Nacken mit meiner Hand und denke an sein Gesicht, als er einen Bissen von dem vergammelten Fleisch nahm, das er gestern auf ein Stück Brot gelegt hatte, um sich ein Sandwich zu machen. Mila stößt ein leises Lachen aus, was mich erstaunlicherweise so entspannt, dass ich lächle.

„Ja, immer wenn ich Quinn getroffen habe, hat er gegessen.“

„Komm, ich zeig dir alles, während wir auf den Kaffee warten“, biete ich ihr an. „Wie du sehen kannst, ist das die Küche und das Wohnzimmer.“

Wir machen uns auf den Weg zum Flur. Beim Gästezimmer bleibe ich stehen und öffne die Tür. Ich mache ihr etwas Platz mit meinem Rollstuhl, damit sie reingehen und sich umsehen kann. Das Zimmer ist leer. Ich hatte keinen Grund, es zu möblieren. Bis jetzt. Als sie an mir vorbeigeht, atme ich ein und nehme ihren Duft wahr.

„Hast du gerade an mir geschnüffelt?“ Mila dreht sich zu mir um.

„Das nennt man atmen. Du bist eine Krankenschwester. Du solltest über die grundlegenden Funktionen des menschlichen Körpers Bescheid wissen“, sage ich wie ein Klugscheißer und bewege mich weiter den Flur hinunter, um ihr das Badezimmer zu zeigen. „Das ist nur für dich, ich habe mein eigenes in meinem Schlafzimmer.“ Während der Tour führen wir ein kurzes Gespräch. Ich halte an und zeige ihr mein Schlafzimmer. Sie geht darin herum und betrachtet die

Ausstattung, die ich gestern installieren ließ, bevor sie ins Bad geht.

„Ich finde es gut, dass du versuchst, einige Dinge allein zu schaffen, aber diese Dusche ist prädestiniert für einen Unfall", sagt sie, nachdem sie sich die Duschkabine angesehen hat. „Du solltest dir einen rutschfesten Duschstuhl besorgen, auf dem du sitzen kannst. Die gefliese Bank funktioniert nicht. Und außerdem brauchst du eine dieser rutschfesten Duschmatten", ergänzt sie.

„Ich habe die Griffe, um mich festzuhalten und ich habe die Bank die ganze Zeit über benutzt", sage ich ihr.

„Wenn ich dir dabei helfen soll, deinen nassen Körper in die Dusche zu bekommen und wieder herauszukriegen, dann muss das Ganze sicher sein. Nicht nur für dich, sondern auch für mich, Reid", sagt sie und wird dabei etwas rot.

„Ich zeige dir noch den unteren Bereich. Dort ist mein Büro und da verbringe ich die meiste Zeit. Komm mit." Ich führe sie zum Fahrstuhl und deute ihr an, einzusteigen.

„Dieses Ding sieht nicht sicher aus. Ich nehme die Treppe." Sie sieht mir zu, wie ich mit meinem Rollstuhl hineinfahre.

„Es ist sicher. Komm rein." Langsam stellt sie sich neben mich und ich ziehe das rote Eisentor zu, drücke den Knopf und der Fahrstuhl fährt langsam nach unten. „Mein Büro ist direkt dort drüben", zeige ich ihr.

„Es ist die einzige verbotene Zone hier. Wenn ich

da drin bin, dann lass mich bitte in Ruhe."

Mila sieht sich um, dreht sich zu mir und sieht mich für einen Moment lang an. Ich erwarte, dass sie neugierige Fragen stellt, doch das tut sie nicht. Ich bin überrascht.

„Trinken wir einen Kaffee", sagt sie und dreht sich um, geht die Treppen hinauf und lässt mich allein. Dadurch habe ich einen Moment, um nachzudenken. Es gibt keinen Grund, weshalb ich ihr nicht trauen sollte. Wenn überhaupt, bin ich nicht sicher, ob ich mir selbst trauen kann, was sie betrifft.

Als ich in die Küche komme, sehe ich, dass Quinn da ist. „Lass mich rein, Arschloch", sagt er durch die Sprechanlage.

Ich öffne die Tür, lasse ihn herein und sehe, dass er ein paar Schachteln mit Donuts dabei hat. Charley steht hinter ihm. „Hab unterwegs Frühstück geholt und dieser alte Mann hier ist mir gefolgt und wollte mein Essen stehlen", witzelt er.

„Hey, mein Sohn. Freut mich zu sehen, dass sie dich aus dem Krankenhaus entlassen haben. Du siehst allerdings aus wie ein Stück Scheiße. Roll deinen Arsch mal in die Dusche und kümmere dich um das Zeug in deinem Gesicht", macht Charly sich lustig, als er sich herunterbeugt, um mich zu umarmen.

„Was ist das denn für eine Karre draußen in der Einfahrt?", fragt Quinn und deutet mit dem Daumen über seine Schulter.

„Das wäre dann wohl meine", sagt Mila

zuckersüß, als sie aus dem Flur kommt.

Großartig. Auf Quinns Gesicht zeichnet sich ein kackfreches Grinsen ab. Bevor er seinen Mund aufmacht, werfe ich ihm einen Blick zu, der sagt, dass er seine verdammte Klappe halten soll und bete, dass er einmal auf mich hört.

Charley schaut verwirrt drein, weil er nicht weiß, wer Mila ist und warum überhaupt eine Frau bei mir ist.

„Mila ist meine Pflegerin", informiere ich ihn zögernd.

„Kein Scheiß? Du glücklicher Hurensohn." Quinn grinst mich an.

„Quinn", warne ich ihn.

Er kann seine Klappe halten, wenn es darauf ankommt, aber das hier ist ein gefundenes Fressen für sein Klatschmaul. Jetzt, wo er es weiß, wissen es bald alle anderen. Ich weiß nicht, was momentan schlimmer ist. Dass die Frau, die ich schon immer umwerfend fand, als meine Pflegerin bei mir einzieht, oder dass es der Trottel hier allen erzählen wird und ich mir weiß Gott was von meinen Brüdern anhören muss, noch bevor der Tag um ist.

„Wo bleiben deine Manieren, Reid. Stellst du mich nicht vor?", rügt mich Charley.

„Charley, das ist Mila. Mila, das ist Charley", sage ich schnell. Charley ist wie ein zweiter Vater für mich. Er war der beste Freund meines alten Herrn. Und das praktisch seit ihrer Geburt. So lange kennen sie sich schon.

Mila wischt ihre Hände an einer Serviette ab und

wirft eine halb aufgegessene Zimtschnecke in den Mülleimer. Dann streckt sie ihre Hand aus, um ihn zu begrüßen. „Freut mich, dich kennenzulernen, Charley."

„Ebenso", antwortet er.

Mila dreht sich zu mir um und sagt: „Wie wäre es, wenn ich einkaufen gehe und euch Jungs allein lasse?"

„Nimm meine Kreditkarte. Sie ist in meiner Geldbörse auf der Kommode im Schlafzimmer", entgegne ich ihr.

Sie verschwindet im Flur und kommt mit meiner Geldbörse zurück. „Hier, da gehe ich nicht dran", sagt sie und gibt sie mir. Ich öffne sie und hole meine Karte heraus, um sie ihr zu geben. „Irgendetwas Spezielles, das ich holen soll? Irgendwelche Vorlieben oder Abneigungen?", fragt sie.

In diesem Moment, während Quinn und Charley uns beobachten, will ich, dass sie geht. „Nein und bring den Beleg mit", brumme ich und fühle mich unwohl.

Sie scheint davon unbeeindruckt, greift sich ihre Tasche und geht zur Tür hinaus. Sowohl Quinn als auch Charley starren mich an. Ich rolle zum Tresen und schenke mir Kaffee in den Becher ein, den Mila aus dem Küchenschrank geholt hat.

„Was ist denn los mit dir heute Morgen?", fragt Charley schroff.

„Was denn?", gebe ich schnippisch zurück.

„Ich meine, wie du drauf bist. Hast du das Mädchen schon den ganzen Morgen so behandelt?", will er wissen.

„Verdammt, Charley. Ich brauche diesen Scheiß nicht.“

Quinn nimmt eine der Donut-Schachteln und klemmt sie unter seinen Arm. „Ich bin dann mal weg. Sei nett zu ihr, Reid. Sie macht nur ihren Job“, sagt er. „Bis später, Bruder.“

„Siehst du, deine miesepetrige Art verscheucht jeden“, erklärt Charley.

Ich nehme meinen Kaffee mit zum Tisch, stelle ihn ab und reibe mir mit der Hand über das Gesicht. Er hat recht. Meine miese Stimmung verpestet die Luft.

„Du musst mal deinen Kopf aus dem Arsch ziehen und damit aufhören, dich zu bemitleiden. Daher kommt dieser ganze Scheiß. Selbstmitleid. Dein Dad hat dich nicht dazu erzogen, eine Frau mit so wenig Respekt zu behandeln. Auch wenn es ihr Job ist, sich um dich zu kümmern, hat sie dieses Verhalten nicht verdient. Ich bin hierhergekommen, weil ich meinen Patensohn besuchen wollte, aber jetzt fühle ich mich unwohl und das liegt an dir.“ Er schnappt sich die andere Schachtel mit den Donuts. „Und die nehme ich wieder mit.“ Er geht zur Tür und sagt: „Ich bin immer für dich da, mein Sohn. Wenn du beschlossen hast, den Stock aus deinem Arsch zu ziehen, dann ruf mich an.“

Allein in meiner Küche, denke ich über die verbalen Schläge nach, die ich gerade bekommen habe. Er hat recht. Mein Vater wäre stinksauer. Ich bewege mich ins Badezimmer und starre mein

Spiegelbild an. Ich sehe beschissen aus. Seit ich ins Krankenhaus kam, habe ich mich nicht mehr rasiert und normalerweise halte ich meine Gesichtsbehaarung relativ kurz.

Also greife ich nach meinem Bartschneider und mache mich an die Arbeit. Nachdem ich fertig bin, verzichte ich auf die Dusche, denn je mehr ich mir die Bank ansehe, desto mehr muss ich daran denken, was Mila über die rutschigen Fliesen gesagt hat. Für den Moment müssen Deo und Aftershave reichen.

Ich rolle zu meiner Kommode, nehme ein Shirt aus der Schublade und ziehe es über meinen Gips und meinen Kopf.

Weil ich weiß, dass ich mich entschuldigen und meine Dankbarkeit beweisen muss, beschließe ich, das Gästezimmer für Mila und ihre Tochter zu möblieren.

Ich nehme mein Laptop und rolle ins Wohnzimmer. Dort stelle ich den Computer auf dem Couchtisch ab und positioniere meinen Rollstuhl so nah wie möglich neben die Couch. Dann rutsche ich hinüber.

Ich öffne mein Laptop und beginne mit der Arbeit. Da ich nicht sicher bin, was ihr und ihrer Tochter gefällt, suche ich einfach ein paar Dinge aus und hoffe das Beste. Als ich damit fertig bin, bekomme ich eine E-Mail vom Möbelgeschäft. Sie liefern alles noch heute am späten Abend.

Mir fällt ein, dass ich vergessen habe, Mila den Sicherheitscode zu geben. Also nehme ich mein

Handy, um Mila in einer Nachricht den Code mitzuteilen. So kann sie kommen und gehen, wann sie möchte. Dabei fällt mir auf, dass ich ihre Handynummer nicht habe. Kein Problem. Ich öffne ein neues Fenster auf meinem Computer-Bildschirm, logge mich in ein paar Systeme ein und finde ihre Nummer.

Ich: *Hier ist Reid. Der Sicherheitscode für die Tür ist 52469. Merk ihn dir und lösche den Text. Ich bin für den Rest des Tages unten.*

Ich warte auf ihre Antwort, die etwa drei Minuten später kommt.

Mila: *Ich werde nicht fragen, woher du meine Nummer hast. Ich bin mit Einkaufen fertig. Ich koche dir was, wenn ich zurückkomme.*

Ich bin unsicher, was ich antworten soll, also lasse ich es. Ich begebe mich mit meinem Kaffee nach unten in mein Büro und hoffe, dass ich eine Zeit lang nicht an Mila denken muss.

Während ich mit meiner Arbeit beschäftigt bin, scheint die Zeit zu verfliegen. Bevor ich mich versehe, nehme ich einen leckeren Duft wahr und mein Magen beginnt zu knurren. Ich schalte alles aus und fahre mit dem Fahrstuhl nach oben. Mila schöpft etwas, das nach Chili riecht, in ein paar Behälter neben dem Ofen.

Sie blickt auf und beobachtet mich dabei, wie ich

zur Kücheninsel hinüberrolle.

„Ich wusste nicht, ob du Chili magst, aber ich habe nur eine kleine Portion gekocht. Hier habe ich etwas für dich, das du jetzt essen kannst, wenn du willst. Den Rest packe ich in den Kühlschrank."

Als ich meine Worte wiederfinde, bedanke ich mich bei ihr. „Das weiß ich zu schätzen." Ich sehe ihr dabei zu, wie sie die Reste in den Kühlschrank packt und dann die Spülmaschine einräumt. „Bleibst du? Ich meine … Möchtest du mitessen?" Ich suche nach den richtigen Worten. *Verdammt nochmal, ich bin doch keine zehn Jahre alt!*

„Nein, ich muss Ava abholen und unsere Sachen zusammenpacken. Das heißt, wenn du das immer noch willst. Ich habe vorhin meine Chefin angerufen und sie schickt dir gern eine andere Krankenschwester für die Nacht. Falls du Hilfe brauchst", sagt sie.

Ich möchte in der Nacht lieber allein sein. Außerdem verschafft es mir Zeit, um das Zimmer für sie vorzubereiten. „Mach nur. Ich bin immer noch bereit, dem Ganzen hier eine Chance zu geben. Ich rufe *InCare* an und sage ihnen, dass ich niemanden für die Nacht brauche. Dann rufe ich Quinn an. Er kann auf der Couch schlafen und mir helfen, wenn ich etwas brauche", antworte ich.

Sie nimmt ihre Tasche und die Schlüssel. „Dann sehe ich dich morgen."

„Ja." Ich nicke.

Sie schenkt mir ein kleines Lächeln. „Okay. Dann bis morgen, Reid."

Wieder bin ich allein. Seit Wochen dachte ich, dass es das ist, was ich will.

Doch die Wahrheit ist: Ich will nicht, dass sie geht.

Kapitel 4

Mila

Heute ist der große Tag. Der Tag, an dem ich zu Reid ziehe. Keine große Sache, stimmt's? Es ist nur für ein paar Wochen. Ich weiß, dass Reid sich nicht sicher war, ob ich zu ihm ziehen sollte. Immerhin habe ich Ava und wenn er Nein gesagt hätte, hätte ich das verstanden. Mir ist bewusst, dass nicht viele Menschen eine Krankenschwester mit einem Kind bei sich wohnen lassen würden. Ich kann nicht glauben, dass Kate mich überhaupt für den Job vorgeschlagen hat. Was zum Teufel hat sie sich dabei gedacht? Nachdem ich Reids Zuhause gestern verlassen habe, hätte ich beinahe bei ihr angerufen. Ich wollte ihr sagen, dass sie jemanden anderen finden soll, aber die Wahrheit ist: Ich brauche das Geld. Ich muss Rechnungen bezahlen und habe Ausgaben. Ava und Großmutter sind der Grund, warum ich mich zusammenreiße und den Job mache. Kate hätte mich nicht gefragt, wenn sie nicht sicher wäre, dass ich es schaffen würde. Ich muss lernen, Reids Art nicht persönlich zu nehmen. Ich meine, wer könnte es ihm verübeln? Mein Job ist es, ihm dabei zu helfen, dass er wieder gesund wird und genau das werde ich tun. Wenn Reid Carter denkt, dass ich nicht mit seinen harschen Worten oder seiner mürrischen Art umgehen kann, dann täuscht er sich gewaltig.

Meine Kindheit und Jugend haben mir ein dickes Fell beschert. Ich komme mit allem klar. Außerdem habe ich das Gefühl, dass ich gestern nicht den wahren Reid gesehen habe. Ich kenne nicht alle Probleme, die er in seinem Leben hatte, aber ich erkenne auf Anhieb, wenn jemand sich verloren fühlt. Ich bin nur dafür da, ihm bei der Genesung zu helfen. Mehr nicht. Ich habe genug eigene Probleme und kann mir keine Gedanken um diesen Mann machen. Diesen wahnsinnig sexy …

„O, hör auf damit, Mila", schimpfe ich mit mir. „So sexy ist er gar nicht", belüge ich mich selbst, während ich die offenen Koffer auf meinem Bett betrachte. Mein Bauch kribbelt jedes Mal, wenn er mich Kätzchen nennt.

Heute Morgen habe ich, so gut ich konnte, versucht, Ava zu erklären, was los ist. Ich habe ihr gesagt, dass wir für eine Weile bei einem Freund wohnen würden, damit Mami ihm dabei helfen kann, gesund zu werden. Sie hat mich einen Moment lang angesehen und mich dann gefragt, ob sie ihr Prinzessinnenkissen und ihre Prinzessinnendecke mitnehmen könne. Als ich ihr gesagt habe, dass das selbstverständlich geht, hat sie weiter fröhlich ihr Müsli gegessen.

Eine Stunde später habe ich sie im Kindergarten abgesetzt und bin wieder nach Hause gefahren, um weiter zu packen. Nachdem ich fünfzehn Minuten lang auf die Koffer gestarrt habe, beschließe ich, dass ich ein paar aufmunternde Worte brauche. Und ich weiß genau, von wem ich die bekomme. Ich hole mein Handy aus meiner Hose und beginne zu schreiben.

Ich: *Lust auf einen Kaffee?*

Sekunden später piept mein Telefon.

Bella: *JA! Ich dachte schon, du fragst nie!*

Als ich ihre Antwort lese, schüttle ich den Kopf und kichere. Ich wette, Bella weiß genau, warum ich sie treffen will. Sie hat vermutlich bereits von Quinn die Neuigkeit gehört, dass ich Reids Pflegerin bin. Ich wette, sie wollte unbedingt mit mir reden, hat aber darauf gewartet, dass ich mich melde.

Ich könnte mir keine bessere Freundin als Bella wünschen. Vor ein paar Jahren, bevor sie Logan getroffen hat, hat sie angefangen, im Lebensmittelgeschäft in der Stadt zu arbeiten. Ich habe nur einen Monat zuvor mit meiner Arbeit begonnen und wir haben uns sofort angefreundet. Sie hat jetzt Logan und den Club und ich möchte nicht zu viel ihrer Zeit beanspruchen. Aber wenn ich eine Schulter zum Anlehnen brauche oder jemanden zum Reden, dann lässt Bella alles stehen und liegen und ist für mich da.

Ich nehme meine Schlüssel und meine Tasche und verlasse das Haus, das ich in den letzten Jahren mit meiner Großmutter zusammen bewohnt habe. Dann fahre ich zum Café, das nur ein paar

Meilen entfernt ist. Als ich in den Parkplatz einbiege, sehe ich Bella durch das große Fenster des Cafés. Sie sieht mir dabei zu, wie ich aus dem Auto steige und hat ein breites Lächeln auf ihrem Gesicht. *Ja, sie weiß Bescheid.*

Ich drücke die Tür des Cafés auf und sehe, dass sie bereits einen Kaffee für mich bestellt hat. Ich komme gerade noch dazu, mich ihr gegenüber an den Tisch zu setzen, als sie beginnt: „Gibt es irgendetwas Neues?"

Ich rolle mit den Augen, nehme einen Schluck Kaffee und sage: „Als wenn du das nicht schon längst wüsstest."

„Natürlich weiß ich es. Quinn hat es mir erzählt. Lass dich nicht von ihren Kutten täuschen. Diese Männer tratschen wie eine Horde fünfzehnjähriger Mädchen", sagt sie und lacht dabei sanft. Ich stelle mir einen Haufen Biker vor, die zusammen herumsitzen und wie die Hausfrauen miteinander tratschen, und stimme in ihr Lachen ein.

„Also gut", sagt Bella und sieht mich ernst an. „Spaß beiseite, geht es dir gut damit, Reids Pflegerin zu sein? Quinn hat gesagt, er ist ein wenig schwierig. Ich verspreche dir, Mila, so ist Reid normalerweise nicht. Er macht eine schwere Zeit durch." Sie hebt ihre Hand und hält mich davon ab, zu widersprechen. „Ich weiß, das ist keine Entschuldigung für sein Verhalten, aber ich will, dass du das weißt. Und wie ist es überhaupt dazu gekommen? Arbeitest du denn nicht mehr im Krankenhaus?"

Ich winke ab. „Ich nehme sein Verhalten nicht persönlich. Ich habe ständig mit Patienten wie ihm zu tun. Ich weiß, dass er nicht auf mich sauer ist, sondern auf die Situation, in der er sich befindet. Ich verspreche dir: Ich weiß, wie ich Reid nehmen muss." Während Bella über meine Antwort nachdenkt, fahre ich fort und erzähle ihr alles darüber, wie ich meinen Job verloren habe und wie mir meine Chefin Reids Akte gegeben hat.

„Du weißt, dass ich absolut daran glaube, dass alles aus einem bestimmten Grund passiert", sagt Bella hinter ihrem Kaffeebecher. Ich sehe ein teuflisches Funkeln in ihren Augen.

„Bella Kane, komm bloß nicht auf dumme Gedanken. Es ist nur ein Job. Nicht mehr." An ihrem verschmitzten Lächeln kann ich erkennen, dass sie es nicht dabei belassen wird. Das Letzte, was ich möchte, ist, dass Bella die Kupplerin spielt. Wenn die spöttische Art, mit der Reid mich gestern behandelt hat, irgendetwas zu bedeuten hat, dann ja wohl, dass er ebenso wenig an mir interessiert ist, wie ich an ihm.

Dreißig Minuten später verabschiede ich mich von Bella und wir vereinbaren, uns in ein paar Tagen wieder zu treffen. Ich fühle mich so viel besser. Manchmal braucht man einfach nur eine gute Freundin, die einem sagt, dass alles gut wird.

Etwas später am selben Tag habe ich Avas und meine Sachen ins Auto geladen und hole sie vom Kindergarten ab. Dann fahren wir zu Reid. Es ist nur eine kurze Fahrt und ich höre Ava zu, wie sie auf dem Rücksitz von ihrem Tag erzählt.

„Ist das das Haus, Mama?", fragt Ava und zeigt aus dem Fenster.

„Ja, meine Kleine, das ist es." Ich steige aus, öffne die Hintertür und schnalle Ava ab.

„Wie geht's dir, Süße?", sagt eine tiefe Stimme hinter mir und ich erschrecke so sehr, dass ich mir den Kopf am Autodach anhaue.

„Verdammt!", rufe ich.

„O Scheiße, Süße. Ich wollte dich nicht erschrecken!"

Als ich mich umdrehe, sehe ich Quinn hinter mir stehen. Mit erhobenen Händen wehrt er ab. „Ich habe dich reinfahren sehen. Dachte, ich helfe dir dabei, die Sachen reinzutragen."

„Schon okay, Quinn", antworte ich, während ich über die Beule auf meinen Kopf reibe. „Und etwas Hilfe wäre toll, danke." Ich lehne mich wieder ins Auto, hebe Ava aus ihrem Sitz und stelle sie neben mich.

„Mama, du hast ein böses Wort gesagt."

„Ich weiß, Baby, es tut mir leid. Komm jetzt, lass uns unsere Sachen reinbringen, ja?" Sie tut, worum ich sie gebeten habe und geht zum Kofferraum. Als meine Tochter Quinn dort stehen sieht, hält sie inne und sieht zu ihm hoch. „Hi!", begrüßt sie ihn. Sie ist überhaupt nicht schüchtern.

„Wie geht's dir, Kleine?"

Sie mustert ihn einige Sekunden lang, dann öffnet sie ihren Mund und sagt, was sie sagen muss. „Du hast auch ein böses Wort gesagt." Quinn sieht hilfesuchend zu mir. Ich antworte mit einem Schulterzucken. Er dreht sich zu Ava und ich sehe, dass er seinen Mund ein paarmal öffnet und wieder schließt. Er sucht nach den richtigen Worten. Dann nimmt er seine Geldbörse aus seiner Hose und zieht einen Dollar heraus. „Tut mir leid, Kleine. Hier, bitte", sagt er und gibt ihr das Geld. Mit einem verschmitzten Grinsen nimmt mein kleines Mädchen den Dollarschein und steckt ihn in ihre Tasche.

„Ich vergebe dir." Als ich wieder zu Quinn blicke, lächelt er über das ganze Gesicht, so, als hätte er gewonnen. Als er mich ansieht, schüttle ich den Kopf. „Sehr großer Fehler."

Sofort verwandelt sich sein Lächeln in ein Stirnrunzeln. „Was denn?"

„Das wirst du noch merken", sage ich ihm und tätschle seinen Arm, als ich an ihm vorbeigehe. Zu dritt gehen wir durch den Eingang im Erdgeschoss. Wir betreten den Fahrstuhl und Quinn drückt den Knopf, damit wir nach oben fahren können.

„Das ist so cool", schwärmt Ava. „Wohnen wir jetzt hier, Mama?"

„Das tun wir!" Meinem kleinen Mädchen zuliebe versuche ich euphorisch zu klingen. Allerdings bin ich das überhaupt nicht. Ich bin ein nervöses Wrack. Wir verlassen den Fahrstuhl und ich sehe mich nach Reid um.

„Er ist in seinem Zimmer", informiert mich Quinn. „Er kommt wahrscheinlich gleich. Bis dahin könnt ihr es euch schon einmal in eurem Zimmer gemütlich machen." Er zeigt den Flur hinunter.

„Komm, Baby, hier lang", sage ich zu Ava als wir Quinn folgen. Ich hatte nicht erwartet, dass unser Zimmer möbliert sein würde. Zuerst sehe ich das Doppelbett und auf der anderen Seite des Raums steht ein Kinderbett. Alles hier drin sieht neu aus. Ich kann nicht glauben, dass Reid das für uns gemacht hat. Ich wäre mit einer Ausziehcouch oder einer aufblasbaren Matratze zufrieden gewesen. Quinn deutet meinen Gesichtsausdruck richtig, denn er beginnt zu erzählen.

„Er wollte, dass ihr beide es gemütlich habt. Im Gegensatz zu seinem momentanen Verhalten ist Reid einer der besten Menschen, die ich kenne. Lass dich nicht täuschen."

Ich weiß darauf keine Antwort, also nicke ich nur.

Mit gesenktem Kopf dreht sich Quinn um und will gehen. „Ich gehe dann mal, dann könnt ihr in Ruhe auspacken."

„Danke, Quinn. Ich weiß deine Hilfe zu schätzen."

Er bleibt stehen und dreht sich um. „Jederzeit, Süße. Hier noch ein kleiner Rat von mir: Mach ihm die Hölle heiß! Was auch immer er von sich gibt, zahl es ihm zehnfach zurück!"

Am Abend sehen Ava und ich uns in der Küche um. Reid ist immer noch nicht aufgetaucht. Ich weiß, dass es ihm gut geht, weil ich seinen Fernseher höre und zuvor habe ich ihn am Telefon sprechen hören. Doch wie dem auch sei, Ava braucht ihr Abendessen. Es fühlt sich komisch an, in der Wohnung eines anderen Menschen zu sein und seine Dinge zu benutzen. „Möchtest du Mama helfen, Abendessen zu machen?"

„Ja!", quietscht Ava und klatscht in die Hände.

Nachdem ich mir die gut bestückten Küchenschränke und die Gefriertruhe angesehen habe, wende ich mich an meine kleine Küchenhilfe. „Wie wäre es mit Spaghetti?" Sie nickt enthusiastisch. Offenbar ist sie einverstanden.

Ich entdecke einen Schemel in der Ecke und bringe ihn für Ava zur Kücheninsel. Wir mischen die Zutaten für die Sauce zusammen und ich setze das Wasser für die Nudeln auf. Ich liebe es, mit meiner Tochter zu kochen. Großmutter hat immer zusammen mit mir gekocht. An jedem Tag, an dem ich bei ihr war. Sie hat mir alles beigebracht, was ich weiß, so wie diese selbstgemachte Sauce. Großmutter hat nie etwas aus Dosen gegessen. Normalerweise lasse ich meine Sauce einen ganzen Tag lang vor sich hin köcheln, aber diesmal wird es auch so gehen.

Etwa eine Stunde später nehme ich das Knoblauchbrot aus dem Ofen, während Ava den Tisch deckt. Plötzlich bemerke ich etwas im Flur.

Ich sehe über meine Schulter und entdecke Reid, der uns mit einem seltsamen Ausdruck im Gesicht beobachtet. Als er merkt, dass ich ihn gesehen habe, verschwindet der Ausdruck. Ich ergreife zuerst das Wort. „Das Abendessen ist fast fertig, falls

du Hunger hast." Er kommt herüber zum Esszim-
mertisch.

„Ich könnte was vertragen."

Ich schenke ihm ein zaghaftes Lächeln. Es ist ein
Anfang.

Kapitel 5

Es wäre gelogen, zu sagen, es hätte mich nicht tief drin berührt, als ich im Flur stand und Mila dabei beobachtet habe, wie sie in meiner Küche das Abendessen zubereitet hat. Es wäre auch gelogen, zu sagen, dass es mich nicht zu ihr hinziehen würde. Wenn ich meine Brüder Logan und Gabriel mit ihren Frauen sehe und beobachte, wie glücklich sie sind, bin ich immer ein wenig neidisch. Versteht mich nicht falsch: Ich freue mich wahnsinnig für sie. Beide sind gute Männer und verdienen tolle Frauen, aber ich spüre Neid, weil ich weiß, dass ich das niemals haben werde. Vor allem nicht mit einer Frau wie Mila: Sie ist wunderschön, liebevoll und eine großartige Mutter. Eine Frau wie sie ist außerhalb meiner Reichweite. Vor dem Autounfall, bei dem ich mein Bein verlor, hätte ich nicht gezögert, mich um eine Frau wie sie zu bemühen, aber jetzt …

Ungefähr ein Jahr, nachdem ich mein Bein verloren habe, habe ich angefangen, mich mit einer Frau zu treffen. Nie werde ich das Mitleid und die Abscheu in ihrem Gesicht vergessen, als ich ihr erzählte, dass ich eine Prothese trage. Wir waren zwei Monate lang miteinander ausgegangen. Ich wusste, dass sie einen Schritt weitergehen wollte und so fasste ich mir ein Herz und erzählte ihr von meinem Bein. Drei Gefühle spiegelten sich in ihrem Gesicht wider: Schock, Mitleid und dann Ekel. Ich habe sie nie wieder gesehen. Sie lebt nicht in Polson, sondern ein paar Orte weiter, also kreuzen sich wenigstens unsere Wege nicht. *Verdammte Schlampe.*

Seitdem gehe ich zu Charley, wenn ich es nötig habe. Es gibt genug Frauen, die nichts gegen ein bisschen Spaß mit einem Biker haben. Ich bezahle nicht für eine Pussy. Habe ich nicht, werde ich nie. Ist ein schneller Fick in der Toilette einer Bar oder ein Blowjob von einer der Clubhuren meine Vorstellung von Befriedigung? Zur Hölle, nein. Aber ich will verdammt sein, wenn ich es zulasse, dass mich jemals wieder eine Frau so mitleidig ansieht.

Ein Räuspern reißt mich aus meinen Gedanken. In dem Moment bemerke ich, dass Mila mit dem aufgehört hat, was sie gerade getan hat und mich ansieht. Für den Bruchteil einer Sekunde sehen wir uns in die Augen, dann beginnt sie zu reden. „Das Abendessen ist fast fertig, falls du Hunger hast", sagt sie nervös.

Ich rolle zum Tisch und antworte: „Ich könnte was vertragen."

Ich gebe zu, dass mich der Geruch ihres Essens aus dem Zimmer zog. Ich weiß, es war unhöflich, mich so lange zu verstecken. Aber ich bin lieber allein, als Mila anzuschnauzen. Das Letzte, was ich will, ist ihre Gefühle zu verletzen. Als Quinn vorhin da war, hat er mir ins Gesicht gesagt, dass ich ein verschlossenes Arschloch bin. Und er hatte recht. Egal, womit ich gerade klarkommen muss, ich habe nicht das Recht, es an den Leuten um mich herum auszulassen. Es war nur dieser schockierende Gedanke, dass Mila meine Pflegerin sein würde, der mich aus der Bahn geworfen hat. Die Schwester im Krankenhaus war mir egal. Sie war ein ernster, mütterlicher Typ. Mila dagegen bringt mich aus der Fassung. Jedes Mal, wenn sie mich mit ihren hypnotisierenden Augen ansieht, zieht sich alles in mir zusammen. Allein das kotzt mich an. Ich hasse den Gedanken, dass eine Frau die Macht hat, meine Gefühle zu beeinflussen.

„Isst du mit mir und Mama, Mr. Carter?", höre ich eine zarte Stimme fragen. Ich blicke nach rechts und sehe Ava neben mir stehen. Sie hält einen Teller in den Händen und sieht mich mit riesigen blauen Augen an.

„Ja, Liebes. Ich esse mit euch. Ist das okay?" Ich muss lachen, als sie nickt und ihre blonden Locken um ihren Kopf herumhüpfen. Ein paar Minuten später sitzen wir zu dritt am Tisch und essen eine der besten Spaghetti, die ich je probiert habe.

„Haben dir die Spaghetti geschmeckt, Mr. Carter? Ich habe Mama beim Kochen geholfen."

Ich wende meinen Blick von Mila ab, die damit begonnen hat, den Tisch abzuräumen und sehe eine mit Spaghetti übersäte Ava. „Das waren die Besten, die ich jemals gegessen habe, Süße. Und wenn das für deine Mama okay ist, kannst du mich Reid nennen." Ava sieht hinüber zu ihrer Mutter, die ihr zunickt. Dann dreht sie sich wieder zu mir und schenkt mir ein strahlendes Lächeln. Ich bin so gar nicht in meinem Element, wenn es um Kinder geht. Aber ich bemühe mich. „Ich gehe schlafen", verkünde ich und schiebe mich vom Tisch zurück.

Mila legt die Teller in die Spüle und kommt zu mir. „Ich helfe dir."

„Ich mach das schon", sage ich etwas zu schroff und Mila erschrickt. Dann räuspere ich mich, sehe sie an und seufze. „Es tut mir leid, Kätzchen. Ich wollte nur sagen, dass es mir gut geht. Ich sehe euch zwei morgen früh." Als ich sehe, wie sich Mila mit verletztem Gesichtsausdruck von mir abwendet, fühle ich mich sofort wie ein Arschloch.

Ich ignoriere den Stich in der Magengegend und rolle zu meinem Zimmer. Ich habe die Wahrheit gesagt, als ich meinte, ich würde es allein in mein Bett schaffen. Ich sehe dabei zwar aus wie ein Idiot, aber ich möchte einige Dinge allein regeln. Die beiden Dinge, bei denen ich Hilfe ablehne, sind zur Toilette und ins Bett zu gehen. Eine Woche, bevor ich das Krankenhaus verlassen habe, habe ich wieder etwas in meinem rechten Bein gespürt. Mit meiner Prothese kann ich auf dieser Seite mein Gewicht ein paar Augenblicke ausbalancieren. Dafür bin ich verdammt dankbar.

Ich stoße einen langen Seufzer aus, schließe meine Augen und denke an die Ereignisse, die mich hierhergebracht haben. Nicht eine Sekunde lang bereue ich, was ich getan habe, um Alba zu helfen. Ich weiß, sie gibt sich selbst die Schuld für das, was der kranke Wichser mir angetan hat, aber ich würde es immer wieder tun, wenn ich damit das Leben von nur einem Menschen retten könnte, der mir am Herzen liegt. Das Einzige, das ich mir vorwerfe, ist: Ich habe versagt. Der Psycho konnte sie und Leyna trotzdem finden. Ich habe bei den beiden versagt, genau wie ich bei meinem Bruder Noah versagt habe.

Ich muss wieder gesund werden. Ich muss meinen Brüdern beweisen, dass sie sich auf mich verlassen können. Als ich mein Bein verlor, dachte ich, meine Tage als King wären vorüber. Der Gedanke, nicht mehr Teil des Clubs zu sein, nie mehr wieder ein Motorrad besteigen zu können, war so unerträglich, dass ich mir am liebsten eine Kugel in den Schädel gejagt hätte. Einmal war es beinahe so weit. Ich ließ mein Selbstmitleid meine Entscheidungen kontrollieren. Bis Quinn mich gerettet hat. Es war, als wüsste mein Bruder, dass etwas mit mir nicht stimmte.

Es war etwa sechs Monate nach dem Unfall, bei dem mein Bruder starb. Ich hatte alles geplant. Ich wollte nur, dass alles vorbei ist. Ich konnte den Schmerz durch Noahs Verlust nicht mehr ertragen. Ich saß in meinem Apartment, an dem Abend, an dem ich plante, mir eine Kugel zu verpassen, als Quinn unerwartet vorbeischaute. Er kam durch die Tür und seine Augen fixierten meine Waffe, die auf dem Küchentresen lag, zusammen mit einer einzelnen Patrone. Er sah mich finster an und sagte zu mir: „Dieser Scheiß wird nicht passieren, Bruder." Er blieb die ganze Nacht bei mir und am nächsten Tag kam er mit mehreren Taschen. Quinn hatte beschlossen, bei mir einzuziehen und meinen Babysitter zu spielen. Fuck, ich war so angepisst. Wer zur Hölle war er, dass er glaubte, mein Leben kontrollieren zu können und zu bestimmen, was ich tun konnte und was nicht?

Zwei Monate später war ich ihm dankbarer denn je. Quinn hat mein Leben gerettet. Seitdem haben wir nie wieder darüber gesprochen. Meine anderen Brüder haben es ebenfalls nie erwähnt. Ich bin nicht sicher, ob Quinn ihnen je erzählt hat, was passiert ist. Ich habe es nie getan. Ich weiß nur, dass er mich aus der Dunkelheit zurückgeholt hat und deshalb werde ich immer in seiner Schuld stehen. Das Faszinierende an Quinn ist, dass er sich in andere Leute hineinversetzen kann. Er versteht, wie die Menschen ticken und hat so etwas wie Intuition. Und er handelt immer danach.

Wenn ich daran denke, wie Logan und ich Quinn trafen, muss ich immer noch den Kopf schütteln. Quinn und seine Familie sind nach Polson gezogen, als wir in der Highschool waren. Logan und ich schwänzten die Schule und kamen gerade an den Toiletten der Jungen vorbei, als wir mitbekamen, dass es Stress gab. Als wir in den Toilettenraum gingen, sahen wir, dass ein dürrer, blonder Zwerg tierisch vermöbelt wurde. Wenn ich eines nicht ausstehen kann, dann ist es, wenn jemand schikaniert wird. Wie dem auch sei, ich zog den größeren Kerl von dem kleineren Jungen und dann bekam er unsere Vergeltung zu spüren. Als wir mit dem Arschloch fertig waren, schlich er aus den Toiletten, mit einer aufgeplatzten Lippe und einem blauen Auge. Logan und ich widmeten uns dem Jungen, der an der Wand lehnte und seine Hand auf die Rippen presste.

„Wie heißt du?", fragte ich ihn.

Der dürre Junge wischte sich das Blut von der Lippe und sagte: „Quinn."

„Okay, Quinn, der Wichser wird dir nichts mehr tun."

Dann wandten Logan und ich uns zum Gehen, als Quinn uns zurief: „Hey, wartet mal!"

Von dem Tag an war Quinn unser Schatten. Dieser kleine, dürre Kerl folgte uns überall hin. Wir konnten ihn einfach nicht abschütteln. Heute ist er kein kleiner, dürrer Kerl mehr. Aber er ist immer noch ein kleiner Scheißer und ich würde ihn nicht anders haben wollen.

***

Am nächsten Morgen rolle ich den Flur hinunter und höre Gelächter. Ich muss lächeln, als Mila Ava sagt, sie solle leise sein.

„Es ist okay, Mila. Ich bin schon seit Stunden wach", sage ich. Der Klang meiner Stimme erschreckt sie. Sie drückt ihre Hand auf ihre Brust und schreit kurz auf, dann dreht sie sich um und sieht mich an.

„Großer Gott, Reid. Hat dir schon einmal jemand gesagt, dass du wie ein Geist bist?"

„Sorry, Kätzchen", entschuldige ich mich in leicht amüsiertem Tonfall.

Heute trägt Mila die dunkelblaue Hose ihres Krankenschwesternkittels, die an den meisten Menschen langweilig aussehen würde. Nicht so an Mila. Dazu trägt sie ein einfaches, langärmeliges, schwarzes Thermoshirt, das eng an ihren Brüsten anliegt. Ihr dunkles Haar hat sie zu einem hohen Pferdeschwanz zusammengebunden. Auf ihren Wangen zeichnet sich eine leichte Röte ab. Es ist ihr offenbar aufgefallen, dass ich sie gemustert habe. *Was zum Teufel mache ich da?*

Ich blicke wieder ernst drein, drehe mich um und bewege mich in die Küche, um mir Kaffee zu holen. Mila ist hier, um mir zu helfen und ich verhalte mich wie ein beschissener Perverser. Nach diesem peinlichen Moment bricht Mila als Erste das Schweigen.

„Dein erster Physiotherapie-Termin ist um halb neun. Wir können Ava beim Kindergarten absetzen, wenn das für dich okay ist."

Ich rolle an ihr vorbei und nicke. „Ich bin unten."

***

Ich habe das Gefühl, als würde mein Körper brennen. Wir sind gerade zurück von meinem ersten Termin bei der Physiotherapie und ich möchte nur noch unter die Dusche und dann ins Bett. Als wir zu Hause angekommen waren, hat Mila mir sofort Mittagessen gemacht. Sie hat mir die Reste vom

Abendessen und Kokoswasser aus dem Kühlschrank geholt. Dann hat sie einen Teller vor mir abgestellt.

„Danke“, murmele ich.

Sie nimmt ihre Tasche und die Schlüssel vom Tresen und geht zur Tür. „Ich muss Ava vom Kindergarten abholen. Dauert nur fünfzehn Minuten. Kommst du zurecht, während ich weg bin?“

„Es geht mir gut. Ich esse was und dann gehe ich wahrscheinlich ins Bett.“

Mila ist für einen Moment schweigsam und mustert mein Gesicht. „Ich sollte zurück sein, bevor du mit dem Essen fertig bist. Dann helfe ich dir. Deine Therapie heute war sehr anstrengend, Reid …“

Bevor sie ihren Satz beenden kann, unterbreche ich sie. „Ich sagte, es geht mir gut“, schnauze ich sie genervt an. Mila presst die Lippen zusammen und nickt, bevor sie die Tür hinter sich schließt. „Gottverdammte Scheiße!“, bricht es aus mir heraus und ich schubse meinen Teller über den Tisch. Ich habe kein Interesse mehr am Essen und rolle den Flur entlang zu meinem Schlafzimmer und in mein Bad. Dort bleibe ich vor der begehbaren Dusche stehen. Ich lehne mich vor, drehe das Wasser auf und warte, bis es heiß wird. Minuten später sitze ich immer noch in meinem Rollstuhl, während der Wasserdampf sich im Badezimmer verteilt. Ich bin so verdammt müde und so verdammt kaputt. Ich bin ein erwachsener Mann und kann mich noch nicht einmal allein duschen. Wie erbärmlich.

Ich weiß nicht mehr, wie lange ich so dagesessen habe, aber auf einmal höre ich ein leises Klopfen an der Badezimmertür. „Reid?“ Milas weiche Stimme dringt durch die Tür. Ich kann nicht antworten. Und ich kann noch nicht einmal hochsehen, als ich höre, wie sich die Tür öffnet.

Kapitel 6

Mila

Nach der Therapie haben wir uns auf der Fahrt nach Hause angeschwiegen. Vermutlich hingen wir beide unseren Gedanken nach oder wenigstens galt das für mich. Insgesamt gesehen ist die erste Stunde gut gelaufen. Ich hoffe, seine Haltung mir gegenüber wird mit der Zeit besser, vor allem, wenn es darum geht, meine Hilfe anzunehmen. Ich weiß, dass er einige Probleme hat, aber verdammt nochmal, das haben wir doch alle, und mit einer negativen Einstellung wird seine Genesung schwerer werden. Das Leben ist hart und manchmal müssen wir viele Rückschläge verkraften. Dann scheint es, als würden wir vor einer riesigen Wand stehen. Aber man findet einen Weg, um darüber zu klettern und weiterzumachen. Ich zum Beispiel werde nie zulassen, dass jemand meinem Glück oder dem meiner Tochter im Weg steht.

Ava hat heute Morgen ein paar Spielsachen auf dem Boden verstreut und ich habe sie noch nicht aufgehoben. Nach Reids mürrischem Gesichtsausdruck zu urteilen, war er nicht begeistert von dem kleinen Chaos. Ich bin daran gewöhnt und manchmal fallen mir solche Kleinigkeiten gar nicht mehr auf. Natürlich hat es mich früher gestört und ich habe ständig hinter ihr hergeräumt, aber mit einer fast Fünfjährigen ist es beinahe unmöglich, immer

Ordnung zu halten. Ich muss daran denken, dass Reid das nicht kennt und mich eher darum kümmern, solange wir bei ihm sind.

Ich seufze und schalte das Radio ein. Ein paar Minuten für mich allein auf meinem Weg zu Ava, das ist genau, was ich jetzt brauche. Ich muss abschalten und überlege, heute Abend, nachdem ich Ava ins Bett gebracht habe, ein Schaumbad zu nehmen. Mir gehen all die Dinge durch den Kopf, die heute passiert sind, als ich auf den Parkplatz von Avas Kindergarten biege. Ich atme tief durch und versuche die Anspannung in meinem Nacken und meinen Schultern loszuwerden. Dann schalte ich den Motor aus und steige aus dem Auto.

Beim Hineingehen treffe ich Claire Walker, eine andere Mutter, die ihren dreijährigen Sohn hier betreuen lässt.

Bitte geh einfach vorbei, flehe ich innerlich.

„Hallo Mila. Wie geht es dir?", fragt sie mit ihrer nervigen, hohen Stimme. Sie ist eine dieser Mütter, die immer perfekt gestylt sind, von den Klamotten bis zum Make-up und den Haaren. Die Art Mutter, die man nie in Jogginghosen und ungekämmt sehen würde oder mit dem Make-up des letzten Tages im Gesicht.

„Hi Claire!" Ich winke ihr zu und gehe weiter.

„Liam hat erzählt, dass sie im Krankenhaus Einsparungen vornehmen mussten und jetzt ohne dich auskommen müssen. Es tut mir so leid, das zu hören." Sie lächelt mich an. Es ist ein falsches Lächeln.

Ich beiße mir auf die Zunge. Zunächst einmal weiß ich, dass ihr Mann, Dr. Liam Walker, sicherlich nichts zu ihr gesagt hat. Er ist keine Tratschtante. Sie musste es irgendwo anders gehört haben. Und zweitens scheint Claire zu denken, dass ich hinter ihrem Mann her bin. Deshalb weiß sie ständig alles über mich und das geht mir auf die Nerven. „Danke für deine Anteilnahme", sage ich mit gezwungenem Lächeln.

„Hast du immer noch vor, beim Wohltätigkeitsball in diesem Jahr mitzumachen? Die Einladungen sind vor zwei Wochen rausgegangen. Dieses Mal gehen die Einnahmen an eine Alzheimer-Stiftung. Ich wollte die Einnahmen wieder der Wohltätigkeitsorganisation von letztem Jahr spenden, aber Liam hat darauf bestanden, dass wir jedes Mal einen anderen Verein unserer Gemeinde bedenken." Sie seufzt gelangweilt, als sie auf ihre manikürten Fingernägel blickt.

Ich werde nicht viel spenden können. Vielleicht hundert Dollar, wenn es hoch kommt, aber das Thema liegt mir am Herzen. Seit ich durch meine Großmutter mit dieser Krankheit konfrontiert bin, habe ich versucht, dabei zu helfen, sie zu bekämpfen. Also gehe ich darum hin: um meiner Großmutter eine Stimme zu geben. Die Krankenschwestern und meine Freunde wissen von meiner Großmutter und dem Kampf, den wir gemeinsam kämpfen. Sie denken, ich wäre die geeignete Botschafterin, um eine Rede zu halten.

Ich will nicht, dass sie ihre Nase noch tiefer in

meine Angelegenheiten steckt und bleibe ihr deshalb eine Antwort schuldig. „Tut mir leid, ich habe keine Zeit mehr, Claire. Ich muss Ava abholen. Wenn du mich also entschuldigst", sage ich so nett wie möglich.

„Natürlich", antwortet sie trocken, offenbar verärgert darüber, dass ich sie einfach stehen lasse. Ich gehe um Claire herum in Richtung des Zimmers, in dem meine Tochter auf mich wartet.

„Mama, Mama!" Ava hüpft mir entgegen und hält ein Stück Papier in den Händen. „Mama, schau mal! Heute habe ich etwas mit Magie gemacht!" Fröhlich zeigt sie mir das Kunstwerk in ihrer Hand. Auf dem Papier ist die Zeichnung einer Schachtel zu sehen und in dieser Schachtel befinden sich drei Strichmännchen. Eines davon scheint in etwas zu sitzen, das Räder hat. Der Rest des Blatts ist von rosa und lila Glitzer bedeckt. Sie nennt Glitzer „Magie", weil das Glitzern sie an die Magie in ihrem Lieblingsfilm Cinderella erinnert.

„Es ist wunderschön, Liebling. Wer ist das in der Schachtel?", frage ich sie.

Mit ihrem kleinen Finger zeigt sie auf das kleinste Strichmännchen, einem Kopf mit Beinen. „Das bin ich." Dann deutet sie auf die Figur daneben. „Das bist du Mama." Es handelt sich um einen etwas größeren Kopf mit längeren Beinen. „Und das ist Reid." Reid ist der Kopf mit Rädern anstelle von Beinen. „Mama, schau, wir sind in der magischen Schachtel, die nach oben fährt", sagt sie mit einem breiten Lächeln. Die Schachtel ist Reids Fahrstuhl.

Sie hält ihn für Magie, weshalb sie den vielen Glitzer benutzt hat.

„Das hast du toll gemacht, Ava. Können wir jetzt nach Hause fahren? Ich meine, zu Reid nach Hause. Lass uns deine Brotdose einpacken, ja?" Ich nehme ihre Hand und gehe mit ihr zu ihrem Fach. Nachdem wir ihre Sachen eingepackt haben, gehen wir zum Auto und ich schnalle sie in ihrem Kindersitz an.

„Mama, weißt du was?"

„Was, Liebling?"

„Michael hat heute einen Popel gegessen. Er ist eklig. Jungs sind eklig", erklärt sie mir und ich muss lachen, als ich den Parkplatz verlasse.

„Igitt, das ist wirklich eklig. Man isst keine Popel." Ich spiele mit und hoffe, dass sie begreift, dass man wirklich keine Popel isst.

Meine Tochter lacht und sagt: „Das sage ich ihm auch immer, aber er hört nicht auf mich. Vielleicht hat seine Mama ihm nicht gesagt, dass das eklig ist."

Und einfach so fällt bei einem Gespräch über Popel der ganze Stress des Tages von mir ab. Wir parken neben Reids blauem Truck, ich steige aus und hole meine Tochter aus dem Auto. Sie rennt zum unteren Eingang und hofft, mit der magischen Schachtel fahren zu dürfen. Reid hat nie gesagt, dass ich diesen Eingang nicht benutzen darf oder dass wir den Fahrstuhl nicht nehmen dürfen, also gehe ich zu Ava, die von einem Fuß auf den anderen springt, während ich den Sicherheitscode eingebe. Wir schließen die Tür und gehen zum Fahrstuhl.

„Kann ich den Knopf drücken, Mama?"

In der einen Hand halte ich meine Sachen und mit der anderen balanciere ich Ava auf meiner rechten Hüfte. Ich lächle und nicke. Sie drückt den Knopf und wir fahren nach oben. Sie strahlt über das ganze Gesicht. Als wir anhalten, öffne ich das Gitter und wir steigen aus. Ava rennt sofort den Flur hinunter in unser Zimmer. Vermutlich holt sie das iPad, damit sie einen Film ansehen kann, während ich das Abendessen vorbereite. Ich muss nicht mehr viel machen, weil ich heute Morgen bereits einen Braten mit Kartoffeln und Karotten in den Kochtopf gelegt habe. Also muss ich nur noch ein paar Brötchen aufbacken. Ich gehe den Flur hinunter in mein Zimmer. Ava sitzt auf ihrem Bett, mit ihrem Teddybären im Arm und sieht sich Vaiana an.

„Süße, Mama sieht mal nach Reid. Bleib hier und guck deinen Film, bis das Abendessen fertig ist, okay?" Ich beuge mich zu ihr hinunter und gebe ihr einen Kuss auf den Kopf.

„Okay, Mama", antwortet sie ohne den Blick vom Bildschirm abzuwenden.

Sie ist wirklich ein liebes Kind. Natürlich ist sie eine typische Vierjährige. Sie ist ein Energiebündel und löchert mich mit Fragen. Aber sie ist immer folgsam. Ich hatte es noch nie schwer mit ihr. Sie ist sehr klug und selbständig. Ich gehe aus unserem Zimmer den Flur hinunter, um nach Reid zu sehen.

Nachdem ich geklopft habe, warte ich auf eine Antwort. Durch die Tür kann ich das Geräusch von fließendem Wasser in der Dusche wahrnehmen. Einen Moment lang liegt meine Hand auf dem Türknauf und ich überlege, ob ich einfach hineingehen und nach ihm sehen soll. Es ist mein Job und ob ich will oder nicht, ich muss nachsehen, ob alles in Ordnung ist und er allein klarkommt. Ich drehe den Türknauf und betrete sein Zimmer. Langsam gehe ich um die Kommode herum, die direkt neben der Tür seines Badezimmers steht und sehe Reid in seinem Rollstuhl sitzen. Er starrt bewegungslos auf den Boden, der Dampf des heißen Wassers füllt das Zimmer. Ich warte einen Moment, damit er Zeit hat, mich zu bemerken. Als er das tut, sieht er zu mir hoch. Ein Ausdruck von Niederlage und Erschöpfung liegt auf seinem Gesicht. Er schließt seine Augen, dann nimmt er einen tiefen Atemzug und atmet lange aus. Mir ist klar, dass er nach dem heutigen Tag vermutlich nicht mehr genug Kraft hat, um selbst aus dem Rollstuhl in die Dusche zu kommen. Deshalb beschließe ich, ihm zu helfen.

Ohne etwas zu sagen, gehe ich zum Schrank und nehme ein paar Handtücher heraus. Eines lege ich auf die Ablage und das andere auf die nasse, gefliese Duschbank, um sicherzustellen, dass er nicht wegrutscht. Dann nehme ich den Haargummi von meinem Handgelenk und binde mein offenes Haar zu einem losen Knoten zusammen.

Glücklicherweise kann man den Duschkopf abnehmen. Ich stelle die Wassertemperatur ein und drehe den Strahl weg, damit ich nicht nass werde.

Dann trete ich zurück und sehe ihn an. Er hat alles genau beobachtet, jedoch nichts gesagt. Ich spüre, wie mein Herz schneller schlägt. Ich bin eine Krankenschwester, ich erledige meinen Job, aber ich bin auch eine Frau. Eine Frau, die den Mann, der vor ihr sitzt, sehr attraktiv findet. Ich verdränge den Gedanken, nehme sein Shirt und ziehe es nach oben. Dabei entblöße ich seine Bauchmuskeln. Er hilft mit und hebt seinen Arm, so dass ich das Shirt über seinen Gips und seinen Kopf ziehen kann. Dann lehnt er sich zur Seite und verlagert sein Gewicht von einer Seite zur anderen, damit ich seine Jogginghose über seine Hüften und seine Beine hinunterziehen kann. Nachdem ich ihm die Hose vollständig ausgezogen habe, greife ich nach seiner Prothese. Seine Hand schnellt nach vorn, um mich zu stoppen. Ich blicke in seine Augen und versichere ihm im Stillen, dass er mir vertrauen kann. In diesem Augenblick brauchen wir keine Worte. Sie würden mehr schaden als nützen. Reid muss merken, dass ich nur helfen möchte. Er muss fühlen, dass er mir vertrauen kann. Langsam entfernt er die Halterung und ich nehme seine Prothese ab. Nachdem ich den Kompressionsstrumpf entfernt habe, stehe ich auf. Nun trägt er nur noch seine schwarzen Boxershorts. Die soll er auch anlassen. Ich denke, damit fühlt er sich wohler und ehrlich gesagt: ich auch.

Reid ist in Topform. In der Zeit, in der er im Krankenhaus war, hat er etwas Gewicht verloren, aber er hat keine Muskeln abgebaut. Ich gehe in die Knie, lege meine Arme unter seine Achseln und verschränke meine Hände hinter seinem Rücken, um ihn festhalten zu können. Er macht sich bereit und lehnt sich nach vorn. Dann legt er seinen gesunden Arm auf meine Schulter und ich hebe ihn aus seinem Rollstuhl auf den mit einem Handtuch bedeckten Sitz. Ein kleines Stöhnen entweicht meinen Lippen. Ich habe das schon oft gemacht während meiner Arbeit als Krankenschwester, aber noch nie habe ich einen so großen Mann gehoben.

Ich schnappe mir den Duschkopf und halte Blickkontakt, während ich ihn nass mache. Ich bin sicher, dass er das auch allein könnte, aber ich möchte wissen, was er mich machen lässt. Ich nehme das Shampoo und gebe etwas davon in meine Hand. Dann massiere ich es sanft in seine Haare ein. Die ganze Zeit über halten wir dabei Augenkontakt. Für einen kurzen Moment schließt Reid die Augen und entspannt unter meiner Berührung. Als er sie wieder öffnet, bin ich nicht auf die unsagbare Lust vorbereitet, die ich darin sehe. Mir wird heiß und ich spüre, wie ich erröte.

Als ich das Duschgel von der Ablage nehme, hält er mich nicht davon ab. Ich gebe etwas davon auf einen Waschlappen. Dann lege ich den Waschlappen auf seine Schulter und bewege ihn von hier zur anderen Schulter und danach in Kreisen über seinen Rücken. Ich passe auf, dass sein Gips nicht nass wird und schäume beide Arme ein. Ihn zu waschen ist so ein intimer Vorgang und ich spüre seine Augen wie Feuer auf mir brennen. Es raubt mir den Atem. Ich arbeite mich über seine Brust und dann seine Bauchmuskeln hinunter. Sein Atem stockt kurz. Ich bahne mir den Weg über seinen Körper nach unten und gebe mir Mühe, nicht auf seine sehr deutliche, sehr große Erektion zu starren, die sich gegen seine Boxershorts abzeichnet. Ich mache damit weiter, seine Beine zu waschen. Dabei nehme ich mir Zeit, seine wunden Muskeln zu massieren und ernte dafür ein kehliges Stöhnen von Reid. Als ich damit fertig bin, ihn zu waschen, nehme ich den Duschkopf und drehe mich wieder zu ihm um.

„Ich denke, ab hier mache ich weiter, Kätzchen", erklärt er mir in seiner tiefen, rauen Stimme.

Ich widerspreche nicht und gebe ihm den Duschkopf. „Ich sehe nach Ava. Sag Bescheid, wenn du fertig bist. Ich helfe dir dann raus", sage ich und gehe aus dem Zimmer. Ich schließe die Badezimmertür hinter mir, lasse aber die Schlafzimmertür offen, damit ich ihn hören kann. Dann sehe ich nach meiner Tochter, die immer noch ihren Film guckt. Also gehe ich zurück und setze mich auf den Rand von Reids Bett.

Ich weiß, ich schaffe es, mich um Reid auf rein beruflicher Ebene zu kümmern. Mein Job hängt davon ab, also werde ich ihn zweifelsfrei so gut wie ich kann ausüben und in dem Umfang, den Reid zulässt. Ich beginne zu begreifen, wie sehr mich dieser Mann berührt. Sicher, ich fühlte mich schon immer zu ihm hingezogen, aber gerade eben, in der Dusche, habe ich diese Anziehung gespürt. Ich kann diese Art von Ablenkung nicht gebrauchen. Ehrlich gesagt weiß ich nicht, ob ich das auseinanderhalten kann: Reid als Patient und Reid als Mann.

Kapitel 7

Reid

Was zum Teufel habe ich mir dabei gedacht? Zwischen dem Selbstmitleid und der verdammten Müdigkeit und den Schmerzen von der Physiotherapie habe ich es nicht geschafft, allein in die Dusche zu kommen. Ich war einfach nur platt. Ich habe bemerkt, dass Mila in das Badezimmer kam und dass sie mich ansah und kein Wort sagte. Ich war neugierig, was passieren würde. Deshalb habe ich den Mund gehalten. Als Mila anfing, mich auszuziehen, habe ich sie beobachtet. Ich wollte sehen, wie weit sie gehen würde, um mir zu helfen.

Das Ganze hätte mich nicht anturnen dürfen, aber das tat es. Als sie mich gewaschen hat, fühlte es sich an, als würde sie ihren Namen mit jeder Bewegung in meinen Körper einbrennen. Ich fühlte jeden Zentimeter meiner Haut, den sie berührte und sah auch die Wirkung, die es auf sie hatte.

Ich habe nur noch sie wahrgenommen. Ihre Bewegung. Ihren Atem. Ich wollte meinen Körper kontrollieren, aber es gelang mir nicht.

Es entging mir nicht, wie stoisch sie ihren Job erledigte, sogar als sie an meiner definitiv erkennbaren Erektion vorbei wusch und dennoch fokussiert weiter machte. Doch sie machte nicht nur ihren Job, sie zeigte mir auch, dass ich ihr vertrauen kann und diese Erkenntnis traf mich wie ein

Schlag. Ich wollte nicht gemein oder unhöflich sein, als ich sie bat, mich allein zu lassen. Ich war einfach nicht darauf vorbereitet, wie ich mich fühlen würde. Ich war damit beschäftigt, meine Selbstkontrolle zurückzuerlangen, als sie gegangen war. Ich drehte das Wasser aus und nahm das Handtuch, das sie in meiner Reichweite platziert hatte.

„Mila!", rufe ich. „Du kannst wieder reinkommen."

Der Türknauf dreht sich und sie öffnet langsam die Tür und kommt zurück. „Brauchst du Hilfe, um wieder in den Rollstuhl zu kommen?", will sie wissen.

„Ja, bitte. Ich bin total fertig. Es wäre also großartig, wenn du mir helfen könntest. Danach schaffe ich es allein." Sie kommt zu mir und holt ein weiteres Handtuch aus dem Schrank. Das legt sie auf den Sitz des Rollstuhls. Dann hilft sie mir genauso geschickt wie vorhin wieder in den Rollstuhl zurück.

„Bist du sicher, dass du keine Hilfe brauchst beim Anziehen? Oder um ins Bett zu kommen? Dafür bin ich da. Um dich zu unterstützen", versichert sie mir.

„Nein." Ich reibe mir mit der Hand über den Hinterkopf „Ich schaffe das."

Mila lächelt und nickt. Dann verlässt sie das Badezimmer. Das Klicken meiner Schlafzimmertür sagt mir, dass sie gegangen ist. Bald darauf rolle ich zu meiner Kommode und hole mir ein paar

Klamotten aus den Schubladen. Allein ins Bett zu kommen, ist nicht so schwer, aber ein paar nasse Boxershorts von meinem Körper zu ziehen, ist es.

Die Physiotherapie hat mich heute echt geschlaucht. Wir haben das Aufstehen und Hinsetzen aus einer sitzenden Position mit Unterstützung geübt. Die Rückenschmerzen halte ich aus. Aber die Krämpfe in den müden Muskeln, die ich so lange nicht mehr benutzt habe, bringen mich um. Als Mila meine Beine in der Dusche massiert hat, hat das Wunder gewirkt, denn es hat die Schmerzen gelindert.

Nachdem ich es geschafft habe, mich anzuziehen, überlege ich, ob ich etwas zu Abend essen soll oder direkt ins Bett gehe. Ich weiß, dass Mila einen Braten zubereitet hat, weil ich den Geruch den ganzen Tag über in der Nase hatte. Ich bewege mich in Richtung Küche und sehe sie und Ava am Tisch sitzen.

„O, hey!" Mila stellt gerade einen Teller mit Essen vor ihrer Tochter ab und sieht mich an. „Möchtest du uns Gesellschaft leisten oder dein Essen lieber mit ins Büro nehmen?"

Ich habe mich in meinem Zimmer oder im Büro aufgehalten, seit wir zu Hause angekommen sind. Teilweise lag es daran, dass ich ihr aus dem Weg gehen wollte, aber vor allem wollte ich arbeiten. Ich bin momentan nur vor meinem Bildschirm zu etwas nutze. „Ich esse hier", sage ich und ziehe einen der Stühle zur Seite, damit ich mit meinem Rollstuhl am Tisch Platz finde.

„Mama, Mama, kann ich es ihm jetzt geben?", fragt Ava und hüpft auf ihrem Stuhl auf und ab.

Mila kommt mit meinem Essen zurück an den Tisch und stellt es zusammen mit einer Gabel und einem Glas Wasser vor mir ab. Eigentlich hätte ich lieber ein kaltes Bier.

„Danke", sage ich.

„Ava, setz dich hin. Lass Reid essen. Danach kannst du ihm das Bild geben", erklärt sie ihrer Tochter.

„Biiiiiiiiitte, Mama", versucht Ava es erneut, diesmal gepaart mit einem Hundeblick.

Man kann etwas von Mila in Ava erkennen, aber ich denke, sie hat ihr Aussehen vor allem von ihrem Vater. Ich war schon immer etwas neugierig, was ihn anbelangt. Wo ist er? Er ist kein Teil ihres Lebens. Zumindest habe ich den Eindruck. Eigentlich kenne ich sie nicht gut genug, um das sicher zu wissen.

Bevor sie sich hinsetzt, stellt Mila ihren Teller auf den Tisch und sieht mich an. „Ähm, Ava hat heute im Kindergarten ein Bild gemalt und sie will es dir unbedingt schenken. Ist es okay, wenn sie es dir jetzt gibt?", fragt sie und sieht dabei erschöpft aus.

Ich sehe ihre Tochter an, die sich auf ihrem Stuhl windet und auf die Antwort wartet, die sie sich erhofft. Die Aufregung in ihren blauen Augen ist zu viel für mich. Ich kann unmöglich Nein sagen. Ich lehne mich zurück und frage Ava: „Was hast du denn da, Kleine?"

Sie beugt sich zur Seite, nimmt ein Blatt Papier,

das auf dem Stuhl neben ihr lag, und rutscht von ihrem Sitz. Das verdammte Blatt ist mit so viel Glitzer überzogen, dass etwas davon herunterfällt und eine Spur auf dem Boden hinterlässt, als sie zu mir geht.

Sie hält es für mich hoch und erklärt mir, was darauf zu sehen ist. „Das bin ich, weil ich klein bin", erklärt Ava und zeigt mit ihrem winzigen Finger auf eine kleine Blase auf dem Bild. „Und das da ist meine Mama." Dann deutet sie auf ein Quadrat mit Rädern. „Und das bist du und dein Rollstuhl. Wir fahren im Fahrstuhl." Nachdem sie mir alle Details erklärt hat, reicht sie mir das Bild voller Stolz.

Ich starre auf das Bild und weiß nicht, was ich sagen soll. Aber ich muss lächeln. Ich fahre mir mit der Hand durch die Haare und Ava hüpft zurück zu ihrem Stuhl. Mila hilft ihr beim Hinsetzen, bevor auch sie sich wieder setzt.

„Danke, Ava. Es ist ein wunderschönes Bild." Ich räuspere mich und lege es neben mich auf den Tisch. „Vielleicht kann deine Mama es später für mich am Kühlschrank aufhängen", murmle ich und schaue auf mein Essen hinunter, während ich mit meiner Gabel einen Bissen aufsteche.

Ava kichert und beginnt ebenfalls zu essen. Ich sehe hinüber zu Mila, die mich anstarrt. „Was denn?"

„Nichts. Es ist nur … du hast etwas Glitzer in deinen Haaren", meint sie grinsend.

Ava stimmt lachend mit ein: „Du hast Magie in

den Haaren. Es ist so hübsch! Mama, ich möchte auch Magie in meinen Haaren!", plappert sie.

„Warum essen wir nicht erst einmal, bevor alles kalt wird", schlägt Mila vor.

Wir essen schweigend, aber Mila und ich sehen uns ab und zu an. Als Ava fertig ist, entschuldigt sich Mila, weil sie Ava baden und ins Bett bringen möchte. Das Mindeste, was ich tun kann ist, die Küche aufzuräumen. Nachdem ich die Reste in den Kühlschrank gepackt und den Geschirrspüler eingeräumt habe, rolle ich in mein Zimmer.

Ein paar Stunden später liege ich in meinem Bett und kann nur an Mila denken. Es ist so einfach, sich in eine Frau wie sie zu verlieben. Sie ist klug, ehrgeizig, warmherzig, keck und so verdammt sexy. Allein der Gedanke, ihr langes, schwarzes Haar in meiner Faust und ihre weichen, vollen Lippen um meinen Schwanz herum zu fühlen, lässt mich beinahe alle Vorsicht vergessen. Sie bringt Gefühle in mir zum Vorschein, die ich nicht will. Diese Frau wäre der Untergang eines jeden Mannes, der das Glück hat, sie zu haben. Ich habe Angst, dass es mein Ende wäre, wenn ich mich auf Mila einlassen würde.

***

„Jetzt komm schon, du musst doch zugeben, dass die kleine Granate im Lehrerinnen-Outfit ziemlich heiß war", sage ich zu meinem Bruder, als wir vom Clubhaus nach Hause fahren. Morgen geht er aufs College

und der Club hatte beschlossen, eine Abschiedsparty für ihn zu schmeißen. Quinn hat sich heute Nacht mit den Mädchen vergnügt. Da waren eine Rothaarige, die als Rotkäppchen verkleidet war, eine verdammt sexy Krankenschwester und eine schwarzhaarige Schönheit mit riesigen Titten, die die lüsterne Lehrerin gab.

„Ja, ihre Möpse waren schwer zu übersehen, als sie sie mir ins Gesicht gedrückt hat. Quinn hat sich selbst übertroffen. Du musst dich bei ihm für mich bedanken", meint er lachend.

Normalerweise würde ich jetzt mit meinem Hintern auf meinem Bike sitzen und mich auf dem Weg nach Hause machen, aber ich habe mich etwas hinreißen lassen, also fährt mein Bruder.

Ich verlagere mein Gewicht, um ihn anzusehen. „Noah. Kein Scheiß. Ich bin verdammt stolz auf dich. Ich habe immer gewusst, dass du es mit deiner Intelligenz weit bringen würdest", sage ich ihm.

„Ich werde dich vermissen, Reid, so wie ich auch den Rest der Familie vermissen werde. Der Club – das sind auch meine Brüder."

„Fuck, Kalifornien ist gar nicht so weit weg. Ich komme dich so oft wie möglich besuchen."

Ich sehe noch das Lächeln auf seinen Lippen, als plötzlich ein großer Sattelschlepper auf unsere Fahrbahn fährt. Seine Scheinwerfer blenden mich. Noah versucht, den Aufprall zu verhindern, doch das Geräusch von zersplitterndem Glas und sich verbiegendem Metall umgibt mich bereits. Es dröhnt in meinen Ohren, und der Schmerz fährt in den unteren Teil meines Körpers. Stöhnen und Ächzen und der Geruch von Benzin und

Rauch erfüllen die Luft um mich herum. Ich strecke meine Hand aus und versuche verzweifelt, Noah zu erreichen, als ich endlich seine Hand berühre. Ich blicke zu ihm und versuche, etwas zu erkennen. Und dann sehe ich es. Eine Metallstange hat die Windschutzscheibe durchbrochen und sich in Noahs Brust gebohrt. Panik überkommt mich und mein Überlebensinstinkt schaltet auf Vollgas, doch ich kann mich nicht bewegen, um ihm zu helfen.

„Noah, bleib bei mir. Noah!", schreie ich.

Ich sitze senkrecht im Bett und habe noch Noahs Namen auf den Lippen, während mir der Schweiß die Stirn hinunterläuft. *Was zum Teufel?* Ich habe seit über einem Jahr nicht mehr von dieser Nacht geträumt. Mit der Hand reibe ich mir über das Gesicht und werfe einen Blick auf den Wecker auf dem Nachttisch. Fünf Uhr morgens. Okay, jetzt ich bin hellwach. Ich verlasse mein Bett und begebe mich in die Küche. Dort schalte ich die Kaffeemaschine an und versuche, dabei möglichst leise zu sein und keinen Krach zu machen.

Mit dem Kaffee in der Hand rolle ich zum Fahrstuhl und fahre hinunter in mein Büro. Jetzt, da ich wach bin, kann ich auch etwas Papierkram erledigen. Ich muss mir heute ein paar neue Bewerbungen ansehen. Als Nikolai und der Club vor ein paar Monaten Geschäftspartner wurden und eine Baufirma gründeten, wollten wir uns vorwiegend auf Industrie- und Architekturgebäude konzentrieren. Bis jetzt ist die Nachfrage recht hoch und alles läuft zu unseren Gunsten. Wir haben sogar einen ziemlich lukrativen Auftrag ergattert, während ich im Krankenhaus lag. Nikolai und Prez haben sich um alles gekümmert, während ich außer Gefecht war, was nun einen Haufen Papierkram und Bürokratie bedeutet. Ein bekannter Geschäftsmann namens Declan O'Connell will ein großes Urlaubsresort in den Bergen zwischen hier und Bozeman bauen. Das ist ein riesiger Deal, der die Leute in der Gemeinde mit Arbeit versorgen wird.

Eine Stunde später arbeite ich mich immer noch durch die Bewerbungen, als mich Nikolai anruft. Ich nehme mein Telefon vom Schreibtisch und wische über das Display. „Hey Mann. Was geht?"

„Reid, wie geht es dir heute, mein Freund? Du klingst müde. Bist du bereit, den Vertrag durchzugehen, den dir O'Connells Leute gestern zugefaxt haben?"

Ich beuge mich hinüber und greife mir die Akte, die besagten Vertrag enthält. Ich hatte noch keine Zeit, ihn mir anzusehen. Wenn Nikolai vorbeikommen würde und wir ihn zusammen durchzugehen würden, könnte ich zwei Fliegen mit einer Klappe schlagen: Nikolai sehen und den Vertrag durchgehen.

„Ja, also hör mal, hast du vielleicht Zeit heute Morgen vorbeizukommen? Wir könnten die letzten Details zusammen durchgehen und zusehen, dass wir bis abends alle fehlenden Unterschriften bekommen."

„Okay, hört sich gut an. Ich kann in ein paar

Stunden bei dir sein. Sagen wir acht Uhr?", fragt er mit seinem ausgeprägten, russischen Akzent.

„Alles klar, ich sehe dich dann", antworte ich.

Bevor ich mein Telefon weglege, tippe ich in den Kamera-Feed von der Etage über mir, sodass ich die Küche und das Wohnzimmer sehen kann. Die einzigen Bereiche in meinem Haus, die ich nicht überwache, sind die Schlafzimmer und natürlich die Badezimmer. Als sich die App öffnet, sehe ich Mila im Wohnzimmer auf der Couch mit einer Tasse Kaffee in der Hand. Ganz allein und still sitzt sie da und sieht sich die Morgennachrichten im Fernsehen an.

Ich beobachte sie ein paar Minuten dabei, wie sie die Ruhe und das Alleinsein genießt – gut, zugegeben, eigentlich ist sie nicht ganz allein – , dann schließe ich die App und lege mein Handy zur Seite. Ich muss sie aus meinem Kopf kriegen.

Und um das zu schaffen, öffne ich mehrere Dateien auf meinem Computer und recherchiere den Hintergrund einiger Bewerber, bevor Nikolai hier sein wird.

Kapitel 8

Mila

Als ich heute Morgen aufgewacht bin, war Reid bereits in seinem Büro. Nach den Ereignissen des gestrigen Abends habe ich mich dagegen entschieden, nach unten zu gehen und nach ihm zu sehen. Außerdem ist mir der Zutritt zu seinem Büro ja auch verboten. Ich entschließe mich, ihm eine kurze Textnachricht zu schicken und zu fragen, ob er etwas braucht, bevor ich los muss.

Ich: *Brauchst du etwas, bevor ich Ava zum Kindergarten bringe?*

Reid: *Nein.*

Mit einem frustrierten Seufzen stecke ich mein Handy in meine Tasche und bin überrascht, als ich eine weitere Nachricht bekomme.

Reid: *Danke!*

DANKE? Ich starre auf mein Handy und muss unwillkürlich lächeln. Die Änderung in seinem Verhalten freut mich. Also antworte ich.

Ich: *Gern.*

***

Als es an der Tür klingelt, sehe ich vom Herd auf, wo ich gerade Reids Frühstück mache. Ich kümmere mich nicht weiter darum, denn ich weiß, dass Reid bereits gesehen hat, wer draußen steht. Sekunden später kommt Nikolai durch die Tür.

Nikolai ist Logans Bruder. Sie sehen sich sehr ähnlich, nur dass er schwarze Haare hat und keine braunen. Das Auffälligste an ihm sind seine Augen. Nikolai und Logan haben beide ein grünes und ein blaues Auge, genau wie ihr Vater. Ich beobachte ihn dabei, wie er hereinschlendert. Er trägt eine alte, ausgewaschene Jeans und ein schwarzes T-Shirt. Dazu ein Paar Stiefel. Die typischen Klamotten von jemandem, der auf dem Bau arbeitet. Ich persönlich mag Männer, die mit ihren Händen arbeiten. Sie sind mir lieber als die schicken Anzugträger. Wenn ich aber Nikolai so ansehe, stelle ich fest, dass ich ihn zwar attraktiv finde, mich aber absolut nicht zu ihm hingezogen fühle. Im Gegensatz zu dem mürrischen Biker unten im Büro.

Er kommt in die Küche und nimmt sich Kaffee. Dann lehnt er sich lässig gegen den Tresen. „Wie geht es dir heute, meine schöne *Krasavitsa*?", will er wissen.

„Es geht mir gut, und dir?", frage ich und erinnere mich selbst daran, dass ich unbedingt nachschlagen muss, was Krasavitsa bedeutet.

Ich habe Nikolai nicht oft getroffen, nur dann,

wenn Bella mich zu Familientreffen im Clubhaus eingeladen hat. Er war immer sehr nett und respektvoll.

Gerade als er seinen Mund aufmacht, um mir zu antworten, schallt eine laute Stimme über die Sprechanlage. „Nikolai, beweg deinen Arsch hier runter." Das war Reid. Ich habe mich immer noch nicht an all die Kameras gewöhnt, die er in seinem Zuhause installiert hat. Und ich weiß, dass er uns in diesem Moment beobachtet.

Mit einem warmherzigen Lächeln stellt Nikolai seine Tasse in die Spüle. „Ich geh dann besser mal. War schön, dich zu sehen, Mila."

„Ebenso", erwidere ich. Als er geht, rufe ich ihm hinterher: „Würde es dir etwas ausmachen, Reids Frühstück mit hinunter zu nehmen?" Ich stelle einen Teller mit Rührei, Würstchen und Toast zusammen mit einem Orangensaft auf ein Tablett.

„Kein Problem, meine schöne Krasavitsa."

„Danke."

Nachdem ich Reids Bett abgezogen und eine Ladung Wäsche in die Maschine gepackt habe, mache ich mich daran, das Bad zu reinigen, die Böden zu wischen und das schmutzige Frühstücksgeschirr abzuräumen. So vergehen zwei Stunden wie im Flug und ich habe nicht mitbekommen, dass Nikolai bereits wieder fort ist. Als ich aus dem Fenster sehe, ist sein Auto weg. Er muss über den unteren Eingang gegangen sein.

Da es so aussieht, als ob Reid die meiste Zeit arbeiten wird, beschließe ich, meine Großmutter zu besuchen. Ich bereite das Mittagessen für Reid vor und stelle es in die Mikrowelle. So muss er es nur noch aufwärmen. Ich nehme mein Handy vom Küchentresen, um Reid eine Nachricht zu senden. Doch dann merke ich, wie bescheuert ich es finde, ihm zu schreiben, wenn ich ihm etwas zu sagen habe. Schließlich befinden wir uns beide im selben Haus, verdammt nochmal. Ich weiß, dass sein Büro eine verbotene Zone ist, aber diese Schreiberei ist lächerlich. Also gehe ich zur Haustür, nehme meine Schlüssel und meine Tasche. Ich schmeiße mein Handy hinein und werfe mir die Tasche über die Schulter. Dann gehe ich runter zu Reids Büro. Als ich dort ankomme, ist die Tür zu. Ich höre nur, wie er auf der Tastatur seines Computers tippt. Ohne darüber nachzudenken, klopfe ich an.

„Komm rein!", höre ich Reid sagen.

Ich öffne die Tür und sehe, dass er an seinem Schreibtisch sitzt. Reid hebt den Kopf und sieht mich an.

„Ich besuche meine Großmutter. Ich bin nicht lange weg. Dein Mittagessen steht in der Mikrowelle. Und ich weiß, du hast gesagt, dass dein Büro verboten ist, aber es ist lächerlich, dir zu schreiben, obwohl wir uns im selben Haus befinden", sage ich und klinge etwas nervös dabei.

Reid scheint belustigt von meinem Frust zu sein. „Du kannst jederzeit runterkommen, Kätzchen. Als ich das gesagt habe, hatte ich einen schlechten Tag." Da ich nicht weiß, was ich sagen soll, nicke ich einfach und drehe mich um, um zu gehen.

„Mila?" Ich sehe ihn an.

„Ja?"

„Ich bin froh, dass du hier bist."

Ich nicke erneut, bevor ich die Tür schließe. Was soll ich darauf auch antworten? Reids Verhalten hat sich um hundertachtzig Grad gedreht. Und Männer sagen, wir Frauen wären kompliziert!

Ich gehe gerade den Flur im Pflegeheim zum Zimmer meiner Großmutter hinunter, als ich laute Stimmen höre. Eine davon ist die meiner Großmutter. Weil sie verzweifelt und verängstigt klingt, gehe ich schneller. Als ich mich ihrem Zimmer nähere, höre ich noch eine andere Stimme. Vor vier Jahren habe ich die Person das letzte Mal gesehen. Ich stürme in das Zimmer meiner Großmutter und stehe meiner Mutter gegenüber. Auf der anderen Seite des Zimmers steht mein Vater.

Was zum Teufel machen sie hier?

Ich ignoriere meine Eltern und eile zu meiner Großmutter und der Pflegerin, die versucht, sie zu beruhigen. Meine Großmutter ist hysterisch und sie wiederholt ständig die Worte: „Lasst sie in Ruhe! Lasst sie in Ruhe! Ihr könnt es nicht haben!"

Könnt WAS nicht haben?

Ich hasse diese Krankheit. Es bricht mir das Herz, meine Großmutter so zu sehen. Manchmal ist sie total verwirrt und wird dann richtig hysterisch. Zweifellos hat der unerwartete Besuch meiner Eltern ihre aktuelle Reaktion ausgelöst. Ich fühle mein Herz pochen und drehe mich zu meiner Mutter.

„Ihr müsst gehen. Jetzt!", zische ich durch zusammengebissene Zähne hindurch und ignoriere die Tatsache, dass ich sie heute zum ersten Mal seit vier Jahren wiedersehe.

Meine Mutter hat sich nicht verändert. Sie ist immer noch die aufgetakelte, gefühlskalte Frau, die sie war, als ich sie zuletzt gesehen habe: an dem Tag, an dem ich Ava zur Welt brachte.

„Ich glaube, du hast vergessen, mit wem du hier redest", gibt sie schnippisch zurück und zieht ihre Augenbrauen zusammen.

„O glaub mir Mutter, ich weiß genau, mit dem ich rede. Ich sage es noch einmal: Verschwindet aus diesem Zimmer, bevor ich dafür sorge, dass euch der Sicherheitsdienst rauswirft." Ich spreche jedes einzelne Wort klar und deutlich aus. Als sie versucht, mit mir zu diskutieren, mischt sich mein Vater ein.

„Komm, Susan. Wir können momentan eh nichts tun. Nicht, wenn sie in diesem Zustand ist."
Wovon redet er?
Schnaufend dreht sich meine Mutter um und verlässt mit meinem Vater das Zimmer. Ich sehe ihnen nicht nach. Stattdessen kümmere ich mich wieder um meine Großmutter, die plötzlich damit aufgehört hat, sich gegen die Pflegerin zu wehren. „Komm, Großmutter, wir gehen wieder ins Bett, ja?"
Wir bringen sie ins Bett zurück und ich kann ihr ansehen, dass der Streit sie ausgelaugt hat. Ich wende mich an die Pflegerin. „Es ist alles in

Ordnung. Ich bleibe bei ihr, bis sie einschläft. Könnten Sie bitte den anderen Mitarbeitern sagen, dass die beiden Personen von soeben hier nicht reindürfen? Ich unterschreibe alles, was dafür nötig ist, bevor ich gehe."

Nachdem die Pflegerin gegangen ist, ziehe ich einen Stuhl näher ans Bett heran und nehme die zitternde Hand meiner Großmutter in meine. Dann streiche ich über ihr Haar. Nach einigen Minuten schließt sie ihre Augen und ihr Atem geht regelmäßig.

Ihre guten Tage werden immer seltener. Mehr als alles auf der Welt wünsche ich mir, eines Tages hier hereinzuspazieren und meine alte Großmutter wieder zu haben, aber ich weiß, dass das niemals passieren wird. Manchmal, wenn ich sie besuche, gibt es kurze Momente, in denen sie mich ansieht und dann sehe ich ihr wahres Ich. Dann lächelt sie mich an. Doch so schnell diese Momente kommen, so schnell vergehen sie auch. Aber eines weiß ich genau: Diese Krankheit wird mir nicht den Menschen nehmen können, der meine Großmutter war, und auch nicht die Art und Weise, wie ich mich an sie erinnere, denn sie lebt in mir weiter. Nur wegen ihr bin ich die Frau und Mutter geworden, die ich heute bin.

Auf meinem Weg zurück zu Reid hole ich Ava vom Kindergarten ab. Meine Gedanken drehen sich immer noch um die heutigen Ereignisse. Als ich das Zimmer meiner Großmutter verlassen habe, waren meine Eltern bereits fort.

Die Stationsschwester hat mir erzählt, dass sie versucht haben, Einsicht in ihre Krankenakte zu erhalten, doch das wurde ihnen verweigert. Ich bin ihre Bevollmächtigte. Sie bräuchten meine Erlaubnis. Sie hat außerdem gesagt, dass meine Eltern nach einem kurzen Streit das Gebäude verlassen hätten. O Gott, das ist genau das Richtige für meine Mutter. Sie hasst es, ein Nein zu hören. Ich schnaube und schüttle meinen Kopf bei der Vorstellung, wie meine Mutter mit ihrem snobistischen Getue von einer Pflegerin verlangt, das Gesetz zu brechen und ihr Großmutters Akte zu geben. Ich kenne meine Eltern und ich weiß, sie dachten, dass es genau so ablaufen würde. Es ist lächerlich, wenn man darüber nachdenkt. Beide sind Rechtsanwälte. Meine Eltern sind in New York bekannt und angesehen, aber Polson ist weit weg und die Menschen hier haben keinen blassen Schimmer, wer Richard und Susan Vaughn sind.

Die drängendste Frage aber ist: Was wollten sie? Warum kamen sie her, nach so vielen Jahren?

Selbst während meiner Kindheit hat meine Mutter meine Großmutter nie besucht. Und ich bin ziemlich sicher, dass sie meine Großmutter nur dann anrief, wenn sie mich bei ihr abladen wollte. Ich habe das dumpfe Gefühl, dass meine Eltern nichts Gutes im Sinn haben. Meine Mutter ist definitiv nicht aus Sorge oder Liebe hier. Richard und Susan Vaughn kennen dieses Wort nicht. Die einzigen Menschen, um die sie sich sorgen, sind sie selbst. Das war immer so und wird immer so sein.

Irgendetwas haben sie vor. Ich muss herausfinden, was es ist, und sie von Großmutter fernhalten. Ich werde nicht zulassen, dass so etwas wie heute noch einmal passiert.

Als ich vor Reids Haus vorfahre, schiebe ich meine Gedanken beiseite. Während ich mich abschnalle, blicke ich in den Rückspiegel und sehe, dass mein kleines Mädchen tief und fest schläft. Ein Gefühl von Traurigkeit überkommt mich, als mein Blick an ihren blonden Locken, die ihr teilweise ins Gesicht fallen, hängen bleibt. Sie sieht ihm so ähnlich. Es macht mich traurig, dass sie ihren Vater nie kennenlernen wird. Ich möchte glauben, dass er ein fantastischer Vater gewesen wäre. Ava hat mich einmal gefragt, weshalb sie keinen Daddy hat wie die anderen Kinder im Kindergarten. Ich habe ihr geantwortet, dass sie sehr wohl einen Daddy hat, dass er aber in den Himmel gekommen ist, als sie noch in meinem Bauch war. Ich habe noch nicht einmal ein Foto von ihm, aber eigentlich brauche ich keines. Ich muss nur Ava ansehen und schon habe ich ihn vor Augen.

Ich erschrecke, als jemand laut an mein Seitenfenster klopft. Das bringt mich zurück in die Gegenwart. Als ich zur Seite blicke, sehe ich Reid an meinem Fenster. Mit einer Hand immer noch auf meiner Brust lasse ich es herunter.

„Tut mir leid, Babe. Ich wollte dich nicht erschrecken! Du hast hier eine Zeit lang gesessen und ich wollte nur sehen, ob es dir gut geht.“

Ich schließe meine Augen und versuche, mein

pochendes Herz unter Kontrolle zu bekommen. Als ich sie wieder öffne, blicke ich in Reids grüne Augen. Gott, dieser Mann sieht so gut aus! Sogar mit seinen verstrubbelten Haaren und seinen Bartstoppeln, die mindestens eine Woche alt sind, ist er immer noch ein toller Anblick.

Nach ein paar Sekunden finde ich meine Stimme wieder. „Ja, es geht mir gut. Ava ist auf dem Weg nach Hause eingeschlafen und ich wollte sie noch nicht wecken. Außerdem war es ein langer Tag. Ich habe selbst eine Pause gebraucht."

Mit einem verständnisvollen Blick deutet Reid ein Nicken an, bevor er seinen Rollstuhl auf die Beifahrerseite bewegt und sie dann öffnet. Er beugt sich hinein, schnallt Ava ab, hebt sie aus dem Auto und lehnt sie gegen seine Brust. Als sie sicher in seinem eingegipsten rechten Arm liegt, schließt er die Autotür. Ava hat die ganze Zeit weitergeschlafen.

„Kommst du?", fragt Reid über die Schulter, als er sich auf den Weg nach drinnen macht.

Ich sitze immer noch in meinem Auto. Die Überraschung steht mir ins Gesicht geschrieben und ich ermahne mich, dass ich das, was ich gerade gesehen habe, schnell wieder vergessen muss. Es gibt einen Grund, warum ich mich von Männern fernhalte und mich nicht von bescheuerten Momenten wie diesem mitreißen lasse, und dieser Grund ist meine Tochter. Ava hat oberste Priorität und danach kommt direkt meine Großmutter. Das hier ist nur ein Job und nicht mehr. Außerdem ist Reid nur höflich und es wäre bescheuert von mir, wenn ich durchdrehe, nur weil ich gesehen habe, wie liebevoll er mein kleines Mädchen gehalten hat. Wie er sie hochgehoben und sie eng an sich gedrückt hat. Als täte er so etwas jeden Tag. Nein, ich lasse das nicht an mich ran.

Lügnerin.

Ich atme tief ein, nehme meine Tasche vom Beifahrersitz und steige aus. „Wo bist du da hineingeraten, Mila?", sage ich zu mir selbst. Ich wüsste überhaupt nicht, was ich mit einem Mann wie Reid anfangen sollte.

Als ich mit Ava schwanger wurde, war ich erst neunzehn. Das ist fast fünf Jahre her. Außerdem war es das einzige Mal, dass ich mit einem Mann zusammen war. Die Nacht, die ich mit Avas Vater verbrachte, war mein Versuch, alles zu vergessen und frei zu sein, wenn auch nur für einen kurzen Moment. Und was hat es mir gebracht? Eine Schwangerschaft mit neunzehn. Nicht, dass ich meine Entscheidung bereue. Ich habe es nie bereut, meine Tochter bekommen zu haben. Sie ist das Beste, das mir je passiert ist. Aber ich musste lernen, welche Konsequenzen unsere Entscheidungen haben können. Ich kann nicht zulassen, dass mir so etwas noch einmal passiert.

Später an diesem Abend, nachdem ich Ava ins Bett gebracht habe, stehe ich an der Spüle und wasche ab. Gedankenverloren sehe ich aus dem Fenster. Die Tatsache, dass meine Eltern in der Stadt sind, macht mich immer noch nervös. Ich werde das Gefühl nicht los, dass etwas Schreckliches passieren wird.

„Brauchst du Hilfe, Kätzchen?", ertönt Reids tiefe Stimme hinter mir.

Erschrocken drehe ich mich um. Das Glas in meiner Hand fällt zu Boden und zersplittert in tausend Teile. „Scheiße! Es tut mir so leid", beeile ich mich zu sagen und beuge mich hinunter, um die Scherben vom Boden aufzuheben. „Ich kaufe dir ein Neues. Ich schwöre, normalerweise bin ich nicht so schreckhaft", erkläre ich.

„Mila?", fragt Reid. Als ich auf meinen Knien zu ihm aufsehe, hat er einen besorgten Ausdruck auf dem Gesicht. „Es ist nur ein Glas, Babe. Das ist nicht weiter schlimm."

Während ich mit einem Besen das Chaos zusammenkehre, starrt Reid mich unentwegt an. Meine Haut prickelt unter seinem intensiven Blick und meine Hände zittern. *Warum beobachtet er mich die ganze Zeit?* Nachdem ich alles beseitigt habe, gehe ich hinter ihm vorbei zur Spüle, um mit meiner Arbeit weiterzumachen, als er plötzlich mein Handgelenk packt. Ich schlucke und spüre einen Kloß in meiner Kehle, als ich Reid ansehe und darauf warte, dass er etwas sagt.

„Willst du darüber reden, was dich so nervös macht? Liegt es an mir? Fühlst du dich unwohl bei mir?"

Seine letzte Frage verstört mich. Denkt er wirklich, ich fühle mich unwohl bei ihm? „Was? Nein! Reid, ich fühle mich hier mit dir überhaupt nicht unwohl! Vielleicht etwas seltsam, aber unwohl? Niemals!", versichere ich ihm und sehe ihm dabei direkt in die Augen, damit er merkt, dass ich es ernst meine.

Reid sieht mich eine Weile an. Er ist offenbar damit zufrieden und sagt: „Willst du mir dann erzählen, warum du so durcheinander bist?"

Ich winke ab und versuche meinen seltsamen Zustand heute herunterzuspielen. „Es ist nichts, wirklich. Nur Familienkram. Ich bin sicher, alles wird gut." Ich versuche, einen Schritt zurückzumachen, aber er lässt mein Handgelenk nicht los.

„Geht es um deine Großmutter? Ist sie okay?" Bei seiner Sorge um meine Großmutter geht mir das Herz auf.

„Ja, Großmutter ist okay. So okay, wie sie es eben sein kann. Aber im Ernst, es geht mir gut", lüge ich.

Reids Gesicht sagt mir, dass er weiß, dass ich nicht ehrlich bin und seine Hand um mein Handgelenk verrät mir, dass er es nicht auf sich beruhen lassen wird.

Kapitel 9

Reid

Ich starre auf eine verstörte, müde wirkende Mila, die auf dem Sofa sitzt, während ich darauf warte, dass sie redet. Vor einigen Minuten stand sie noch an der Spüle und hat den Abwasch erledigt. Sie war so in Gedanken versunken, dass sie mich noch nicht einmal hörte, als ich hinter ihr stand und ihren Namen rief. Zehn Minuten lang hat sie dasselbe Glas gewaschen. Ich konnte sehen, dass sie etwas beschäftigte, aber was?

Mila erschrak, als sie realisierte, dass sie nicht allein ist und ließ das Glas zu Boden fallen. Es zerbrach in tausend Teile. Eine Zeit lang habe ich nichts gesagt. Ich gab ihr Zeit, das Chaos aufzuräumen und habe mir ihre Entschuldigung angehört. Sie hat irgendwas davon gemurmelt, dass sie das Glas ersetzen würde. Sie so aufgelöst zu sehen, hat in mir den Wunsch geweckt, sie zu trösten.

Dann kam mir der Gedanke, dass vielleicht mein beschissenes Verhalten der Grund war, weshalb sie sich so seltsam benahm. Nachdem ich sie darauf angesprochen hatte, erklärte sie mir schnell, dass ihr Zustand nichts mit mir zu tun hat. Mila hat gemeint, dass Familienprobleme daran schuld seien. Und auch dabei verspürte ich den überwältigenden Wunsch, ihr zu helfen.

Ich sehe sie mit einem Blick an, der sie ermutigen soll, sich mir zu öffnen. In der kurzen Zeit, die ich bis jetzt mit Mila verbracht habe, habe ich eine Sache auf jeden Fall über sie gelernt: Sie ist unglaublich stark. Ich spüre, dass sie es gewohnt ist, die Dinge allein zu regeln. Mila ist sehr gut darin, sich einzuigeln. Sie hat eine Mauer um sich herum aufgebaut und alles in mir möchte diese Mauer einreißen. Ich möchte alles über sie wissen. Ich wünschte, Mila würde mir genug vertrauen, um etwas von sich preiszugeben. Ich halte ihr Handgelenk fest und warte geduldig ab, um zu sehen, ob sie nachgibt. Ob sie mir etwas erzählt. Egal was.

Die Wut und die Eifersucht, die ich verspürte, als ich heute Morgen gesehen habe, wie Nikolai und Mila sich in der Küche unterhielten, brachte mich ins Straucheln. Ich war noch nie zuvor eifersüchtig wegen einer Frau. Ich wollte Nikolai am liebsten den Kopf abreißen. Natürlich hat er mich in meinem Büro wegen Milas Anwesenheit verarscht. Doch das war okay. Was er aber dann sagte, hat mich auf die Palme gebracht.

„Wenn du dich nicht an Mila ranmachst, dann frage ich sie nach einem Date", sagte er.

„Wenn du nicht willst, dass ich dir eine Kugel in den Arsch jage, solltest du dich besser zurückhalten", warnte ich ihn.

Nachdem er mich eine Zeit lang angesehen hatte, antwortete Nikolai mit einem leichten Nicken. „Zur Kenntnis genommen."

Zufrieden mit seiner Antwort machten wir mit den geschäftlichen Dingen weiter. Ich wusste, dass Nikolai es ernst meinte und Mila tatsächlich nach einem Date fragen würde. Wenn es Quinn gewesen wäre, hätte ich gewusst, dass er mich einfach nur ärgern wollte. Aber im Gegensatz zu meinem anderen Bruder ist Nikolai kein Dummschwätzer. Und aus diesem Grund muss ich etwas unternehmen, wenn ich nicht möchte, dass jemand kommt und mir diese unglaubliche Frau vor der Nase wegschnappt. Ich muss mir nehmen, was ich will. Es ist Zeit, damit aufzuhören, mich wie ein Idiot zu benehmen. Das wird mein erster Zug. Danach muss ich ihr Vertrauen gewinnen. Ich spüre, dass das mit Mila die größte Herausforderung sein wird.

Ich weiß nichts über ihre Vergangenheit, aber ich habe das Gefühl, dass es ihr nicht leichtfällt, jemandem zu vertrauen. Die einzige Person, die Mila nahesteht, ist ihre Großmutter. Also gehe ich davon aus, dass sie Probleme mit ihren Eltern oder Avas Vater hat. Der Gedanke, dass ein Mann dieser wunderschönen Frau wehtun könnte, bringt mein Blut in Wallung.

Fuck!

Was, wenn sie das mit Familienproblemen meinte? Hat es mit Avas Vater zu tun? Ist er Teil ihres Lebens? Hat er sie verlassen und will sie jetzt zurück?

Verdammt, nein, so eine Scheiße wird nicht passieren!

Wie kann irgendein Mann eine Frau wie Mila verlassen? Und Ava. Dieses kleine Mädchen hat mein Herz berührt und das nur mit einem verdammten Bild. Das bringt mich zum dritten

Schritt: Ich muss schnell gesund werden, damit ich aus diesem Rollstuhl komme und der Mann sein kann, der ich sein muss. Ich will Mila. Und das heißt, meinen Arsch hochzukriegen und sie mir zu holen.

„Reid, geht es dir gut?", fragt Mila und legt ihre Hand auf meinen Arm. Damit holt sie mich in die Gegenwart zurück. Als ich ihren besorgten Gesichtsausdruck sehe, realisiere ich, dass mein Körper angespannt ist und ich meine Fäuste geballt habe.

„Ja, Babe, mir geht es gut. Warum erzählst du mir nicht, was mit dir los ist?"

Sie nickt und benetzt ihre Lippen mit der Zunge. Dann nimmt sie ihre Hand von meinem Arm und sofort vermisse ich ihre Berührung.

„Ich war heute bei meiner Großmutter und meine Eltern waren auch da."

Als sie nicht weitererzählt, sehe ich sie erstaunt an. „Okay, und ist das ein Problem?", frage ich.

Sie kneift die Augen zusammen. „Ja, weil meine Eltern seit vier Jahren nichts mehr mit mir oder meiner Großmutter zu tun haben. Deshalb ist es ein riesiges Problem. Ich spreche davon, dass sie uns weder besucht noch angerufen oder auch nur eine verdammte Postkarte geschrieben haben. Nichts." Sie steht vom Sofa auf und geht im Wohnzimmer auf und ab. „Ich meine, was zur Hölle können sie nur wollen? Meine Großmutter ist ihnen egal, und Ava und ich definitiv auch. Vor fünf Jahren haben sie das sehr deutlich gemacht, als sie mir sagten, ich könnte entweder eine Abtreibung vornehmen lassen oder meine Tochter weggeben!" Mila schreit beinahe, als sie ihren Arm herumschwingt. Ihr Geständnis erwischt mich kalt.

„Was zum Teufel meinst du damit: deine Tochter weggeben? Sie haben dir gesagt, du kannst zwischen Abtreibung und Adoption wählen?" Ich starre sie an.

Mila dreht sich wieder zu mir und ich sehe den Ausdruck von Abscheu und Traurigkeit in ihrem Gesicht. „Ich war auf direktem Weg in die juristische Fakultät von Harvard, als ich mit Ava schwanger wurde", sagt Mila und blickt zu Boden, als wäre sie beschämt darüber, mir das zu erzählen.

Ich möchte nicht, dass sie sich unwohl fühlt, also versuche ich, das Gespräch am Laufen zu halten. „Lass mich raten: Zur Uni zu gehen, war die Idee deiner Eltern und die Tatsache, dass du schwanger wurdest, hat ihre Pläne für dich zunichtegemacht?"

Mila geht zurück zur Couch, setzt sich und atmet seufzend aus. „Richtig! Auf keinen Fall würden Richard oder Susan Vaughn akzeptieren, dass ihr einziges Kind nicht studiert. Meine Eltern sind angesehene Rechtsanwälte in New York. Ich bin ihre Tochter und daher wurde von mir erwartet, dass ich in ihre Fußstapfen trete. Sie wollten sogar, dass ich den Sohn einer ihrer Kanzleipartner heirate. Sie hatten mein ganzes Leben verplant. Vor ein paar

Jahren, als ich wie immer im Sommer Zeit bei meiner Großmutter verbrachte, wollte ich nur einmal alles vergessen. Als ich aufwuchs hatte ich nicht viele Freunde. Ich bin nie ausgegangen, hatte nie ein Date. Ich ging nie zu Partys. Mein einziger Fokus war die Schule. Ich musste die Beste sein, die besten Noten schreiben. Ich habe versucht, meine Eltern stolz zu machen. Sie … ach, ich weiß nicht …" Mila macht eine Pause.

„Sie dazu zu bringen, dich zu lieben", beende ich den Satz für sie. Sie hebt ihren Kopf und als sich unsere Blicke treffen, füllen sich ihre Augen mit Tränen. Eine davon kullert ihre Wange hinunter. Ich beuge mich vor, nehme ihre Hand und ziehe sie zu mir. Ohne zu protestieren, rutscht Mila auf meinen Schoß und ich ziehe sie an meine Brust und nehme sie in den Arm. Es braucht keine Worte mehr. Diese wunderschöne und unglaublich mutige Frau darf sich bei mir ausweinen. Sie weint um die Kindheit, die sie verdient hätte, aber nie hatte, um die Liebe, die ihre Eltern ihr nicht geben konnten und um das kleine Mädchen, das den Flur hinunter in ihrem Zimmer schläft. Die Tochter, für die sie alles geopfert hat.

Ich weiß nicht, wie viel Zeit vergeht, bevor Milas Weinen in ein Schluchzen übergeht. Schließlich entspannt sich ihr Körper und ihr Atem geht regelmäßig. Ich wage es nicht, sie zu bewegen. Ich sitze für Stunden im Wohnzimmer und halte sie einfach. In diesem Moment weiß ich, was ich tun werde. Morgen früh werde ich herausfinden, wer

zum Teufel Richard und Susan Vaughn sind und
warum verdammt nochmal sie wieder in Milas Leben geplatzt sind. Denn sie hat recht. Irgendetwas
stimmt hier nicht.

Kapitel 10

Mila

Es sind ein paar Wochen vergangen und unser Alltag ist zu einer angenehmen Routine geworden. Reid wird jeden Tag stärker und bei jeder seiner Therapie-Termine macht er größere Fortschritte als seine Ärzte für möglich hielten. An manchen Tagen macht es ihm mehr aus als an anderen, dass er im Rollstuhl sitzen muss. Zum Beispiel bei Albas und Gabriels Hochzeit. Er hatte Schwierigkeiten, sich über den Rasen zu bewegen und schnauzte mich an, als ich ihm helfen wollte. Später hat er sich dafür entschuldigt. Ich darf nicht vergessen, dass Männer sehr stolz sind. Besonders ein Mann wie Reid. Er wollte vor seinen Brüdern nicht schwach und verletzlich wirken.

Die Schwellung an seiner Wirbelsäule ist stark zurückgegangen und man konnte in etwa vorhersagen, wann er seine Beine wieder vollständig würde spüren und benutzen können, so wie vor dem Unfall. Der Gedanke, ihn zu verlassen, wenn er mich nicht mehr braucht, macht mich traurig. Ich habe ihn mittlerweile sehr gern. Wir haben nie über die Anziehung zwischen uns gesprochen, die bereits bestand, bevor ich diesen Job annahm.

Ava und Reid haben ein enges Verhältnis entwickelt, seit wir in seinem Haus wohnen. Sobald sie morgens aufwacht, sucht sie ihn oder ruft nach ihm. Das Gleiche macht sie, wenn sie vom

Kindergarten nach Hause kommt. Sie wird nicht die Einzige sein, die ihn vermissen wird. Auch ich werde das tun.

Vor Wochen habe ich mich bei ihm ausgeheult über die Dinge, die mich damals am meisten belastet haben. Die ganze Situation mit meinen Eltern und meiner Großmutter hat mich aufgewühlt. Ich wollte niemanden mit meinen Sorgen belasten, aber ich habe instinktiv gefühlt, dass ich Reid vertrauen kann. Als er mich an diesem Abend auf seinen Schoß zog und mich weinen ließ, hat er mir sein Mitgefühl gezeigt. Er hat zugelassen, dass ich wenigstens einen kleinen Teil der Sorgen und Ängste rauslassen konnte, die ich seit Jahren tief in mir vergraben hatte.

Es ist verrückt, wie schnell das alles ging, aber ich denke, ich bin dabei, mich in Reid Carter zu verlieben und das macht mir Angst. Neben Großmutter kann ich mich nur auf mich selbst verlassen. Was, wenn er mich auch mag? Was, wenn wir eine Beziehung eingehen würden? Was, wenn es nicht funktioniert? Ava himmelt ihn jetzt schon an und ich könnte ihr dieses Gefühlschaos nicht antun. Und was wäre mit meinen Gefühlen? Ich bin nicht sicher, ob ich mein Herz jemandem schenken will, der es bereits jetzt schon in der Hand hält.

Heute Morgen wurde Reid endlich der Gips von seinem Arm abgenommen. Nach den vielen Physiotherapiestunden der letzten Wochen beobachte ich, wie er mit Krücken aus dem Büro des Arztes kommt, was bedeutet, dass meine Zeit bei ihm bald vorbei sein wird. Ich denke, wir realisieren beide, was das bedeutet. Oder zumindest weiß ich, was es für mich bedeutet.

„Ich muss Ava gleich vom Kindergarten abholen. Macht es dir etwas aus, wenn wir auf dem Weg nach Hause dort vorbeifahren?", frage ich ihn, als wir zum Auto gehen.

Er geht zur Fahrerseite und als ich die Tür öffne, antwortet er: „Kein Problem!" Dann greift er nach dem Türgriff.

„Was machst du?"

„Der Arzt hat gesagt, ich könnte wieder fahren, also fahre ich, Babe. Schwing deinen süßen Hintern auf den Beifahrersitz", sagt er. Er streckt seine Hand aus und wartet darauf, dass ich ihm die Autoschlüssel gebe. Ich wühle in meiner Handtasche, nehme die Schlüssel heraus und gebe sie ihm.

Nachdem wir am Kindergarten angekommen sind, fährt Reid zum Eingang, anstatt auf dem Parkplatz zu parken. „Ich warte hier auf dich, Babe."

„Bin gleich zurück", sage ich lächelnd. Ich bin ein paar Minuten früher dran als sonst, deshalb räumen die Kinder noch ihre Spielsachen auf, als ich in Avas Zimmer komme. Dabei höre ich, wie sich meine Tochter mit ihrer besten Freundin, einem kleinen rothaarigen Mädchen namens Willow, unterhält.

„Daddy hat gesagt, ich kann eine Freundin mit zu meiner Party bringen", erzählt sie meiner Tochter eifrig.

„Wirklich? Ich möchte kommen! Kann ich kommen?"

Wurde sie zu einer Geburtstagsparty eingeladen, von der ich nichts weiß?

„Hey, Äffchen", sagt plötzlich eine tiefe, vertraute Stimme hinter mir.

Willow kichert und läuft an mir vorbei. Ich drehe mich um und sehe ihren Dad, River, der seine Tochter auffängt. „Hey, Mila. Wie geht es dir? Hab dich eine Weile nicht gesehen. Wie geht es deiner Großmutter?", fragt er.

River lebt in derselben Straße, in der das Haus meiner Großmutter steht. Er ist vor etwa einem Jahr dort eingezogen. Er ist Witwer. Seine Frau ist bei der Geburt seiner Tochter gestorben. Willow und Ava verstehen sich so gut, dass ich sie manchmal an den Wochenenden vorbeibringe. Das habe ich vor allem dann gemacht, als ich Abendkurse an der Schwesternschule besucht habe. River ist ein gutaussehender Kerl. Groß, dunkelbraunes Haar und graue Augen. Wenn ich an die Fotos denke, die ich kenne, ist Willow das Spiegelbild ihrer Mutter, bis auf die grauen Augen, die sie von ihrem Vater hat.

„Großmutter geht es gut. Ich habe in den letzten Wochen einem Freund geholfen, deshalb war ich nicht zu Hause", erzähle ich ihm.

„Mama, Willow sagt, ich kann zu einer Party gehen." Ava zieht am Hosenbein meines Kittels.

„Es ist keine Party. Ich habe Willow versprochen, sie und eine Freundin an ihrem Geburtstag in die

Trampolinhalle in der Stadt einzuladen. Sie hat sofort nach Ava gefragt", erzählt River.

„Klingt nach Spaß. Sag mir einfach an welchem Tag und um wieviel Uhr und ich bringe sie hin", sage ich. Die beiden Mädchen freuen sich, als sie das hören und kichern und umarmen sich gegenseitig. „Okay, ich muss jetzt los. Bist du fertig, Ava?", frage ich sie.

Sie rennt zu ihrem Fach, nimmt ihren Mantel und die Brotdose, hüpft zu uns zurück und ergreift meine Hand.

„Willow und ich begleiten euch raus", sagt River und nimmt seine Tochter auf den Arm.

Wir verlassen das Gebäude und sofort sieht Ava Reid hinter dem Steuer sitzen. „Reid!", ruft sie freudig.

„Das ist der Freund?", fragt mich River und zieht dabei eine Augenbraue hoch.

„Es ist nicht das, was du denkst." Ich verdrehe die Augen und sehe eine blonde Frau, die sich zum Fenster der Fahrertür beugt und mit Reid spricht. Als sie Avas Lachen hört, richtet sie sich auf und sieht über das Auto hinweg in unsere Richtung.

Claire.

Ärger macht sich in mir breit und ich schieße mit den Augen Blitze auf sie ab.

„O, hallo, Mila", sagt sie etwas zu keck.

„Es ist also nicht das, was ich denke?", fragt River, der meine Reaktion auf die Szene vor uns beobachtet hat.

Ist es so offensichtlich?

Als Reid seinen Kopf zu uns dreht, sieht er River neben mir stehen. Der neutrale Ausdruck auf seinem Gesicht verschwindet und Ärger macht sich darauf breit. Gott, was sind wir für ein Paar! Beide machen wir Besitzansprüche geltend auf jemanden, der uns gar nicht gehört.

„Schick mir eine Nachricht wegen des Geburtstags. Wir werden da sein." Ich lächle und öffne die hintere Autotür. Ava klettert in ihren Sitz und wartet darauf, dass ich sie anschnalle. Ich beobachte, wie Claire sich hinunterbeugt, um etwas zu Reid zu sagen, bevor sie mich ansieht, winkt und durch die Eingangstür des Kindergartens verschwindet.

„Sag tschüss, Willow", sagt River, der seine Tochter immer noch auf dem Arm hält. „Tschüss, Ava!" Sie winkt.

„Tschüss, Willow", antwortet Ava und winkt zurück.

Ich werfe ihre Sachen auf den Rücksitz und schnalle sie an.

Reid löst seinen Blick von mir und legt den Gang ein. Die ganze Fahrt bis nach Hause hält er das Lenkrad fest umschlossen. Ich sitze neben ihm und brüte in meiner Eifersucht vor mich hin, als Ava anfängt, das Lied *Lass jetzt los* aus dem Film *Die Eiskönigin* zu singen. Die Ironie entgeht mir nicht.

Wir haben das Abendessen beendet, Ava hat ein Bad genommen und ich habe sie ins Bett gebracht. Ich setze mich auf die Couch und beginne damit, den Papierkram zu erledigen. Morgen werde ich wieder nach Hause fahren und Reid bekommt sein Zuhause zurück.

„Hey", sagt Reid hinter mir.

„Wie kannst du auf Krücken so leise sein? Das ist nervtötend." Ich lege meinen Kopf zurück und sehe zu ihm hoch, während er auf mich herabsieht. Er geht um die Couch herum, legt die Krücken zur Seite und setzt sich auf das Sofa.

Er trägt Jogginghosen, die tief auf den Hüften hängen und mein Blick wandert hinunter.

Nachdem ich seinen Körper betrachtet habe, blicke ich wieder hoch und merke, dass er mich beobachtet. O Gott, er hat mitbekommen, dass ich sein Paket angestarrt habe. Ich wechsle die Position und drücke meine Beine aneinander. Ich versuche, das plötzliche Verlangen nach diesem Mann zu unterdrücken, das sich zwischen ihnen breit macht, versuche, die plötzliche Anziehung zu ignorieren, die den ganzen Raum erfüllt und spreche das Thema an, das wir die ganze Zeit vermieden haben.

„Heute ist Avas und meine letzte Nacht hier. Ich fahre morgen wieder nach Hause. Ich muss mich bei dir bedanken. Du hast uns hier sehr herzlich aufgenommen und wir haben uns sehr wohl gefühlt. Ava wird dich vermissen. Vielleicht können wir dich ja ab und zu besuchen? Das heißt, wenn du nicht zu beschäftigt bist. Jetzt, wo der Arzt dir weitere Tätigkeiten erlaubt hat, bin ich sicher, dass du bald wieder viel auf der Arbeit zu tun haben wirst und natürlich im Club", sage ich, während mir ganz heiß wird. Die Art, wie er mich ansieht, treibt mir die Röte auf die Wangen.

Reid dreht seinen Körper, legt ein Bein neben die Kissen und lässt das andere über die Seite hängen, wobei er den Fuß auf dem Boden abstützt.

„Komm her, Kätzchen", befiehlt er mit tiefer Stimme.

Er greift meine Hand und zieht mich zu ihm. In diesem Moment hinterfrage ich nicht, was er tut oder warum ich es einfach geschehen lasse. Ich denke gar nichts. Ich lasse mich von meinen Gefühlen leiten. Er zieht mich zu sich, bis mein Körper auf seinem liegt, meine Brust auf seiner Brust und meine Hüften zwischen seinen Beinen. Mein schneller pochendes Herz fühlt sich an, als würde es in meiner Brust zerspringen als sein Blick zu meinen Lippen wandert. Wenn das harte, lange Ding, das ich an meinem Bauch spüre, mir etwas sagen will, dann, dass sein Körper dasselbe will wie meiner.

Eine kleine Kostprobe, bevor ich morgen gehe, kann nicht schaden, oder? Ich möchte wissen, wie es sich anfühlt, wenn Reids Lippen fest auf meine gepresst sind.

„Mama, Mama!", höre ich Ava rufen. Und damit ist der Moment verflogen. Die Stimmung ist so aufgeladen, dass ich kaum atmen kann, doch das, was ich mir erhofft hatte, ist plötzlich nebensächlich.

Ich sehe ihn an und weiß, dass wir es beide

wollen, aber keiner bereit ist, es auszusprechen.

„Mama!", ruft Ava erneut.

Mir fehlen immer noch die Worte, also stehe ich von der Couch auf und gehe in den Flur in Richtung unseres Zimmers. „Reid …" Ich drehe mich um und er sieht mir hinterher, noch immer mit demselben Ausdruck des Verlangens in seinen Augen. Ich lächle ihn an. „Gute Nacht."

Mit einem lauten Seufzer und einem verständnisvollen Blick, weil er weiß, dass meine Tochter an erster Stelle steht, antwortet er: „Gute Nacht, Kätzchen."

***

„Okay, das war's. Wir haben alles gepackt und können los, Süße. Hast du Teddy vom Bett geholt?", frage ich meine Tochter, als ich den letzten Koffer zumache. Teddy ist ihr Stoffbär, den sie seit dem Tag ihrer Geburt besitzt. Großmutter hat ihn ihr als Willkommensgeschenk gegeben, als ich mit ihr aus dem Bus stieg. Ohne ihn kann sie nicht schlafen.

„Habe ich, Mama", flüstert sie traurig.

Ich weiß, dass sie nicht gehen will, aber das hier war nur vorübergehend. Leider ist sie zu klein, um das zu verstehen. „Komm schon!" Ich knie mich hin, kitzle ihren Bauch und versuche sie zum Lächeln zu bringen. „Wir können ihn jederzeit besuchen", versuche ich, sie zu trösten. Als ich hochsehe, steht Reid in der Tür.

„Quinn ist hier, um euch nach Hause zu begleiten. Es ist schließlich schon spät.“

Kaum hat er seinen Namen gesagt, taucht Quinn hinter Reid im Flur auf. „Heilige Scheiße, diese Tacos sind so gut“, sagt er und stopft sich den Rest unseres Abendessens in den Mund. Ava geht zur Tür, quetscht sich an Reid auf seinen Krücken vorbei und bleibt vor Quinn stehen. Ich versuche, ein Lächeln zu unterdrücken. Mein kleines Mädchen hat eine Mission.

Sie legt ihren Kopf in den Nacken, um zu ihm hochzusehen und er blickt zu ihr hinunter und lächelt sie an. „Was geht, Kleine?“

Ava stemmt ihre Hand in die Hüfte, streckt die andere aus und sagt: „Du hast ein böses Wort gesagt.“

„Scheiße … ich meine, verdammt! Tut mir leid. Hier.“ Er zieht seine Geldbörse heraus und gibt ihr zwei Ein-Dollar-Scheine. Ich habe ihn gewarnt, dass er einen Fehler macht, wenn er ihr Geld dafür gibt. Ihre kecke Art scheint ihn nicht im Geringsten zu stören. Er lächelt noch breiter.

Reid wendet sich von der kleinen Zurechtweisung, die Quinn gerade von einer Vierjährigen erhalten hat, ab und sagt zu mir: „Bist du sicher, dass du nicht morgen früh losfahren willst?“

„Nein, ich habe alles gepackt und bin bereit, zu gehen. Außerdem ist es nicht so spät. Die Sonne ist noch gar nicht untergegangen“, antworte ich.

Ich hätte früher fahren sollen, aber ich wollte noch ein paar Mahlzeiten für ihn vorbereiten, bevor ich gehe. Er nickt und geht den Flur hinunter, mit Ava, die an seinen Fersen klebt und mir dahinter. Quinn folgt mit unseren Koffern und wir quetschen uns alle in den Fahrstuhl. Auf dem Weg zu meinem Auto lädt Quinn unsere Sachen ein und informiert uns, dass er auf seinem Bike auf mich warten wird. Dann geht er weg und zündet sich eine Zigarette an.

Reid räuspert sich und sagt: „Hör mal, die Jungs schmeißen am Wochenende eine Party für mich. Warum kommst du nicht mit Ava ins Clubhaus?"

Da er nicht gefragt hätte, wenn es kein familienfreundliches Treffen wäre, gibt es keinen Grund für mich Nein zu sagen. Ich war bei einigen Partys mit Bella und fand es immer schön. Ava hat sich außerdem mit einigen Kindern der Clubmitglieder angefreundet.

„Sicher, das wäre schön." Ich schenke ihm ein Lächeln.

Bevor wir uns umdrehen und ich Ava in ihren Sitz heben kann, löst sie sich aus meinem Griff, geht zu Reid und hebt ihren Teddy hoch. Reid nimmt ihn aus ihren kleinen, ausgestreckten Händen. „Wenn ich traurig bin, tröstet er mich", sagt sie mitfühlend zu ihm. Ich sehe, wie ihm mein süßes Mädchen ans Herz geht. Das ist eine große Geste von ihr. Ich hoffe, er weiß, dass sie ihm einen wertvollen Trostspender überlässt. Ich tue mein Bestes, um nicht loszuheulen und sehe schweigend dabei zu, wie sie eine sehr reife Entscheidung trifft, als sie den Teddy loslässt.

Reid geht in die Hocke und hält den Bären eng an sich geschmiegt. „Bist du dir sicher?"

„Ich bin mir sicher", bestätigt sie und mein Herz zerspringt fast in meiner Brust.

„Ich passe gut auf ihn auf. Ich verspreche es", versichert er ihr und nimmt sie dann in seine Arme.

Ava rennt zu mir zurück und klettert in ihren Autositz. Ich schnalle sie an, lehne mich zu ihr und küsse sie auf die Stirn. „Du bist so ein mutiges und mitfühlendes Mädchen, Ava Marie Vaughn."

Während ich um den Kofferraum meines Autos herumgehe, sehe ich zu Reid hinüber, der jetzt wieder aufrecht steht und mich ansieht. „Ich rufe an, wenn ich zu Hause bin."

Die Fahrt dauert nur fünfzehn Minuten. Quinn trägt meine Koffer rein und stellt sie im Wohnzimmer ab. „Es tut mir leid, aber ich muss los. Die Jungs brauchen mich im Clubhaus. Vergiss nicht, Reid anzurufen", erinnert er mich.

„Mache ich gleich. Danke, Quinn!"

„Weißt du, er wollte nicht, dass du gehst. Manchmal müssen wir eine Chance ergreifen und alles riskieren, auch wenn wir noch so Angst davor haben", sagt er und geht zur Tür. „Wir sehen uns am Wochenende." Ich schließe die Tür hinter ihm und warte, bis ich das Geräusch seines davonfahrenden Motorrads höre.

Als ich zu Ava gehe, um nach ihr zu sehen, spielt sie in ihrem Zimmer mit ihren Spielsachen. „Komm, meine Süße, machen wir dich bettfertig."

„Okay, Mama."

Nachdem ich Ava ihr Nachthemd angezogen und sie ins Bett gebracht habe, lesen wir noch ein bisschen in ihrem Märchenbuch. Dabei schläft sie ein, mit einer ihrer Puppen im Arm. Ich bin erschöpft und küsse sie auf die Wange, mache ihr Nachtlicht an und die Lampe aus. Ein Stapel Briefe, den ich durchsehen muss, wartet auf mich, außerdem eine brandneue Flasche Wein, die ich heute im Laden gekauft habe. Ich ziehe meine Schlafshorts und ein Tanktop an und gehe in die Küche.

Nachdem ich mir ein Glas Wein eingeschenkt habe, setze ich mich damit auf die Couch. Der erste Brief, der mir auffällt, ist ein großer DIN A4-Umschlag, also öffne ich ihn zuerst. Es ist der Briefkopf, der sofort meine Aufmerksamkeit auf sich zieht. Vaughn & Vaughn Rechtsanwälte. Meine Eltern fechten nicht nur mein Recht an, in diesem Haus zu wohnen, sondern sie bezweifeln auch die Rechtsgültigkeit der Vollmacht meiner Großmutter. Sie behaupten, dass sie aufgrund ihrer Krankheit nicht in der richtigen Verfassung war und dass ich sie zu dieser Entscheidung gezwungen habe. *Was zum Teufel?*

Kapitel 11

Reid

Als ich bei Kings Construction ankomme, schnappe ich mir meine Kutte vom Beifahrersitz und steige aus meinem Truck. Es fühlt sich so verdammt gut an, wieder zu arbeiten. Ich bin noch nicht wieder zu hundert Prozent hergestellt, also kann ich nicht aktiv mitarbeiten, aber allein schon ins Büro zu kommen ist weit besser, als Tag für Tag allein auf meinem Hintern zu Hause zu hocken.

Seit Mila und Ava wieder ausgezogen sind, kann ich die Stille in meinem Haus nicht mehr ertragen. Früher habe ich die Ruhe und Einsamkeit geliebt, aber jetzt nervt mich alles an meinem Zuhause. Mir fehlen Avas Spielsachen, die verstreut auf dem Wohnzimmerboden herumliegen. Mir fehlt es, dass sie von ihrem Tag erzählt, wenn sie aus dem Kindergarten kommt. Aber das Schlimmste ist: Ohne Mila fühle ich mich verloren. Ich vermisse es, ihr dabei zuzusehen, wie sie das Abendessen für uns macht. Ich sehne mich danach, ihren süßen Duft zu riechen. Wenn ich jetzt zu Hause bin, liegen keine Spielsachen mehr herum. Avas süßes Lachen ist nicht mehr zu hören. Das Einzige, das noch da ist, ist Milas Duft. Ich schwöre bei Gott, jedes Mal, wenn ich abends die Augen schließe, kann ich sie riechen. Sie hat einen so großen Eindruck bei mir hinterlassen. Und es kostet

mich all meine Kraft, nicht zu ihr zu fahren und
ihren Hintern wieder hierher zu schleppen.

Hierher, wo sie hingehört.

Ich möchte sichergehen, dass sie am Wochenende
auch wirklich zur Party kommt. Deshalb hole ich
mein Handy aus der Hosentasche und sende ihr
eine kurze Nachricht.

Ich: *Hey, Kätzchen. Wie war dein Tag bisher?
Wie geht es Ava?*

Kätzchen: *Uns geht es gut. Habe Ava gerade in
den Kindergarten gebracht. Wie geht es dir?
Fühlst du dich gut? Wie war deine Physiotherapie gestern?*

Ich: *Physio war gut. Keine Krücken mehr.*

Kätzchen: *Wirklich?! Das ist fantastisch! Ich
bin so stolz auf dich!*

Milas letzter Kommentar zaubert mir ein idioti-
sches Grinsen aufs Gesicht.

Ich: *Danke, Babe. Ich wollte eigentlich nur wissen, ob du und Ava noch vorhabt, am Wochenende zur Party zu kommen.*

Kätzchen: *Natürlich. Ava vermisst dich. Sie
freut sich darauf, dich zu sehen.*

Ich: *Ist Ava die Einzige, die mich vermisst?*

Es dauert eine Minute, bis sie antwortet. Dann schreibt sie das, was ich gehofft hatte und das Spiel beginnt.

Kätzchen: *Nein, sie ist nicht die Einzige.*

Ich: *Bis zum Wochenende, meine Schöne!*

Als ich durch die Tür zu Kings Construction gehe, werde ich von unserer neuen Empfangsdame Leah begrüßt. Nikolai hat sie vor ein paar Wochen eingestellt. Sie ist eine alte Schulfreundin von Alba. Soweit ich weiß, hatte sie Probleme mit der Familie und brauchte einen Platz zum Schlafen, um sich von besagter Familie fernzuhalten. Da Leyna weg war, brauchten wir einen neuen Empfangsmitarbeiter. Sie wohnt bei Sam, einem Freund von Alba. Ich kenne Sam nicht gut, aber er scheint ein netter Kerl zu sein und er ist Alba ein guter Freund. Er half sogar dem Club dabei herauszufinden, wer sie gestalkt hat. Sam ist einer der Bewerber, mit denen ich heute reden werde. Ich habe gehört, dass er sein Football-Stipendium verloren hat und vom College abging. Alba hat gesagt, dass er auf dem Bau gearbeitet hat, bevor er zu Leah nach Polson zog und nun hofft er, für Kings Construction arbeiten zu können.

„Wie geht es dir, Liebes?", frage ich Leah, die am Empfang sitzt. Das arme Mädchen sieht genauso ängstlich und nervös aus wie damals im Clubhaus, als ich sie das erste Mal getroffen habe. Damals hat sie Alba nach Hause gefahren.

Sie schiebt ihre Brille hoch und presst ein *Guten Morgen, Mr. Carter* heraus.

„Du kannst Reid zu mir sagen, okay?" Sie nickt mir schüchtern zu und ich klopfe mit den Fingerknöcheln auf den Tresen. „Ich bin im Büro. Wenn Sam hier ist, schick ihn rein."

Dreißig Minuten später, nachdem ich mir gerade Kaffee im Pausenraum geholt habe und die Liste der heutigen Bewerber durchgegangen bin, höre ich ein Klopfen. Sam steht in der Tür und wartet darauf, dass ich ihn hereinbitte. Ich stehe auf und halte dem Jungen die Hand hin. „Wie geht's, Mann? Komm rein und setz dich."

Er nimmt meine Hand. „Es geht mir sehr gut. Ich bin Ihnen dankbar dafür, dass Sie sich heute Zeit für mich nehmen, Mr. Carter."

Deshalb mag ich den Jungen. Er hat sich nicht nur meinen Respekt verdient, weil er die Eier hatte, vor Monaten im Clubhaus aufzutauchen, um Gabriels Mädchen zu helfen, er selbst ist auch respektvoll. Respekt ist mir sehr wichtig. „Kein Problem, ich freue mich, dass du hier bist. Dein früherer Boss hat mir eine Empfehlung für dich gemailt. Er hat nur Gutes über dich zu berichten. Er hat gesagt, es tut ihm leid, dass du gehst", erzähle ich ihm, als wir uns setzen.

„Ja, es hat mir dort gefallen, und ich habe es gehasst, meinen Chef so kurzfristig ohne Ersatz sitzen zu lassen, aber ich musste es tun. Für meine Freundin. Ihre Sicherheit ist wichtiger."

Als ich diese Worte aus Sams Mund höre, weiß ich, dass ich genug gehört habe. Seine hervorragende Empfehlung und die Tatsache, dass er den Menschen gegenüber, die ihm wichtig sind, so loyal ist, sagen mir, dass dieser Junge genau das ist, was wir brauchen. „Ich weiß alles, was ich wissen muss, mein Junge. Ich gebe dir den Job." Dann schreibe ich eine Adresse auf ein Stück Papier. „Sei morgen früh Punkt sieben Uhr dort."

Zusammen gehen wir aus dem Büro nach vorn zum Empfang. Als ich um die Ecke biege, sehe ich Nikolai hinter Leah stehen, die an ihrem Schreibtisch sitzt. Er lehnt sich über die Rückenlehne ihres Stuhls. Mit seinen Armen, die er mit den Händen auf dem Tisch abstützt, schließt er sie von beiden Seiten ein. Das arme Mädchen ist steif wie ein Brett und ihr ganzes Gesicht wird rot, als Nikolai etwas in ihr Ohr flüstert. Ein paar Sekunden später merken beide, dass sie Zuschauer haben. Auf Sams Gesicht ist ein dümmliches Grinsen zu sehen und Leah wird noch röter, falls das überhaupt möglich ist. Ohne ein Wort zu seiner Freundin nickt mir Sam zu und geht dann.

„Wie war das Vorstellungsgespräch?", fragt Nikolai und geht dabei komplett darüber hinweg, was gerade passiert ist.

„Ich habe ihn eingestellt. Ich habe ein gutes Gefühl bei dem Jungen." Dann mache ich es wie Quinn und frage neugierig: „Willst du mir verraten, was das gerade war?" Ich zeige in Leahs Richtung, als Nikolai mir den Flur hinunter in mein Büro folgt.

Er zuckt mit den Schultern. „Nichts, worüber es sich zu reden lohnt."

Da ich weiß, was er damit meint, belasse ich es dabei. „Okay, Mann. Ich bin dann mal weg und sehe nach der neuen Baustelle, bevor ich Schluss mache. Sehen wir uns auf der Party am Wochenende?"

„Die verpasse ich garantiert nicht, Mann. Wir sehen uns!", bestätigt Nikolai.

***

Es ist früh am Abend, als ich wieder zu Hause bin. Normalerweise würde ich im Clubhaus vorbeisehen und einen Drink mit meinen Brüdern nehmen, aber ich bin todmüde. Auch wenn ich nur noch alle zwei Wochen zur Physiotherapie gehe und ich keine Krücken mehr brauche, bin ich immer noch nicht wieder voll genesen. Ich will mich nicht beschweren. Meine Verletzungen hätten schlimmer sein können. Zur Hölle, ich hatte schon schlimmere. Ich weiß, wie viel Glück ich hatte. Ich beschließe, für den Moment auf eine Dusche zu verzichten und gehe direkt in mein Schlafzimmer, ziehe meine Klamotten aus und setze mich auf den Rand meines Bettes. Dann beuge ich mich nach unten, nehme die Prothese von meinem Bein, dann den Kompressionsstrumpf und reibe über das geschwollene, rote Fleisch. Nachdem die Schmerzen etwas nachgelassen haben, lehne ich mich in meinem Bett zurück. Mein Kopf hat kaum das Kissen berührt, da bin ich bereits eingeschlafen.

***

Es ist Samstagmorgen, ich bin in meinem Badezimmer und starre mein Spiegelbild an. Der Traum, von dem ich gerade aufgewacht bin, lässt mich die Dinge in einem vollkommen neuen Licht sehen. Zum ersten Mal seit langer Zeit spüre ich Frieden. Der Traum begann so wie immer, nur, dass dieses Mal kein Truck vorkam und niemand starb.

„Ich werde dich vermissen, Reid. Ich werde sogar den Rest der Familie vermissen. Der Club – das sind auch meine Brüder."

„Fuck, Kalifornien ist gar nicht so weit weg. Ich komme dich so oft wie möglich besuchen."

Mein Bruder sieht mich düster an. „Ich gehe nicht nach Kalifornien, Reid."

„Was zum Teufel meinst du, Noah?"

Er schüttelt den Kopf. „Es sollte nicht sein. Gott hat einen anderen Plan für mich. Aber ich bin glücklich, Reid. Du musst dir keine Sorgen um mich machen. Du musst nicht mehr traurig oder wütend sein. Alles ist genauso, wie es sein soll. Es ist an der Zeit, dass du dir dein Leben zurückholst, Reid."

Ich bin total verwirrt und starre ihn nur an. Nach

einem kurzen Moment spricht er erneut. „Wirst du et-was für mich tun, großer Bruder?"

„Ich tue alles für dich. Noah. Das weißt du doch."

„Ich weiß, Reid. Und ich weiß, dass du mich stolz ma-chen wirst."

Verwirrt runzle ich die Stirn. „Was meinst du? Noah, das ergibt keinen Sinn."

„Jetzt noch nicht, aber bald wird alles einen Sinn er-geben. Und ich verlasse mich darauf, dass du mich nicht enttäuschst, Reid. Mein großer Bruder muss mir noch einen Gefallen tun, okay? Versprichst du es mir?"

„Ich bin für dich da, kleiner Bruder. Wie immer", sage ich und gebe ihm mein Wort.

Er schenkt mir ein strahlendes Lächeln. „Ich wusste, dass ich auf dich zählen kann."

Die letzten Worte meines Bruders, kurz bevor ich aufwache, waren: „Oh, und Reid …"

Ich sehe ihn zum letzten Mal an. „Ja"?

„Schneid dir deine verdammten Haare."

Also stehe ich nun vor meinem Badezimmerspie-gel, mit der Haarschneidemaschine in der Hand, und halte mein Versprechen: Ich schneide mir die Haare. Zuerst rasiere ich beide Seiten bis auf die Kopfhaut ab und lasse auf dem Kopf ein paar Zen-timeter stehen. Dann nehme ich meinen Rasierap-parat und mache die Seiten fertig. Danach blicke ich in den Spiegel und sehe die Person, die ich seit dem Tod meines Bruders nicht mehr gesehen habe. Ich sehe mich. Jetzt, wo beide Seiten meines Kopfes rasiert sind, kann man mein Tattoo sehen.

Das gleiche, das Noah hatte. Nur, dass seines auf seinem Schulterblatt war. Es ist ein schwarzgrauer Totenkopf mit roten Rosen. Unser Vater hatte das gleiche. Nachdem er gestorben war, ließen Noah und ich uns das Tattoo ihm zu Ehren stechen. Als Noah starb, ließ ich meine Haare wachsen. Jedes Mal, wenn ich in den Spiegel sah, erinnerte mich das daran, dass er nicht mehr da war. Aber wenn ich jetzt in den Spiegel blicke, fühle ich mich anders. Ich fühle, dass er bei mir ist. Und ich gedenke damit nicht nur meinem Vater, sondern auch Noah.

Ich gehe zurück in mein Zimmer, ziehe Jeans und ein schwarzes T-Shirt an. Dann nehme ich die Schlüssel für mein Bike von meiner Kommode und gehe zum Fahrstuhl. Es ist das erste Mal seit Monaten, dass ich mein Motorrad wieder fahren werde und kann es nicht erwarten, den Wind in meinem Gesicht zu spüren. Ich sitze auf und starte es. Dann schließe ich meine Augen und genieße das Geräusch und die Vibration unter mir.

Als wäre ich im Himmel.

Als ich am Clubhaus ankomme, parke ich mein Bike und mache mich auf den Weg nach hinten. Ich biege um die Ecke und höre bereits Leute reden und lachen. Als sie mich sehen, verstummen die Gespräche. Alle starren mich an. Meine Brüder, auch Gabriel, lächeln. Bella und Alba steht vor Schreck der Mund offen. Keiner von ihnen hat mich je so gesehen, keiner kennt mein wahres Ich.

Quinn bricht als erster das Schweigen. „Lang

nicht gesehen, Motherfucker!"

Ich gehe auf die Menschen zu, die ich als meine Familie betrachte. „Ja, ich weiß, aber besser spät als nie, oder?" Seitlich von mir nehme ich eine Bewegung wahr und sehe, dass Prez zu mir kommt.

„Freut mich, dich zu sehen, mein Sohn", sagt er und nimmt mich in die Arme. „Danke, Prez", antworte ich.

Ein paar Stunden später sitze ich draußen an einem Tisch mit meinen Brüdern und spüre, wie mich jemand von hinten umarmt. Als ich über meine Schulter blicke, sehe ich Liz, unsere Clubhure. Ihr Verhalten bringt mich auf die Palme. Ich habe keine Ahnung, was zum Teufel sie will. Ich habe sie seit über einem Jahr nicht mehr angefasst. In diesem Augenblick sehe ich Mila ein paar Meter hinter uns stehen. In ihrem wunderschönen Gesicht zeichnen sich Schock und Enttäuschung ab.

Fuck!

Sie dreht sie sich schnell um und rennt mit Ava auf der Hüfte in Bellas Richtung. Bella wirft mir einen tödlichen Blick zu. Ich greife Liz Handgelenke, stoße ihren Arm von mir und stehe auf. Dann beuge ich mich vor, ganz nah an ihr Gesicht. „Ich weiß, was du vorhast, aber deine Spielchen funktionieren bei mir nicht. Fass mich nie wieder an!" Ich schäume vor Wut. Nach einem leichten Schubs wankt Liz zurück und fällt beinahe hin. Das Einzige, woran ich denken kann, ist Mila.

Ich eile über den Hof und gehe direkt zu Mila. Dann trete ich vor Bella, die gerade Ava im Arm hält und ihrer Freundin zuflüstert, dass ich komme. „Kätzchen, ich muss mit dir reden", sage ich, nehme ihre Hand in meine und führe sie über den Rasen des Clubhauses, vorbei an all den neugierigen Blicken, vorbei an Quinn und seinem nervigen, dämlichen Grinsen, und gehe hinein. Bei der ersten Tür, die ich sehe, halte ich an. Es ist die Toilette. Ich ziehe Mila hinter mir her, schließe die Tür und sperre sie ab. Dann drücke ich sie mit meinem Körper dagegen.

„Was machst du?", fragt sie nervös.

„Ich wollte nur hi sagen."

Sie kneift ihre bernsteinfarbenen Augen zusammen. „Nun, da du das jetzt getan hast, kannst du mich wieder loslassen und zurück zu deiner Freundin gehen."

Mein Gesicht ist ganz nah an ihrem, als ich meine nächsten Worte langsam und betont ausspreche. „Liz ist nicht meine Freundin. Sie ist gar nichts für mich. Diese Hure ist nichts weiter als eine Nervensäge, die Probleme macht."

Es dauert einen Moment, bis sie zufrieden ist mit meiner ehrlichen Antwort. Sie nickt. Ihr Gesicht ist immer noch nah an meinem, sie benetzt ihre Lippen und sagt: „Du siehst ... anders aus." Dann hebt sie die Hand und berührt mit ihren weichen, schlanken Fingern das Tattoo auf meinem frisch rasierten Kopf. „Gefällt mir", flüstert sie mit leiser, rauer Stimme.

Kaum haben diese Worte ihren Mund verlassen, presse ich meine Lippen auf ihre. Wir stöhnen beide, als unsere Zungen aufeinandertreffen. In uns ist pures Verlangen. Ohne darüber nachzudenken, fahre ich mit der Handfläche über die Vorderseite von Milas Kleid und schiebe dann meine Hand darunter, bis ich gefunden habe, was ich suche.

„Reid", stöhnt Mila, als ich meine Hand in ihren Slip schiebe und mit meinem Finger durch ihren Schritt gleite. Sie beginnt, mit den Hüften zu kreisen.

„So verdammt feucht für mich", keuche ich. Als ich in ihren Augen sehe, dass sie beginnt, darüber nachzudenken, was wir hier tun, beuge ich mich vor und flüstere in ihr Ohr: „Schließ die Augen, Kätzchen, und genieße es! Lass mich dich verwöhnen!" Sobald ich das gesagt habe, kommt Mila der Aufforderung nach und ihr Körper entspannt sich. Ich presse meine Handfläche gegen ihre Klit und schiebe einen Finger in sie hinein. Ich fühle, wie eng sie ist und werde sofort hart. Ich wünschte, es wäre mein Schwanz, der in ihr ist. Als ich merke, wie sich ihre Vagina um meinen Finger herum zusammenzieht, lege ich meine Stirn auf die ihre. „Komm jetzt, Kätzchen." Ich habe es kaum ausgesprochen, als Milas Vagina um meinen Finger herum zuckt. Ich presse meinen Mund auf ihren und schlucke ihren Schrei, als der Orgasmus durch sie hindurch strömt.

Als sie ihre Atmung wieder unter Kontrolle hat und sie wieder klar denken kann, fühle ich eine Veränderung an ihr. Ihr Körper versteift sich. Ich lehne mich zurück und kann einen Ausdruck der Scham auf ihrem Gesicht erkennen. Sie kann mir nicht mehr in die Augen sehen. Das darf nicht sein. „Babe, sieh mich an." Als sie mich ignoriert und versucht, sich aus der körperlichen Nähe zu befreien, nehme ich ihr Kinn zwischen meine Finger und zwinge sie, mich anzusehen. „Wage es nicht, dich dafür zu schämen, was gerade passiert ist. Dir dabei zuzusehen, wie du kommst, war das Aufregendste, was ich je gesehen habe. Wenn du das nächste Mal kommst, werde ich dafür sorgen, dass du auf meinem Schwanz sitzt und dieser tief in deiner Pussy vergraben ist. Und wenn das passiert, wird es ganz sicher nicht in einer Toilette sein. Es wird zu Hause passieren, in meinem Bett, wo ich die ganze Nacht damit zubringen werde, deinen Körper anzubeten. Also sag mir jetzt, dass du das verstanden hast, Kätzchen."

Mila nickt nur.

„Ich will es hören, Babe."

Mit stockendem Atem spricht sie aus, was ich hören will. „Ja Reid. Ich habe dich verstanden."

Ich drehe den Knauf an der Toilettentür und will Milas Hand nehmen, doch sie zögert.

„Möchtest du dir nicht, ähm, vielleicht die Hände waschen, bevor wir wieder rausgehen?", fragt sie und deutet auf die Hand, auf der sie gerade gekommen ist.

Ich drehe meinen Körper in ihre Richtung und sehe seitlich über meine Schulter, hebe den Finger, der gerade noch in ihr war und schiebe ihn in meinen Mund.

Milas Augen weiten sich schockiert. Nachdem ich ihn sauber geleckt habe, zwinkere ich ihr zu. „So etwas Süßes habe ich noch nie vorher gekostet.“

Kapitel 12

Mila

Noch nie bin ich so schnell und heftig gekommen wie in dem Moment, als Reid mich gegen die Tür auf dieser Toilette gepresst hat. Die ganze Nacht über habe ich noch den Orgasmus gespürt, den Reid in mir ausgelöst hat. Er hat die Situation kontrolliert, mir gesagt, was ich tun soll.

Sein Kuss und seine Berührungen haben so viele Gefühle in mir ausgelöst, dass meine Sinne geradezu überflutet wurden.

Als ich ihn heute Abend gesehen habe, war ich überrascht von seinem Aussehen. Auf eine positive Art. Er sah unglaublich sexy aus und so anders, mit seinem rasierten Kopf, auf dem man dieses wunderschöne Tattoo sehen konnte. Der Look steht ihm. Er sah aus wie ein neuer Mensch. Und schien glücklich zu sein.

Jetzt, wo ich Stunden später in meinem Bett liege, ist mein ganzer Körper immer noch in Flammen von unserer Begegnung und ich verzehre mich nach seiner Berührung. Wenn er das, was er getan hat, in wenigen Minuten schafft, wozu ist er dann erst fähig, wenn er mehr Zeit hat?

***

Ich fühle mich so leicht wie lange nicht, als ich

heute Morgen in die Küche gehe, um mir einen Kaffee zu machen. Allerdings nur, bis ich die Anfechtungsklage auf meinem Küchentisch entdecke, die mich daran erinnert, dass nichts so perfekt ist, wie es scheint. Was für ein Stimmungskiller. Ich kann nichts weiter tun, als auf das Ende des Monats zu warten, um dann in einem Gerichtssaal vor dem Richter zu stehen und meinen Fall darzulegen. Ich kann mir beim besten Willen nicht erklären, warum sie die Vollmacht anfechten wollen. Ich war die Einzige, die sich um Großmutter gekümmert hat, schon lange vor der Diagnose, und ich bezahle die Leistungen, die nicht von der Versicherung abgedeckt werden. Seit ich meine Eltern verlassen habe, was viele Jahre her ist, habe ich sie nie um etwas gebeten.

Sicher, Großmutter hat nach der Diagnose Papiere unterschrieben, mit denen sie mir die Vollmacht übertrug, doch sie war damals immer noch bei klarem Verstand und wusste, was sie tat.

Das ergibt alles keinen Sinn.

Ich stehe vom Tisch auf und setze den Kaffee auf. Dann mache ich mit meiner morgendlichen Routine weiter. Ich muss Ava aufwecken und sie fertig machen, damit ich sie in den Kindergarten bringen kann. Also gehe ich in ihr Zimmer und setze mich auf ihr Bett. Dann reibe ich meine Nasenspitze gegen ihre, so wie jeden Morgen, um sie aufzuwecken. Sie öffnet ihre großen, blauen Augen und lächelt mich an. „Morgen, Schlafmütze. Möchtest du Müsli oder Haferflocken zum Frühstück?", frage ich sie, während sie sich aufsetzt und auf meinen Schoß klettert.

„Müsli.“

Ich ziehe sie an und mache ihr einen Pferdeschwanz, bevor ich sie für ihr Frühstück an den Tisch setze und mich selbst für die Arbeit fertig mache.

Kate, meine ehemalige Chefin, hat mir eine Stelle organisiert, nachdem ich meinen Job bei Reid erledigt hatte. Ihre Freundin, die in einem Pflegeheim am anderen Ende der Stadt arbeitet, suchte zufällig jemanden, weil einer ihrer Mitarbeiter vor kurzem gekündigt hatte. Ich war mir nicht sicher, ob ich weiter in der häuslichen Krankenpflege arbeiten wollte. Deshalb hat sie ein bisschen herumtelefoniert und ein paar Tage später – Tada! – hatte ich ein Vorstellungsgespräch und wurde noch am selben Tag eingestellt. Das, was ich mit der Betreuung von Reid verdient hatte, ging langsam zur Neige, oder besser gesagt: Es ging *schnell* zur Neige.

Ich brachte Ava in den Kindergarten und ging dann in das Pflegeheim, in dem meine Großmutter wohnte. Ich habe es zur Regel gemacht, jeden Tag vorbeizuschauen, wenn auch nur für ein paar Minuten, aber ich will sicher sein, dass es ihr gut geht und meine Eltern keine Probleme machen. Als ich vor dem Pflegeheim parke, gebe ich mir Mühe, die Gedanken an meine Eltern zu verdrängen. Im Eingangsbereich treffe ich Großmutters Pflegerin Joni.

„Hey, Joni.“ Ich winke ihr kurz zu, bevor ich

stehen bleibe.

„O, hey, meine Süße. Wie geht's dir?", begrüßt sie mich.

„Mir geht's gut. Wie geht es Großmutter heute? Sind meine Eltern wieder aufgetaucht?"

„Heute ist ein guter Tag." Sie lächelt. „Und deine Eltern habe ich auch nicht wiedergesehen. Ich verspreche dir, wenn sie hier noch einmal auftauchen, gebe ich dir Bescheid, Liebes."

Ich danke ihr und gehe weiter zu Großmutters Zimmer. Sie sitzt in ihrem Stuhl in der Sonne, die durch ihr Fenster scheint. Ich lege meine Tasche auf ihrem Bett ab, gehe zu ihr und knie mich neben sie. „Hey, Großmutter, wie fühlst du dich heute?", frage ich.

„Mila, mein süßes Mädchen. Ich habe gerade an dich gedacht. Komm, setz dich für eine Minute." Sie tätschelt die Armlehne des Stuhls, der neben ihr steht. Ich setze mich und beide schweigen wir für einen Moment, während sie ihre Hand auf meine legt. „Du siehst müde aus, Liebes. Geht es dir gut?"

„Es geht mir gut, Großmutter."

„Du wirst mir schon sagen, was du auf dem Herzen hast, wenn du dazu bereit bist. Das tust du immer. Wo ist meine kleine Urenkelin?"

„Sie ist im Kindergarten. Letztes Mal hat sie mich begleitet, um dich zu besuchen. Erinnerst du dich? Sie hat dir ein Bild gemalt. Das haben wir hier an deiner Wand aufgehängt." Ich deute in die Richtung, in der das Bild hängt. Sie sieht es sich einen

Moment lang an, bevor eine Träne über ihre Wange kullert. Es bricht mir das Herz.

„Es tut mir leid. Ich erinnere mich nicht." Sie drückt sanft meine Hand.

„Das ist okay", versuche ich sie zu trösten.

Sie ist oft verwirrt, vergisst manchmal ganze Tage und sogar einfache Tätigkeiten, wie zum Beispiel eine Gabel zu benutzen. Dinge, die die meisten Menschen tun, ohne darüber nachzudenken. Und manchmal lebt sie in der Vergangenheit. All die Dinge, die jeder für selbstverständlich hält, sehe ich heute in einem anderen Licht.

Jeder Tag, an dem sie mich anlächelt und mich beim Namen nennt, wenn ich in ihr Zimmer komme, ist etwas Besonderes für mich. Ich weiß nämlich, dass ich eines Tages in dieses Zimmer komme werde und sie mich nicht mehr erkennen wird.

Ich bleibe noch fünf Minuten, bevor ich mich zur Arbeit aufmache. Zur Mittagszeit bekomme ich eine Nachricht von Reid:

Reid: *Hey, Babe. Wie ist dein Tag?*

Ich: *Gut soweit.*

Reid: *Wollte dich nur wissen lassen, dass ich an dich denke. Ich denke daran, was ich mit dir machen möchte.*

Bei der letzten Nachricht möchte ich auf meinem

Stuhl dahinschmelzen.

Ich: *Ich denke auch an dich.*

Reid: *Bis dann, Kätzchen.*

Ich antworte nicht. Den ganzen Tag über spüre ich das Verlangen zwischen meinen Beinen, sobald ich seine Worte erneut lese.

Als ich Ava abhole, fragt sie mich auf dem Heimweg: „Mama, wann besuchen wir Reid?"

„Wir haben ihn doch erst gestern gesehen, Liebling. Auf der Party."

„Aber ich möchte ihn heute sehen", bettelt sie.

„Sollen wir uns eine Pizza holen und heute Abend im Wohnzimmer ein Picknick machen?"

Ich sehe in den Rückspiegel. Meine Tochter sieht sich auf meinem Handy Zeichentrickfilme an. Ihr Kopf schnellt nach oben und sie lächelt aufgeregt. „Wirklich?! Und gucken wir auch einen Film und essen Eis?"

Ich nicke zustimmend. „Yep, auch Film und Eis." Hoffentlich kann ich sie damit etwas von Reid ablenken und mich auch.

„Yay! Pyjamaparty!" Sie klatscht in die Hände und ihr Lachen erfüllt das Auto.

Den Rest des Abends verbringe ich auf dem Boden mitten in einer Kissenburg und esse Junkfood mit meiner Tochter, während wir uns einen Film ansehen.

***

Nach dem üblichen Papierkram am Morgen schnappe ich mir die erste Patientenakte des Tages. Aktuell bin ich so eingeteilt, dass ich die Abende und Nächte frei habe, aber ich werde ab und zu an den Wochenenden und in den Ferien arbeiten müssen. Die Arbeitszeit ist viel besser als die Schichten, die ich im Krankenhaus leisten musste. Ich habe gearbeitet, wann immer und wo immer sie mich brauchten.

Nach dem Mittagessen gehe ich zur Schwesternstation, um die Krankenakten meiner Patienten im Computer zu aktualisieren. Plötzlich höre ich eine schroffe Männerstimme meinen Namen rufen. „Mila Vaughn?" Ich blicke vom Computer auf und sehe einen Beamten vor mir stehen.

„Ja?", antworte ich. In seiner ausgestreckten Hand hält er einen weißen Umschlag. „Ich muss Ihnen diese Papiere übergeben."

Ich blicke mich um und merke, wie einige Leute zu mir herübersehen. Etwas beschämt zucke ich mit den Achseln und frage ihn: „Wofür sind die?" Dann nehme ich den Umschlag und stopfe ihn in die Brusttasche meiner Schwesternuniform.

„Das weiß ich nicht, Ma'am. Ich liefere das nur aus. Schönen Tag noch", sagt er und sieht mich freundlich an, bevor er sich umdreht und davongeht.

Während ich meine Aktualisierungen beende und mich leise bei den Umstehenden für die

Störung entschuldige, kommen mir meine Eltern in den Sinn. Ich gehe durch die Eingangshalle hinaus, um etwas frische Luft zu schnappen. Dann hole ich den Umschlag aus meiner Brusttasche und öffne ihn.

Räumungsbescheid? Ich dachte, Großmutter würde das Haus gehören? Ich verstehe nichts von dem, was da steht, aber ich muss mich darum kümmern. Viel Geld habe ich nicht, aber ich kenne zufällig einen Anwalt und vielleicht ist er dazu bereit, mir wenigstens einen Rat zu geben. Die Tür neben mir geht auf. Ich stopfe die Papiere wieder zurück in meine Tasche und gehe zur Seite.

„Mila, ich dachte doch, dass ich gesehen habe, wie du rausgegangen bist. Ist alles okay?", fragt Tracie, meine Vorgesetzte.

„Alles okay, Tracie. Nur ein paar unerwartete Neuigkeiten, aber nichts, mit dem ich nicht klarkomme."

Sie nickt mir verständnisvoll zu. „Hör mal, wir brauchen dich heute Abend bis neunzehn Uhr. Ich weiß, du hast eine Tochter im Kindergarten, also wollte ich dich vorwarnen."

Vermutlich kann ich Bella bitten, Ava vom Kindergarten abzuholen und sie fragen, ob sie auf sie aufpasst, bis ich nach Hause komme. Ich hasse es, das zu tun, aber sie ist neben mir die einzige Person, die beim Kindergarten dafür eingetragen ist, sie abholen zu dürfen. „Ich rufe jemanden an, der meine Tochter abholt", sage ich Tracie.

„Sicher. Wenn du fertig bist, komm bitte zu mir",

antwortet sie und geht zurück ins Gebäude. Ich krame mein Handy aus meiner Tasche und rufe Bella an.

„Hey, Süße. Was ist los?", fragt sie.

„Hey. Ich muss dich um einen großen Gefallen bitten."

„Sicher", sagt sie.

Ich seufze schwer. „Könntest du Ava für mich abholen? Ich muss heute ein paar Überstunden machen."

„Das kann ich machen. Ich wollte Alba nach der Arbeit besuchen, also kann Ava mit Gabe spielen", antwortet Bella fröhlich.

Ich hasse es, jemanden um einen Gefallen zu bitten und Leuten etwas aufzubürden, aber manchmal habe ich keine Wahl. „Danke! Ich muss zurück zur Arbeit. Ich melde mich, wenn ich auf dem Heimweg bin. Soll ich sie bei dir oder bei Alba abholen?"

„Ich bin wahrscheinlich bei Alba, weil die Jungs irgendwas im Clubhaus machen heute Abend", antwortet sie mir.

„Okay. Danke nochmal, Bella."

„Gern. Bis später", sagt sie und legt auf. Ich gehe wieder hinein.

Als ich abends fertig bin, bin ich so erschöpft, dass ich Ava nur noch abholen und nach Hause fahren will. Die Fahrt zu Alba ist nicht weit und so stehe ich nach kurzer Zeit in ihrer Einfahrt. Meine Autotür geht auf und eine schwangere Alba begrüßt mich. Gabriel will offensichtlich, dass diese Frau dauerschwanger ist.

„Hey, Alba", begrüße ich sie.

„Komm rein, wir haben schon gegessen und ich bin gerade damit fertig geworden, die Kinder zu baden und Gabe ins Bett zu bringen."

„Du bist die Beste. Danke! So müde wie ich bin, wollte ich eigentlich nur Fast Food holen und direkt mit Ava ins Bett gehen", sage ich und folge ihr in die Küche.

„Bella ist oben und zieht Ava an. Ich hole dir was zu essen. Wir haben noch genug Lasagne übrig. Du kannst also was essen, bevor du gehst."

Ich setze mich an ihre Mülscheninsel und sie stellt einen Teller mit warmem Essen vor mir ab. Es riecht so gut. Ich nehme einen Bissen und genieße den Geschmack. Ich bin immer so beschäftigt, dass ich nicht oft dazu komme, richtig zu kochen. Ein Essen zu kochen, das schmeckt, als hätte es den ganzen Tag vor sich hin geköchelt.

Alba lacht. „Hast du Hunger?"

„Ich sterbe vor Hunger!", antworte ich und nehme einen weiteren Bissen.

„Mama!" Mein kleines Mädchen hüpft in die Küche. Sie ist immer noch so voller Energie. Ich nehme sie hoch und setze sie auf mein Knie. Dann esse ich weiter.

„Hattest du heute Spaß?", frage ich sie. Ihre kleinen Augen leuchten voller Begeisterung.

„Ich möchte einen Baby-Bruder, Mama", sagt sie bestimmt und ich verschlucke mich an meinem

Essen und muss husten.

„Einen Bruder?", bringe ich gerade so heraus, als Alba mir ein Glas Wasser reicht und mich dabei amüsiert ansieht.

„Yep, ich will ein Baby wie Gabe. Tante Alba hat ein Baby in ihrem Bauch. Kannst du für mich auch ein Baby in deinen Bauch legen, Mama?"

Bella und Alba beobachten das Ganze und sind gespannt, wie ich mit der Situation umgehe. Ich weiß aber selbst nicht, wie ich darauf reagieren soll, also ignoriere ich Ava einfach und küsse sie auf den Kopf. „Danke euch so sehr, dass ihr heute Abend auf sie aufgepasst habt", sage ich, während ich die Reste meines Abendessens in den Mülleimer kratze und meinen Teller in die Spüle stelle.

„Jederzeit", antwortet Bella.

„Fahren wir jetzt heim, Süße?", frage ich eine müde Ava.

Meine Freundinnen begleiten uns nach draußen und wir verabschieden uns, bevor ich Ava ins Auto setze und wir nach Hause fahren. Auch mein kleines Mädchen scheint einen langen Tag gehabt zu haben. Nach ein paar Minuten ist sie eingeschlafen.

Als ich meine Nachbarschaft erreiche, sehe ich viele Fahrzeuge. Es sind Polizei- und Feuerwehrautos mit blinkenden Lichtern. *Ich hoffe, es ist nichts passiert.* Als ich näher heranfahre, kann ich sehen, wie die Polizisten mit den Leuten reden. Ich fahre langsam zu einer Art Kontrollstation und lasse das Fenster herunter.

„Hi, Officer. Was ist hier los?", frage ich und sehe einige frustrierte Nachbarn in ihren Autos vorbeifahren.

„Es gibt ein Gasleck und wir müssen einige Blocks zur Sicherheit evakuieren. Wohnen Sie hier?"

„Ja, drüben im Crowne Circle. Bitte sagen Sie mir nicht, dass ich nicht nach Hause kann." Ich lasse mich in meinen Sitz zurückfallen.

„Es tut mir leid, ich kann keinen Anwohner durchlassen, bis die Gasfirma das Problem nicht gelöst hat und der Bereich wieder als sicher gilt."

Super. Das ist genau, was ich jetzt brauche. „Wie erfahren wir denn, wann wir wieder nach Hause können?", frage ich ihn.

„Der Gasversorger ruft Sie normalerweise an und gibt Bescheid, wenn Sie wieder nach Hause können."

Ich drehe mich um und sehe zu Ava, die immer noch in ihrem Autositz schläft und denke darüber nach, was ich jetzt tun soll. Ich möchte niemanden mit meinen Problemen belasten, also entscheide ich mich dafür, Geld in die Hand zu nehmen und für die Nacht in ein Hotel zu gehen. Ich danke dem Officer für seine Geduld, wende und fahre in Richtung Stadt davon.

Ich entschließe mich dazu, in einem Hotel zwei Blocks vom Stadtzentrum zu bleiben, obwohl das eigentlich nicht wirklich meine Entscheidung ist. Vielmehr ist es meiner finanziellen Situation geschuldet. Dieses Hotel ist das billigste. Mit Ava in meinen Armen betrete ich das Hotel und gehe zum Check-in-Schalter, um mein Zimmer zu buchen.

Ich erhalte meine Schlüsselkarte für Zimmer 68. Zumindest ist es im Erdgeschoss und ich muss keine Treppen steigen. Als ich die Karte einstecke und die Zimmertür öffne, reißt Ava die Augen auf, hebt ihren Kopf und sieht sich um, während sie ihre verschlafenen Augen reibt. „Wo sind wir hier, Mama?"

„Hier schlafen wir heute, meine Süße."

„Warum?", fragt sie, während ich das Bett in Augenschein nehme, bevor ich sie darauf ablege.

„Alles gut, Baby. Schlaf weiter", versichere ich ihr.

Es hat keinen Sinn, einer Vierjährigen ein Gasleck zu erklären. Sie schließt ihre Augen, rollt sich mit ihrer Puppe zusammen und ich decke sie zu. Ich muss ein wenig runterkommen, also mache ich den Fernseher an und hoffe, dabei entspannen zu können.

Irgendwann, nachdem ich meine Schuhe von den Füßen getreten und mich neben Ava gelegt habe, schlief ich ein, ohne dass ich es gemerkt hatte. Plötzlich schrecke ich auf. Jemand hämmert gegen die Zimmertür. Wer auch immer es ist, ist ausdauernd und rüttelt bereits am Türknauf.

Ich gehe hinüber zu den Vorhängen und spähe vorsichtig durch das Fenster. Vor der Tür steht ein großer Mann, ganz in Schwarz gekleidet. Er entdeckt mich dabei, wie ich ihn ansehe, tritt zurück und beginnt, gegen die Tür zu treten. Ich bekomme Panik, renne zu Ava und nehme sie hoch. Sie ist bereits wach geworden und in ihrem Gesicht steht das blanke Entsetzen. Schnell laufe ich mit ihr in das Badezimmer und setze sie in die Wanne. Sie beginnt zu weinen.

„Mama", sagt sie und schluchzt herzergreifend.

„Süße, hör mir zu." Ich sehe über meine Schulter, während das Hämmern weitergeht und sage: „Du bleibst hier drin. Mama muss die Polizei anrufen. Egal, was passiert, du lässt die Tür verschlossen. Du machst niemandem auf! Hast du das verstanden?!"

Ich eile aus dem Bad, denn ich weiß, dass die Tür jeden Moment nachgeben wird. Sie klammert sich voller Angst und mit Tränen in den Augen an ihre Puppe. Ich ziehe den Duschvorhang zu, drehe die Sperre im Türknauf und schließe die Tür hinter mir. In dem Wissen, dass meine Tochter sicher ist, renne ich zum Telefon auf dem Nachttisch, um den Notruf zu wählen.

Als ich gerade den Hörer in die Hand nehme, kracht die Tür auf und ein maskierter Mann greift mich an. Ich bin nicht schnell genug. Der einzige Fluchtweg führt über das Bett. Der Fremde greift nach mir, schlägt mir so hart ins Gesicht, dass ich Blut schmecke und wirft mich quer durch das Zimmer. Mein Kopf schlägt gegen die Ecke der Kommode und ich sehe alles nur noch verschwommen. Als ich mich wieder aufrapple, verliere ich das Gleichgewicht und stolpere zu Boden.

Während ich dort liege, tritt er mit seinen Stiefeln

so hart gegen meine Seite, dass es mir die Luft zum Atmen nimmt. Vom Schmerz muss ich husten und ziehe die Luft ein, um meinen Atem wieder zu finden, als er mich an den Haaren auf die Füße zerrt. Ich kämpfe gegen ihn an und versuche, mich aus seinem Griff zu befreien, aber er überwältigt mich schnell, schlägt mir ins Gesicht und wirft mich auf das Bett.

Noch benommen von dem Schlag rolle ich zur Seite und versuche das Telefon zu erreichen, das immer noch auf dem Nachttisch neben dem Bett steht. Blut tropft mir aus der Nase. Ich erreiche das Telefon und robbe mich näher an es heran. Meine Chance nutzend, schlage ich ihn damit auf den Kopf. Er klettert auf das Bett und spreizt meine Beine. Er ist jetzt über mir und völlig unbeeindruckt von dem Schlag. Er blickt auf mich herab, dann schlägt er mich noch einmal mit der Rückseite der Hand. Seine dunklen, kalten Augen sind das einzig Menschliche, das ich hinter der Maske erkennen kann. Plötzlich legt er seine großen Hände um meinen Hals und drückt langsam zu. Ich schlage, trete und kratze seine Arme mit aller Kraft, aber er drückt nur noch mehr zu und schnürt mir immer mehr die Luft ab. Ich sehe nur noch verschwommen, während ich darum kämpfe zu atmen, zu überleben.

Kapitel 13

Reid

Ich sitze im Büro an meinem Schreibtisch und denke an Mila. Das Bild ihres wunderschönen Gesichts, als sie kam, geht mir nicht aus dem Kopf. Ich habe beschlossen, ihr ein paar Tage Zeit zu geben, damit sie verarbeiten kann, was zwischen uns passiert ist und was sehr bald wieder zwischen uns passieren wird. Es verlangt mir alles ab, nicht einfach zu ihr zu fahren, sie über meine Schulter zu werfen und sie mit zu mir nach Hause zu nehmen, wo sie hingehört.

Aber ich kann es nicht riskieren, sie zu verschrecken. Nicht, dass ich sie gehen lassen würde. Mila gehört mir. Ihr Schicksal war besiegelt an dem Tag, an dem sie bei mir auftauchte, an meiner Tür klingelte, mich mit ihrer frechen Art verzauberte und mit diesen hypnotisierenden Augen ansah.

Ich werde aus meinen Gedanken gerissen, als mein Handy in meiner Tasche vibriert.

Als ich es herausziehe, sehe ich eine Nachricht von Quinn.

Blödmann: *Schwing deinen Hintern zum Clubhaus und trink was mit mir.*

Ich: *Fuck off, woher weißt du, dass ich arbeite?*

Blödmann: *Ich bin draußen, Arschloch. Lass*

uns fahren!

Ich: *Gib mir fünf Minuten.*

Kopfschüttelnd fahre ich den Computer herunter. Dann stehe ich auf, nehme meine Kutte von der Stuhllehne und werfe sie mir über. Nachdem ich alle Lichter im Büro ausgeschaltet und den Alarm aktiviert habe, gehe ich nach draußen, wo Quinn auf seinem Bike sitzt und eine Zigarette raucht. Ohne ein Wort zu sagen, recke ich mein Kinn in die Richtung meines Bruders und sitze auf mein Bike auf. Wir fahren die Straße hinunter und atmen die warme Sommerluft ein. Plötzlich sehe ich etwas aus dem Augenwinkel. Ich nehme das Gas weg und werde langsamer. Vor einer Absteige von Motel steht Milas Auto.

Was zum Teufel? Was macht sie in einem Motel?

Ich fahre auf den Parkplatz und weiß, dass mein Bruder direkt hinter mir ist. Als ich mich zu ihm umdrehe, sehe ich, dass auch er Milas Auto bemerkt hat und genauso überrascht ist wie ich.

Quinn und ich steigen gleichzeitig von unseren Bikes ab und gehen zum Check-in-Schalter. Die Klingel an der Tür macht die alte Dame hinter dem Tresen auf uns aufmerksam als wir reinkommen.

„Braucht ihr ein Zimmer?", will sie wissen.

„Nein, Ma'am. Ich möchte wissen, in welchem Zimmer Mila Vaughn wohnt." Nachdem ich das Ganze noch zweimal wiederholen musste, weil die alte Schachtel fast taub ist, zögert sie damit, mir die

Informationen zu geben. Dann sieht sie unsere Kutten.

„Sie ist in Zimmer 68. Ich möchte keine Schwierigkeiten, hast du gehört, junger Mann?"

„Ich auch nicht, Lady." Nachdem sie mich einen Augenblick lang müde ansieht, gibt sie mir die Schlüsselkarte zu Milas Zimmer. Ich nehme sie aus ihrer faltigen Hand und nicke ihr dankend zu, bevor ich mich umdrehe und rausgehe.

Quinn und ich gehen am Gebäude entlang zum Zimmer Nummer 68. Als wir dort ankommen, klingeln sämtliche meiner Alarmglocken und mein Puls beschleunigt sich. Sofort greife ich in meine Jacke und ziehe meine Waffe. Ich weiß, dass mein Bruder das Gleiche getan hat. Denn Milas Zimmertür steht offen und bei genauem Hinsehen erkennt man, dass sie eingetreten wurde.

Mit Quinn im Rücken lege ich die Hand an die Tür und öffne sie langsam. Was ich dann vor mir erblicke, ist wie ein Schlag in die Magengrube, und ich sehe rot. Irgendein Wichser sitzt zwischen Milas Beinen und hat seine Hände um ihren Hals gelegt. Ich sehe, wie eines ihrer Beine ein letztes Mal im Kampf zuckt, bevor ihr Körper erschlafft. Ohne eine Sekunde Zeit zu verlieren, greife ich das Arschloch an und werfe ihn neben dem Bett zu Boden. Wieder und wieder schlage ich ihm ins Gesicht. Ich weiß nicht, wie lange es gedauert hat oder wann der Typ unter mir aufgehört hat, sich zu bewegen, aber irgendwann greift Quinn mir an die Schulter und ich komme wieder zu Sinnen.

„Bring ihn nicht um, Bruder. Nicht, wenn du Antworten willst."

Quinn hat recht. Zunächst will ich wissen, warum zur Hölle Mila überhaupt in diesem Motelzimmer ist und dann, warum dieses Stück Scheiße versucht hat, sie umzubringen. Meine Gedanken kehren zurück zu Mila und ich kümmere mich nicht mehr um den blutenden Mann, der vor mir auf dem Boden liegt, sondern um mein Mädchen. Ich sehe ihren geschundenen und bewusstlosen Körper auf dem Bett liegen und es juckt mich in den Fingern. Zu gern würde ich dem Wichser eine Kugel in den Schädel jagen.

„Ich habe ihren Puls gecheckt und sie atmet noch. Möchtest du sie ins Krankenhaus bringen oder soll ich Doc anrufen?", fragt Quinn.

„Kein Krankenhaus. Noch nicht. Ein Krankenhaus bedeutet Polizei und auf keinen Fall kriegen die Cops ihn", sage ich und gestikuliere in die Richtung des immer noch bewusstlosen Mannes. „Er gehört mir", erkläre ich.

„Wie du willst, Bruder."

Quinn telefoniert und ich beginne damit, mir Milas Verletzungen anzusehen. Sie hat eine aufgeplatzte Lippe, ein blaues Auge und lilafarbene und blaue Fingerabdrücke an ihrem Hals. Ein Stöhnen kommt aus ihrem Mund und sie öffnet ihr unverletztes Auge.

„Kätzchen, kannst du mich hören? Es ist alles okay. Ich bin da", versichere ich ihr und streichle ihr über die Haare.

Sie öffnet den Mund und versucht, etwas zu sagen. Mit heiserer, rauer Stimme sagt sie ein Wort. „Ava?"

Mir wird flau im Magen. Wie konnte ich nur Ava vergessen?

Plötzlich meldet Quinn sich zu Wort. „Sie ist im Badezimmer, Bruder, aber ich kriege sie nicht dazu, die Tür zu öffnen. Ich höre sie nur weinen."

Ich stürze zur Badezimmertür und falle auf die Knie. Dann beginne ich sanft auf sie einzureden. „Ava, Süße, kannst du bitte die Tür für mich aufmachen?" Ihr Schluchzen bricht mir das Herz. Doch dann höre ich ihre süße Stimme.

„Reid?"

„Ja, Kleine, ich bin's. Kannst du zu mir rauskommen?" Eine Sekunde später höre ich wie das Schloss klickt und eine weinende, zitternde Ava wirft sich mit ihrem kleinen Körper in meine wartenden Arme. Sie vergräbt ihr Gesicht an meinem Hals und ich streichle ihr über den Rücken und versuche, sie zu beruhigen. Dann gehe ich mit ihr zusammen zurück ins Badezimmer, damit sie nicht sieht, was sich im Schlafzimmer zugetragen hat. Ich möchte nicht, dass sich das Bild ihrer geschundenen Mutter und eines blutenden, zusammengeschlagenen Mannes in ihr Gedächtnis eingräbt. Kein Kind sollte so etwas erleben müssen.

„Doc, Gabriel und Prez sind auf dem Weg", informiert mich Quinn. „Soll ich Ava nehmen, damit du zu deinem Mädchen kannst?"

Ich überrede Ava, sich ein wenig von mir zu

lösen, und frage: „Kannst du für mich kurz zu Quinn gehen, Süße? Ich verspreche, dass ich nicht weggehe." Sie sieht mich mit ihren großen, blauen Augen an, blinzelt noch ein paar Tränen weg und sieht zu Quinn hinüber. Dann nickt sie. „Gutes Mädchen", lobe ich sie und küsse sie auf ihren Kopf, bevor ich sie meinem Bruder übergebe.

In dem Moment, als ich zu Mila gehe, stürmen Prez, Doc und Gabriel in das Motelzimmer. Als sie sehen, was passiert ist, sind ihre Augen hasserfüllt. Doc verschwendet keine Zeit und kümmert sich sofort um Mila, während sich Gabriel dem Mann auf dem Boden widmet, der bald tot sein wird. Ich schenke meine Aufmerksamkeit Doc, als er zu sprechen beginnt.

„Lasst sie uns zurück ins Clubhaus bringen, damit ich sie genauer untersuchen kann. Sie wurde übel zugerichtet. Aber ich sehe keine Anzeichen von sexueller Gewalt. Das ist nichts, was wir nicht wieder hinkriegen. Es sei denn, du willst sie ins Krankenhaus bringen? Es ist deine Entscheidung."

Ich will gerade etwas sagen, als Mila sich aufsetzt. „Wo ist Ava? Reid, wo ist sie?"

Ich lehne mich über das Bett und ziehe Mila in meine Arme. „Ganz ruhig, Baby, es geht ihr gut. Quinn ist bei ihr. Wir bringen euch hier raus, okay?"

„Okay, aber kein Krankenhaus, ich möchte nicht, dass Ava mich so sieht", bettelt Mila.

„Gut, Kätzchen, lass uns gehen."

Als ich gerade mit Mila auf den Armen nach

draußen gehe, sehe ich, dass Logan und Bella ebenfalls gekommen sind. Ich setze mich mit Jake in den Van und sehe aus dem Fenster. Quinn kommt mit Ava aus dem Zimmer und geht direkt zu Bella, die sie ihm schnell abnimmt. Zufrieden damit, dass sich jemand um Ava kümmert, gebe ich Jake ein Zeichen, dass wir fahren können.

Eine Stunde später sind wir im Clubhaus. Mila wurde von Doc untersucht und ich habe sie so gut es ging gewaschen.

Kurz nachdem wir angekommen waren, wachte sie auf und war geistesgegenwärtig. Sie konnte uns erzählen, woran sie sich erinnerte. Sie sagte, dass in ihrer Nachbarschaft ein Gasleck war und die Polizei niemanden nach Hause gelassen hatte, also entschied sie sich dafür, in ein Motel zu gehen, anstatt mich anzurufen.

Zu behaupten, ich war sauer, wäre untertrieben. Ich verstehe nicht, warum zum Teufel sie mich nicht angerufen hat. Sie erklärte, dass es spät war und sie niemandem zur Last fallen wollte. Wie konnte sie so dumm sein und denken, dass sie oder Ava mir zur Last fallen würden? Das habe ich ihr auch gesagt. Aber das freche Ding musste widersprechen und mir mitteilen, dass sie in der Lage war, allein klarzukommen.

Meine Antwort darauf war kurz und einfach. „Ich verstehe, dass du die ganze Zeit allein warst und es gewohnt bist, selbst für dich und Ava zu sorgen. Aber das ist jetzt vorbei, Kätzchen. Ihr beide habt jetzt mich, ihr habt den Club.“

Nach meiner Ansprache weinte Mila. Ich hielt sie, bis sie damit aufhörte und einschlief. Als ich sicher war, dass sie schlief und das auch eine Weile tun würde, weil Doc ihr Schmerz- und Beruhigungsmittel verabreicht hatte, schlich ich aus meinem Zimmer und ging in den Keller. Ich hatte eine Mission. Dabei ging es um den Wichser, der dachte, er könnte seine widerwärtigen Hände an mein Mädchen legen und ungestraft davonkommen.

Im Keller treffe ich auf Prez, Gabriel und Quinn. In der Mitte des Zimmers sitzt ein Mann, gefesselt an einen metallenen Stuhl. Er ist kurz davor, seinen letzten Atemzug zu machen. Der leere Blick in seinen Augen sagt mir, dass er weiß, dass seine Zeit gekommen ist und dass das hier sein Ende bedeutet.

Ich wollte keinen weiteren Augenblick mit diesem Schwanzlutscher verschwenden, weil ich Besseres zu tun hatte, wie zum Beispiel, mich um mein Mädchen zu kümmern. Also stelle ich mich vor den Mann, der bereits jetzt schon viel zu viel meiner Zeit in Anspruch genommen hat. „Ich will wissen, was zum Teufel du heute Abend vorhattest und weshalb."

„Habe fünf Riesen bekommen, um die Bitch auszuschalten."

Bei dem Wort „Bitch" landet meine Faust auf seinem Kiefer. „Pass auf, du Wichser. Wie schnell oder langsam ich dir dein wertloses Leben nehme, hängt ganz davon ab, was du sagst." Der Schatten, der sich über sein blutiges Gesicht legt, sagt mir, dass er genau weiß, was meine Worte bedeuten. Gibt er uns, was wir wollen, wird es ein schneller Tod. Wehrt er sich, wird er sich wünschen, er wäre nie geboren worden.

„Ich hab keine Details. Ich habe vor ein paar Tagen einen Typen getroffen, ein paar Orte weiter an einer Tankstelle. Er hat mir fünf Riesen gegeben, eine Beschreibung von dem Mädchen und ihre Adresse. Ich habe ihn gefragt, was ich tun soll." Er zuckt mit den Achseln. „Einige Kunden wollen, dass die Zielperson schnell ausgeschaltet wird, einige wollen, dass sie leidet. Ich lasse mich je nach Aufwand bezahlen. Ich habe ihm gesagt, dass das zwei Riesen machen würde. Er sagte, er würde noch drei drauflegen, wenn ich auch das Kind beseitige. Der Anzugträger hat gemeint, es sei ihm egal, wie ich es mache. Er wollte nur, dass es so schnell wie möglich passiert. Also bin ich der Braut zwei Tage gefolgt. Ich wollte es eigentlich in ihrem Haus erledigen, aber sie und das Kind sind im Motel gelandet." Bei der Erwähnung von Avas Tod steigt ein tiefes Knurren aus meinem Inneren auf, und ich gehe einen Schritt auf den Mann zu, bevor er weitersprechen kann.

„Warte. Ich tue Kindern nichts, Mann. Ich habe das Geld genommen, aber nie im Leben würde ich ein Kind umbringen", sagt das Dreckschwein.

„Hat der Anzugträger einen Namen?", frage ich mit geballten Fäusten.

„Nein. Ich erfahre nie den Namen meiner Kunden. Alles, was ich dir sagen kann, ist, dass der

Mann ungefähr einsfünfundachtzig groß ist, schwarzes Haar hat und vermutlich Mitte vierzig ist. Der Typ sah stinkreich aus."

Ausgehend von den Fotos, die ich im Internet fand, als ich nach Milas Eltern gesucht habe, zusammen mit der Tatsache, dass sie in der Stadt aufgetaucht sind, bin ich fast sicher, wer hinter dieser Scheiße steckt. Ich kann nicht fassen, dass die herzlosen Bastarde selbst vor Ava, ihrer eigenen Enkelin, keinen Halt machen. Doch die Frage ist: Warum?

Ich kenne die Antworten nicht, aber ich werde sie herausfinden. Das ist so sicher wie das Amen in der Kirche. Der Wichser hat mir alles gesagt, was ich wissen muss. Ich schaue dem Kerl direkt in die Augen, greife in meine Tasche und lege meine Hand um das kalte Metall meiner Waffe, bevor ich sie herausziehe. Entschlossen ziele ich direkt zwischen die Augen des Mannes, der vor mir sitzt, und drücke ab.

Kapitel 14

Mila

„Wo ist Ava?" Jeder Muskel in meinem Körper protestiert schmerzend, als ich mich aufsetze und versuche, mich auf dem Kissen abzustützen. Ich weiß nicht, wie lange ich geschlafen habe, aber es fühlt sich wie eine Ewigkeit an.

„Bella ist bei ihr, Babe. Sie ist im Zimmer gegenüber und schläft tief und fest", antwortet mir Reid und nimmt meine Hand in seine.

Ich muss immer und immer wieder an den Angriff denken. Ich möchte sagen, dass es mir gut geht, aber die Wahrheit ist: Ich bin außer mir vor Angst.

„Soll ich sie holen, meine Schöne?"

„Nein. Nicht, bevor ich mich gewaschen habe. Ich will nicht, dass sie mich so sieht. Nichts an mir ist im Moment schön", antworte ich. Ich möchte nicht daran denken, wie ängstlich sie war, als sie in diesem Badezimmer saß und nicht wusste, was geschehen würde. Ich sehe zu Reid. „Ich möchte mich duschen."

„Ich mache das Wasser für dich an", sagt er, steht auf und beugt sich zu mir, um meine Stirn zu küssen.

Ich schließe meine Augen, konzentriere mich auf die sanfte Berührung seiner Lippen auf meiner Haut und versuche, meine Nerven zu beruhigen.

Nachdem er im Badezimmer verschwunden ist, nehme ich mir einen Augenblick Zeit und sehe mich um. Hier zu sein, nicht nur im Clubhaus, sondern in seinem Zimmer, bei seinen Sachen und in seinem Bett, fühlt sich gut an. Ich fühle mich sicher.

Warum war ich das Opfer dieses Mannes? Weil ich allein mit einem Kind war? Ich denke nicht, dass er mich ausrauben wollte. Er wollte mir wehtun. Nein, er wollte mich töten.

Reid kommt aus dem Bad auf mich zu. Er schlägt die Bettdecke zurück und schiebt sie zur Seite, dann bückt er sich und nimmt mich in seine starken Arme. Etwas in mir will protestieren. Aber ein wesentlich größerer Teil in mir findet viel zu viel Trost in der Wärme seiner Umarmung. Er trägt mich ins Badezimmer und hilft mir sanft, mich hinzustellen. Ich ziehe die Luft ein, als ich bei der kleinsten Bewegung den Schmerz in der Seite spüre. Ich bin mir fast sicher, dass einige Rippen gebrochen sind.

„Scheiße, Babe, tut mir leid." Reid blickt mich besorgt an.

„Es geht mir gut. Sobald ich unter dem heißen Wasserstrahl stehe, wird es sicher besser werden."

Bevor ich nach dem Saum meines Shirts greifen kann, nimmt Reid meine Hand in seine und hält mich davon ab. Ohne ein Wort zu verlieren, greift er nach dem Saum und zieht ihn nach oben. Ich hebe meine Arme langsam über meinen Kopf und lasse ihn sanft das Oberteil ausziehen.

Er stellt sich hinter mich, öffnet meinen BH und schiebt die Träger über meine Schultern. Meine Brüste sind jetzt nackt und er lässt den BH neben mein Shirt auf den Boden fallen.

Mir stockt der Atem. Die ganze Szene ist eine Wiederholung dessen, was ich vor Wochen mit ihm gemacht habe. Mein Herz klopft heftiger in meiner Brust. Als er sich direkt vor mich stellt, halte ich den Atem an und warte auf das, was er als Nächstes tun wird. Seine Augen fixieren meine, während seine Hände sanft an meiner Taille hinuntergleiten und kurz auf meinen Hüften ruhen, bevor er seine Daumen in den Bund meiner Hose einhakt und sie von meinem Körper streift. Ich halte mich an seinen breiten Schultern fest und hebe meine Füße, um aus ihr herauszuschlüpfen.

Ich bin jetzt vollkommen nackt, doch Reid sieht mir immer noch in die Augen. Ohne zu zögern, zieht er sich ebenfalls aus, ich sehe ihm dabei zu. Ich spüre, wie meine Körpertemperatur beim Anblick seines Körpers steigt. Ich nehme jedes Detail in mir auf.

Er nimmt meine Hand, führt mich in die begehbare Dusche und schließt die Glastür. Als er hineinsteigt, verschwendet er nicht einen Gedanken daran, dass seine Prothese nass werden könnte. In dem Moment, in dem das heiße Wasser über meinen Körper fließt, lässt meine Anspannung nach, meine Muskeln entspannen sich und ich schließe die Augen. Gerade als ich mich umdrehe, damit mir das Wasser über die Vorderseite fließen kann, höre ich das Klicken einer Shampooflasche.

Seine Hände fahren durch mein Haar und seine Finger massieren das nach Zitrusfrüchten duftende Shampoo sanft in meine Kopfhaut ein und bringen mich zum Stöhnen. Er greift nach dem abnehmbaren Duschkopf und beginnt, mir die Haare zu waschen. Ich drehe mich zu ihm und sehe ihn an. Er drückt etwas Duschgel in seine Handfläche, tritt näher und streicht mit seinen Händen sanft über meine Brust.

Seine Berührung prickelt auf meiner Haut, als er an meinen Seiten hinunterstreicht, die Seiten meiner Brüste streift und dann über meinen Bauch wandert. Er legt seine Hände wieder auf meine Brüste und wiederholt das Ganze noch einmal. Dann kniet er sich hin und beginnt meine Füße zu waschen. Er wandert mein Bein hoch und hält kurz vor dem Ort inne, an dem ich ihn am meisten will.

Meine Lippen öffnen sich, als er mich voller Verlangen ansieht. Er wiederholt den Vorgang am anderen Bein und hält erst Zentimeter vor meiner sich nach ihm verzehrenden Vagina inne. Ohne Vorwarnung schnellt seine Zunge hervor. Ich werfe meinen Kopf zurück, als er mit seinem Mund meine Klit liebkost. Mit meinen Fingern fahre ich über seine Kopfhaut, während er mich verwöhnt. Als ich kurz davor bin zu kommen, beginnen meine Beine zu zittern und ich greife mit meinen Händen fester in sein Haar. Er umfasst meinem Hintern und zieht meine Hüften nach vorn, als mein Orgasmus mich überwältigt.

Das Gefühl ist so stark, dass ich fast ohnmächtig werde. Die Emotionen übermannen mich und ich beginne, zu weinen.

Reid steht langsam auf und wäscht den restlichen Schaum von meinem Körper. Dann dreht er das Wasser ab. Er nimmt mein Gesicht in seine Hände und küsst mich. Es ist nicht der gleiche Kuss wie auf der Party. Er ist sanfter, zärtlicher. Als ich wieder klar im Kopf bin, will ich den Gefallen erwidern und fahre mit meinen Fingerspitzen an seinem Schwanz entlang.

„Kätzchen, hier geht es nicht um mich, sondern um dich." Er stöhnt, als ich ihn erneut berühre. Dann hält er mich sanft auf und sagt: „Bald, meine Schöne. Zuerst musst du gesund werden."

In diesem Moment kommen mir die Worte „ich liebe dich" in den Sinn und sie liegen mir bereits auf der Zunge.

Nachdem er mich abgetrocknet hat, hilft Reid mir in eine seiner Jogginghosen und in ein Shirt. „Ich weiß, sie sind dir zu groß, aber ich habe nichts anderes", erklärt er.

„Das ist okay. Es ist perfekt", erwidere ich. Sie riechen nach ihm und ich finde das tröstend.

„Komm, wir bringen dich ins Bett", sagt er.

Ich betrachte mich im Spiegel: eine geplatzte Lippe, ein dunkelblaues Auge und lila Abdrücke an meinem Hals. Meine Tochter ist in Sicherheit und ich bin am Leben. In diesem Moment ist das alles, was zählt. Ich klettere ins Bett und mir wird bewusst, dass ich Ava hier bei mir brauche.

„Könntest du Ava herbringen? Ich weiß, es ist spät und sie schläft schon, aber ich muss sie für eine Weile halten", erkläre ich ihm.

„Sicher", sagt er verständnisvoll. Nachdem er sich angezogen hat, geht er raus und kommt mit Ava zurück.

Ich kuschle sie eng an meine Brust. Beinahe hätte ich ihr süßes Gesicht nie wieder gesehen. Beinahe hätte ich nie wieder gehört, wie sie *Mama* oder *Ich hab dich lieb* sagt. Ich kämpfe mit den Tränen und blicke zu Reid. „Danke", flüstere ich.

„Ich bin nebenan, falls du mich brauchst", antwortet er und geht zur Tür.

„Bleib!", sage ich, worauf er innehält mit der Hand auf dem Türknauf. „Bitte!", bettle ich.

Er dreht sich um und geht zur anderen Seite des Bettes, nimmt seine Prothese ab und legt sich hinter mich. Er küsst meinen Hals, bevor er seine Hand auf meine Hüfte legt. Ich lausche dem Atem meiner Tochter und es dauert nicht lange, bis mir die Augen zufallen.

***

Ich wache auf, als mir ein kleiner Finger über die Nase streichelt. Als ich meine Augen öffne, starrt Ava mich an.

„Du hast ein Aua, Mama." Ihre kleine Hand berührt mein Auge.

„Ich weiß, Süße."

„Böser Mann hat dir wehgetan?", will sie wissen.

Bevor ich antworten kann, höre ich, wie Reid sich räuspert. Er steht am Fußende des Bettes, mit einem Teller in der Hand und einem Kaffeebecher in der anderen. „Ava und ich haben Frühstück gemacht. Sie hat Toast mit Erdbeermarmelade für dich." Er lächelt.

Ava hüpft aufgeregt vom Bett und nimmt ihm den Teller ab. Sie trägt ihn vorsichtig zu mir und stellt ihn neben meinem Bett ab. „Ich habe die Erdbeermarmelade selbst draufgemacht." Sie kichert und wartet gespannt darauf, dass ich einen Bissen nehme.

„Es ist köstlich. Danke, Liebling", sage ich und ihr Gesicht strahlt glücklich. Reid gibt mir den Kaffee und ich nippe daran, während Ava einen Bissen von meinem Toast nimmt.

„Bella ist hier. Ist es okay, wenn sie Ava heute für ein Weilchen übernimmt? Wir müssen reden", sagt er.

Ich bin nicht sicher, worüber wir reden sollten, außer über das, was letzte Nacht passiert ist. „Ist okay."

„Sie ist unten und sie hat dir etwas zum Anziehen mitgebracht. Ich schicke sie hoch."

Ich bin nicht sicher, dass das funktionieren wird. Bella ist viel kleiner als ich. Er beugt sich zu mir herunter und küsst mich. Dann geht er hinaus. Ava klettert auf das Bett und setzt sich in den Schneidersitz. Dann beginnt sie, die Haare ihrer

Puppe zu bürsten. Es klopft leise an der Tür und Bella kommt herein. Sie schließt die Tür hinter sich, hält dann eine Tasche hoch und begrüßt mich.

„Ich habe hier ein paar Klamotten und bevor du was sagst – ich habe sie aus Albas Schrank. Ihr beide seid ungefähr gleich groß."

Zumindest ist alles sehr schlicht. Jeans, schwarzes T-Shirt und ein Paar Sandalen.

„Danke", entgegne ich.

Ich steige aus dem Bett, ziehe Reids Klamotten aus und die anderen an. Überraschenderweise fühlen sich meine Rippen schon viel besser an. Bevor ich mir das Shirt über den Kopf ziehe, sehe ich mir die blauen Flecken auf der Seite an.

Dann gehe ich ins Bad, um mir die Haare zu machen. Bella lehnt am Türrahmen und blickt über die Schulter, bevor sie fragt: „Geht es dir gut?"

„Abgesehen davon, dass mir alles wehtut, ja. Wenn du meinst, wie es mir emotional geht, dann kann ich das momentan schwer sagen. Ich bin total durcheinander. Ich bin dankbar, dass die Jungs mich rechtzeitig gefunden haben. Ich habe Angst und ich bin verwirrt. Innerlich herrscht bei mir totales Chaos", gestehe ich ihr.

„Das verstehe ich. Ich möchte, dass du weißt, dass ich da bin, falls du reden willst. Und Reid kümmert sich um dich und Ava. Was den Angreifer angeht, weiß ich nicht, was aus ihm geworden ist. Ich habe nicht gefragt und die Jungs sagen nichts."

Zu dritt gehen wir die Treppe hinunter und hören Männerstimmen. Wir treffen Reid, Quinn und Jake, die an der Bar sitzen.

„Ich bin dann mal weg. Ich habe Alba gesagt, dass wir uns in etwa einer Stunde bei der Bücherei im Park treffen. Ava, umarme deine Mama schnell, damit wir spielen gehen können", sagt Bella. Ich umarme und küsse mein kleines Mädchen zum Abschied. Sie sind kaum aus der Tür, als Reid plötzlich neben mir steht. „Komm, gehen wir in die Küche."

Er geht voraus, ich folge ihm und setze mich auf den Stuhl, den er mir anbietet. „Hör zu, ich muss dir etwas sagen." Er nimmt mir gegenüber Platz. „Der Typ, der dich angegriffen hat, war ein Auftragskiller. Ausgehend von seinem Geständnis und der Beschreibung der Person, die ihn bezahlt hat, denke ich, dass es dein Vater gewesen sein könnte." Sein Blick ist voller Gewissheit.

Aber warum? Meine Eltern?

„Ich verstehe nicht. Warum sollten meine Eltern wollen, dass ich tot bin? Ich bedeute ihnen nichts. Das ergibt keinen Sinn. Du musst dich irren", sage ich und bin beinahe etwas amüsiert über seine Vermutung.

„Ich werde herausfinden, was das alles zu bedeuten hat. Ich verspreche es dir, Mila. Kannst du mir irgendetwas dazu sagen? Irgendetwas, das mir helfen könnte, der Sache auf den Grund zu gehen?"

Mein Gehirn ist vollkommen überfordert mit

dem, was ich gerade gehört habe. Hassen sie mich so sehr, dass sie wünschten, ich wäre tot? Aber … warum? Ich denke an das Haus und den Räumungsbescheid. Aber auch das ergibt keinen Sinn. Großmutters Haus ist nicht viel wert. Was würden sie dadurch gewinnen?

„Vor ein paar Tagen habe ich Dokumente mit der Post erhalten. Sie kamen von der Kanzlei meiner Eltern in New York. Sie haben einen Antrag auf Anfechtung meiner Vollmachtsrechte bei Großmutter eingereicht."

Reid unterbricht mich. „Warum hast du nichts gesagt?"

„Lass mich ausreden! Gestern tauchte bei der Arbeit ein Beamter auf und überreichte mir Dokumente. Meine Eltern haben mir einen Räumungsbescheid zugestellt. Sie versuchen, mich aus meinem Zuhause zu schmeißen. Wie können sie so etwas nur tun?" Ich vergrabe mein Gesicht in meinen Händen.

Reid nimmt meine Hände, zieht mich auf seinen Schoß und legt seine Hand zwischen meine Knie. „Ich schwöre, ich finde heraus, was das alles soll, Kätzchen", tröstet er mich.

Kann er das wirklich? Doch auch wenn er das schafft, bin trotzdem ich diejenige, die gegen sie kämpfen muss. Ich muss in einem Gerichtssaal mit den beiden stehen. Wie soll ich mich gegen zwei prominente Anwälte durchsetzen können?

„Habt ihr gestern Abend meine Sachen aus dem Motelzimmer geholt? Ich brauche mein Handy.

Ich werde River anrufen und fragen, ob er mir erklären kann, welche Möglichkeiten ich bei dem ganzen rechtlichen Kram habe, mit dem meine Eltern mich konfrontieren", erkläre ich Reid.

„Wer zum Teufel ist River?", fragt er argwöhnisch.

„Der Typ, mit dem ich vor einigen Tagen aus Avas Kindergarten gekommen bin. Er ist zufällig Anwalt. Ich denke, da wir befreundet sind, könnte er mir vielleicht einen unentgeltlichen Rat geben und mir sagen, was ich tun soll", erkläre ich.

„Falls das letzte Nacht noch nicht klar geworden ist, sage ich es dir jetzt: Von nun an heißt es *wir*. Bei allem. Also werden *wir* ihn zusammen treffen."

Kapitel 15

Reid

Was für ein bescheuerter Name. River. So heißen doch nur Mädchen. Als Mila kichert, sehe ich zu ihr hinüber.

Sie sitzt auf dem Beifahrersitz meines Trucks. Selbst mit den Schrammen im Gesicht ist sie immer noch die schönste Frau, die ich je gesehen habe. „Was ist so lustig?"

„Ich kann dich vor dich hinfluchen hören. Und River ist ein absolut normaler Name", schimpft sie. „Ich habe dir bereits vorhin gesagt, dass du nicht mitkommen brauchst. River ist nur ein Freund und ein echt netter Typ."

„Netter Typ, am Arsch! Ich habe gesehen, wie er dich angeglotzt hat, als wir Ava vom Kindergarten abgeholt haben. Der Wichser möchte dir an die Wäsche und das wird nie passieren."

„Nur, weil ein Typ nett zu einer Frau ist, heißt das nicht, dass er ihr an die Wäsche will. Ich möchte, dass du nett zu ihm bist, Reid. Ich meine das ernst!"

„Kätzchen, er ist ein Mann und du eine wunderschöne Frau. Also ja, er möchte dir auf jeden Fall an die Wäsche. Ich werde nett sein, solange er weiß, dass das hier rein beruflich ist und dass deine Pussy mir gehört."

Ich sehe, wie Mila rot wird. Sie denkt vermutlich daran, was in der Dusche passiert ist. Eine

Kostprobe ihrer süßen Muschi und es ist um mich geschehen. Fuck, wenn ich nur daran denke, wird mein Schwanz steinhart.

Ich greife nach unten und sehe, dass Mila meine aktuelle „Gefühlslage" aufgefallen ist. Ich sehe sie an und zeige ihr durch mein Grinsen, dass ich ebenfalls daran denke. Als sie sich über die Lippen leckt, bin ich fast so weit, umzudrehen und nach Hause zu fahren, für eine erneute Kostprobe.

„Wenn du nicht willst, dass ich mit einem Steifen im Büro des Anwalts aufkreuze, siehst du mich besser nicht weiter so an, Kätzchen."

Bei meiner Warnung nimmt Mila die Augen von meinem Schritt und ihre Pupillen weiten sich. Sie ist von mir genauso angeturnt wie ich von ihr. Als ich den Truck parke und den Motor ausschalte, ist sie wieder ganz ernst.

„Bleib sitzen! Ich komme rüber und helfe dir raus", sage ich, während ich aus dem Truck springe. Ich helfe ihr aus dem Auto, lege meinen Arm um sie und ziehe sie eng an mich heran. Dann gehen wir in das Gebäude, in dem Rivers Büro ist.

„Kann ich Ihnen helfen?" Eine junge Frau sitzt hinter dem Empfang und muss zweimal hinsehen, als sie Mila sieht. Das ist nicht überraschend, bei ihrem verletzten Gesicht.

„Ich bin Mila Vaughn und würde gern River sprechen. Ich habe keinen Termin, aber könnten Sie nachfragen, ob er Zeit für mich hat?" fragt Mila.

„Sicher, Sie beide können hier drüben warten."

Sie deutet nach links auf ein paar Stühle, die an der Wand lehnen. „Ich gebe Mr. Knight Bescheid, dass Sie hier sind."

Unsere Hintern sind kaum auf den Stühlen gelandet, als River aus dem Flur in unsere Richtung kommt. Er wird langsamer, als Mila und ich aufstehen, um ihn zu begrüßen. „O mein Gott, Mila. Bist du okay? Was ist passiert?", bricht es aus ihm heraus. Als Rivers Blick auf mich fällt und er sich aufrichtet, weiß ich, was der Wichser denkt.

„Ich schlage vor, du legst einen anderen Gesichtsausdruck auf. Ich würde eine Frau nie anfassen, besonders nicht MEINE Frau", herrsche ich ihn an. Mila, der mein Tonfall nicht entgangen ist, legt eine Hand auf meinen Arm und drückt ihn leicht, während sie dem Mann vor uns ins Gesicht sieht.

„River, ich bin gestern Nacht überfallen worden. Reid hat mich gerettet. Er würde mir nie wehtun", sagt sie ihm voller Überzeugung.

„Es tut mir leid. Ich entschuldige mich für meinen Verdacht. Ich war nur so erschrocken darüber, wie du aussiehst, aber das ist natürlich keine Entschuldigung." Nach ein paar Sekunden der Anspannung nicke ich und nehme seine Entschuldigung an.

„Also, was kann ich heute für dich tun?", fragt River, als er sich wenig später an seinen Schreibtisch setzt.

Mila und ich setzen uns ihm gegenüber. Sie greift in ihre Tasche, zieht beide Umschläge heraus und gibt sie River. „Die ersten Dokumente habe ich mit der Post erhalten. Und dann kam der Räumungsbescheid, als ich bei der Arbeit war." Wir sehen beide zu, wie der Anwalt die Dokumente überfliegt.

„Susan Vaughn bestreitet deine Rechte als Bevollmächtigte deiner Großmutter und versucht, dich aus deiner Wohnung zu vertreiben", erklärt er.

„Ja, und ich möchte wissen, was ich tun muss, damit meine Eltern keine Kontrolle über Großmutters Pflege bekommen. Sie haben jahrelang weder meine Großmutter noch mich gesprochen oder gesehen. Und jetzt auf einmal tauchen sie hier auf und wollen alles übernehmen. Ich kann das nicht zulassen, River. Ich brauche Hilfe", bittet Mila und es macht mich fertig, wie verzweifelt sie klingt. „Ich habe keine Ahnung, was sie wollen. Das Einzige von Wert ist unser Haus, aber ich glaube nicht, dass meine Eltern einen Kampf um ein altes Haus führen würden."

Ich unterbreche sie und frage: „Mila hat erwähnt, dass du der Anwalt ihrer Großmutter bist. Hat sie ein Testament? Hast du irgendwelche Informationen, die uns helfen würden, zu verstehen, was ihre Eltern wollen?"

„Ja, ich bin ihr Anwalt und ja, deine Großmutter hat ein Testament. Doch so leid es mir tut, es ist gegen das Gesetz, euch zu sagen, was es beinhaltet."

Mila lässt sich in ihren Stuhl zurückfallen und wirkt, als wäre sie schon besiegt worden. „Das verstehe ich. Aber wärst du bereit, dich um meinen

Fall zu kümmern? Ich weiß nicht, wie viel du verlangst und ich habe nicht viel Geld, aber vielleicht wärst du bereit, mit mir einen Zahlungsplan auszuarbeiten?“

Ich mische mich erneut ein und sage: „Ich bezahle für alles, was du brauchst, Babe. Mach dir keine Sorgen!“ Ich sehe, wie sie ihren Mund öffnet, um zu protestieren, aber ich schüttle den Kopf und sehe sie streng an. „Was haben wir vorhin besprochen, Kätzchen?“

Sie scheint sich an unser Gespräch zu erinnern und ihr Gesicht wird weicher. Sie atmet tief aus und nickt zustimmend.

Ich weiß, es fällt ihr schwer, Hilfe anzunehmen. Wenn man es gewohnt ist, sich so lange Zeit um alles selbst kümmern zu müssen, ist es ungewohnt, sich auf eine andere Person zu verlassen. Es macht mich so verdammt glücklich, dass sie mir vertraut und meine Hilfe annimmt. Sie und Ava gehören jetzt zu mir und ich werde ihr beweisen, dass ich es ernst meine.

An jedem Tag, den wir miteinander verbringen, hat sie sich mir mehr und mehr geöffnet. Allerdings muss sie mir noch von Avas Vater erzählen. Ich weiß, dass ich meine Hacker-Fähigkeiten einsetzen könnte, um an diese Information zu kommen, aber ich kann mich nicht dazu überwinden. Ich habe mich bereits mit dem Hintergrund ihrer Eltern beschäftigt und damit, was sie mit ihrer Tochter vorhaben, aber so etwas wie Avas Vater auszuspionieren und Mila bei etwas so

Persönlichem zu hintergehen, finde ich nicht gut. Ich habe Geduld und kann warten, bis sie selbst so weit ist.

Wir haben uns gerade von River verabschiedet und er hat zugestimmt, Milas Fall zu übernehmen, als sie kurz auf die Toilette verschwindet. Ich verlasse Rivers Büro, doch er hält mich zurück. „Wenn es zutrifft, was man über Sie sagt, bin ich zuversichtlich, dass Sie die Antworten finden werden, die Sie suchen. Es tut mir leid, dass ich nicht mehr tun kann, aber ich bin sicher, Sie brauchen meine Hilfe nicht."

Wow! River hat mir gerade erlaubt, in seinem System herumzuschnüffeln. Nicht, dass ich seine Erlaubnis brauchen würde.

„Wie geht es dir, Babe?", frage ich Mila, als wir uns auf den Heimweg machen.

Ich habe mich entschieden, zu mir nach Hause zu fahren, anstatt ins Clubhaus. Nachdem wir die Anwaltskanzlei verlassen hatten, hat Mila eine SMS von Alba erhalten, mit der Frage, ob Ava bei ihr und Gabriel übernachten könne. Es scheint, dass sie sich in Baby Gabe verliebt hat. Ava ist völlig besessen von dem kleinen Jungen meines Bruders.

Ich habe nie viel darüber nachgedacht, eine eigene Familie zu gründen. Aber jetzt, da ich Mila und Ava habe, kann ich es mir verdammt gut vorstellen. Ich mag die Idee, dass Mila mir einen Sohn schenkt.

„Es geht mir gut. Ich bin etwas müde, aber meine

Rippen tun nicht mehr so weh und meine Kopfschmerzen sind auch weg. Was auch immer mir Doc gestern gegeben hat, scheint geholfen zu haben", sagt sie und gähnt dabei.

Ich führe sie den Flur hinunter. „Mach ein Nickerchen."

Sie widerspricht nicht, als ich sie an dem Zimmer, das sie sich früher mit Ava geteilt hat, vorbei und in mein Zimmer führe. Ich öffne meine Kommodenschublade, nehme ein T-Shirt heraus und gebe es ihr. Mila nimmt mein Angebot an und geht ins Badezimmer, um sich umzuziehen. Während sie sich fertig macht, schlendere ich zurück in die Küche und hole eine Flasche Wasser und Schmerzmittel. Als ich zurückkomme, ist Mila bereits ins Bett gekrabbelt. Ich setze mich auf die Bettkante, reiche ihr die Tabletten und drehe den Deckel von der Wasserflasche, bevor ich sie ihr gebe. Wortlos nimmt sie die Tabletten und trinkt die halbe Flasche leer.

Ich lehne mich zu ihr hinüber und küsse sanft ihre Lippen. „Schlaf, Kätzchen."

Einige Stunden später ist die Nacht hereingebrochen, und ich sitze auf dem Stuhl neben meinem Bett und beobachte, wie Mila sich zu regen beginnt. „Hey", sagt sie verschlafen. „Wie lange war ich weg?"

„Ungefähr vier Stunden."

„Wirklich? Und hast du mich die ganze Zeit beobachtet?"

Ohne zu lügen, antworte ich: „Ja."

Ich bemerke, wie Milas Atem schneller wird, als wir uns weiter in die Augen sehen. Sie setzt sich auf und hebt langsam die Bettdecke hoch. Ich sehe die Kurve ihrer Hüften sowie ihre langen, definierten Beine, als sie diese über das Bettende schwingt und aufsteht. Meine Augen fixieren den Schwung ihrer Hüften, während sie sich zielstrebig durch den Raum auf mich zu bewegt. Als sie zwischen meine gespreizten Beine tritt, beuge ich mich vor und lege meine Hände auf ihre Knie. Langsam fahre ich mit meinen Händen die Rückseite ihrer Oberschenkel bis zur weichen Kurve ihres Hinterns hinauf. Ich merke, dass sie eine Gänsehaut von meiner Berührung bekommt.

Mila nimmt ihr T-Shirt und zieht es sich über den Kopf. Ich weiß, dass sie eine Entscheidung getroffen hat. Ich wäre ein verdammter Idiot, wenn ich ihr Angebot nicht annehmen würde.

Vor mir steht die atemberaubendste Frau, die Gott jemals geschaffen hat, mit nichts bekleidet außer einem schwarzen Spitzentanga. Jeder Zentimeter dieser Frau ist perfekt. Ich nehme mir die Zeit ihren Traumkörper anzusehen, von den ausladenden Hüften bis hoch zu den vollen Brüsten. Meine Hände liegen immer noch auf ihr und ich stecke meine Daumen in die Seiten ihres Tangas und ziehe ihn herunter. Dann packe ich ihren Hintern und ziehe sie nach vorn. Milas wunderbar duftende Pussy ist jetzt genau vor meinem Gesicht. Ich beuge mich vor und lecke mit meiner Zunge durch ihren feuchten Schritt. Sie legt ihre

Hände auf meinen Kopf, neigt ihren zurück und stöhnt dabei. Ich bekomme nie genug von ihr. Ich lehne mich in meinem Stuhl zurück und Mila folgt mir und spreizt ihre Beine. Als sie sich auf meinen Schoß setzt, kann ich die Hitze ihrer Muschi durch meine Jeans spüren. In dieser neuen Position umfasse ich ihre Brüste und liebkose mit meiner Zunge ihre rosa Nippel, bevor ich sie in den Mund nehme.

„Reid", stöhnt Mila und gräbt ihre Nägel in meine Kopfhaut.

Mein Name aus ihrem Mund bricht alle Dämme. Mit einem Arm unter ihrem Hintern und dem anderen an ihrem Rücken stehe ich auf und sie legt ihre Beine um meine Taille. Ich verliere keine Zeit mehr und gehe zum Bett.

Wortlos gleitet sie aus meinen Armen und kniet sich vor mich. Sie öffnet meinen Gürtel und dann meine Jeans, bevor sie diese zusammen mit meiner Boxershorts von meinen Hüften zieht und meinen Schwanz entblößt. Mila legt ihre Hände auf meinen Bauch und zwingt mich dazu, mich auf das Bett zu setzen. Das tue ich, und sie zieht mir die Jeans komplett vom Körper und entblößt meine Prothese.

Überraschenderweise fühle ich mich nicht unwohl dabei, dass sie sie sieht. Ich habe ihr schon einmal vertraut. Sie hatte keine Probleme damit. Das ist nun mal, was ich bin. Bei Mila empfinde ich keine Scham. Ich fühle mich endlich wohl in meiner Haut. Ihr gelingt es, dass ich wieder selbstsicher bin.

Als sie damit beginnt, die Prothese abzunehmen, widerspreche ich daher nicht. Mila sieht mich an und beginnt mein verletztes Bein entlang der Innenseite meines Oberschenkels zu küssen, bis sie meinen steifen Schwanz erreicht. Sie nimmt ihn zuerst in die Hand und dann die Spitze in ihren warmen Mund.

„Gott verdammt! Das fühlt sich so gut an, Kätzchen“, zische ich. Meine Worte ermutigen sie und sie nimmt ihn noch tiefer in den Mund. Nach ein paar Minuten nehme ich ihr langes, seidiges Haar in die Hand und ziehe sie leicht von meinem Schwanz herunter. „Komm her!“, befehle ich. „Wenn ich komme, will ich in dir sein.“

Ich packe sie an der Taille und drücke unsere Körper schnell zurück auf das Bett. Mila liegt jetzt unter mir. Ich küsse sie leidenschaftlich und wir machen immer weiter. Als Mila beginnt, ihre Hüften zu kreisen, findet ihre feuchte Pussy meinen vor Verlangen schmerzenden Schwanz. Ich drücke meine Hüften in ihren Bauch und reibe mit meinem Schwanz in ihrem feuchten Schritt vor und zurück. Sie unterbricht unseren Kuss und beginnt zu betteln.

„Reid, bitte, ich will mehr.“ Sie fährt mit ihren Nägeln über meinen Rücken und bettelt erneut: „Reid, ich brauche dich!“

Verdammt, damit sagt sie genau das, was ich hören will. Sie braucht mich. Nicht das, was wir hier tun, sondern mich.

Ich lege meine Stirn auf ihre und sage ihr etwas, das ich zuvor noch nie zu einer Frau gesagt habe. „Ich liebe dich, Mila."

Geschockt von meinem Geständnis, hält sie die Luft an. Doch sie kann die Wahrheit in meinen Augen sehen und legt ihre Hand auf meine Wange. „Ich liebe dich auch, Reid."

Es gibt nichts mehr zu sagen und so greife ich zwischen unsere Körper, nehme meinen Schwanz und bringe ihn vor ihre Vagina. Ich nehme ihre Hände in meine und lege sie über unsere Köpfe, die Finger ineinander gehakt. Wir blicken uns in die Augen und ich mache weiter, nehme die Frau, die ich über alles liebe und mache sie zu meiner Frau. Ich küsse ihren Hals und warte einen Augenblick, bis Mila sich an die Größe gewöhnt hat, weil sie so verdammt eng ist.

„Alles gut, Baby?"

„Ja", flüstert sie und stöhnt dann, als ich meine Hüften bewege.

„Das ist so gut, Kätzchen. So perfekt", sage ich und werde schneller.

„O Gott, Reid, ich komme gleich."

Als ich spüre, wie ihre Pussy um meinen Schwanz herum zu zucken beginnt, nehme ich ihren Nippel in meinen Mund und sauge daran. Sekunden später zuckt ihre Muschi wie verrückt und mein Schwanz fühlt sich an wie in einem Schraubstock.

Sie kommt heftig und als sie meinen Namen keucht, stoße ich noch einmal zu, bevor ich tief in ihr komme.

Während Mila oben in meinem Bett schläft, habe
ich beschlossen, nach unten in mein Büro zu gehen
und etwas über ihre Eltern herauszufinden. Nachdem ich mich in Rivers System gehackt habe, finde
ich das Motiv, ihre Tochter aus dem Weg zu räumen.

„Hurensohn", murmle ich.

Ich kann kaum glauben, was ich da sehe, aber es
stimmt: Milas Großmutter hat Mila als Begünstigte
in ihrem Testament eingesetzt. Und im Falle ihres
Todes wird Mila 2,5 Millionen Dollar erben. Milas
Großvater hat in den Fünfzigerjahren Aktien ge-
kauft. Er hat alles seiner Frau Charlotte, Milas
Großmutter, hinterlassen und sie hinterlässt es
Mila.

Ich bin sicher, dass Mila nichts davon weiß. Das
hätte sie mir gesagt. Ich weiß nicht, warum ihre
Großmutter ihr das nie erzählt hat, vermutlich
wollte sie nicht, dass es Milas Eltern herausfinden.
Nun scheint es allerdings, als hätten sie das doch
getan. Es gibt keinen anderen Grund, warum ihre
Tochter und Enkelin sterben sollten. Jetzt muss ich
herausfinden, warum zum Teufel sie für dieses
Geld so drastische Maßnahmen ergreifen. Soweit
ich von Mila weiß, sind ihre Eltern reich.

Dreißig Minuten später kenne ich die Antwort.
Die Vaughns sind pleite. Völlig pleite. Zu viele falsche Investitionen von Milas Vater. Und seine Kre-
ditkartenbelege zeigen einige außereheliche

Aktivitäten, die Mrs. Vaughn nicht gefallen würden. Ein perfektes Beispiel dafür, dass man nicht nach dem Äußeren gehen sollte. Nach außen hin sind die beiden angesehene, aufrechte Bürger. Aber im Inneren sind sie Lügner und Betrüger, der Abschaum vom Abschaum.

Ich mache mich an die Arbeit und kontaktiere die richtigen Leute, um die Situation zu bereinigen und ihre Eltern dorthin zu bringen, wo sie hingehören. Ich nehme mein Handy, finde den Namen, den ich suche und warte darauf, dass Jake abnimmt. Es ist fast Mitternacht, aber Prez weiß, dass ich um diese Zeit nicht anrufen würde, wenn es nicht wichtig wäre.

Er antwortet beim zweiten Klingeln. „Sohn?"

„Können wir uns morgen früh treffen, Prez?", frage ich.

„Aber klar doch!"

Diese Wichser wissen nicht, was es bedeutet, ganz unten zu sein, aber sie werden es bald herausfinden.

Kapitel 16

Mila

Heute Morgen in einem leeren Bett aufzuwachen, war ein wenig enttäuschend, aber keineswegs überraschend. Wenn ich raten sollte, würde ich sagen, Reid ist unten in seinem Büro.

Ich schwinge meine Beine über die Seite von Reids Bett, strecke meine Arme über meinem Kopf aus und lasse die Decke von meinem Körper fallen. Der süße Schmerz zwischen meinen Beinen erinnert mich sofort an letzte Nacht und zaubert mir ein Lächeln ins Gesicht. Ich war selbst schockiert darüber, wie mutig und selbstbewusst ich war.

„Das ist ein Anblick, an den ich mich gewöhnen könnte."

Als ich über meine Schulter blicke, sehe ich Reid in der Tür seines Zimmers stehen, mit einem Ausdruck purer Begierde im Gesicht. Ich lasse meinen Blick an ihm auf und ab wandern und bewundere seinen durchtrainierten Körper. Von den lockeren Shorts, die tief auf den Hüften sitzen, über seine breite Brust, die Tätowierungen auf seinem Arm hinauf bis hin zu seinem frisch rasierten Kopf.

„Ja, ich glaube, das kann ich nur zurückgeben", erwidere ich, während ich aufstehe und sein Shirt vom Boden aufhebe. Ich drehe mich zu ihm um und ziehe es mir langsam über den Kopf.

Schnell kommt Reid auf mich zu. Mir stockt der

Atem, als er seinen Arm um meine Taille legt und mich einige Schritte zurück zwingt, bis mein Körper gegen die Wand gepresst ist und sein Mund den meinen einnimmt. In dieser lustvollen Benommenheit funktioniert mein Körper ganz instinktiv. Als er meinen Hintern greift und mich hochhebt, schlinge ich meine Beine um seine schlanken, festen Hüften. Reid verlagert sein Gewicht, greift zwischen unsere Körper und holt seinen Schwanz aus seinen Shorts. Als ich spüre, wie seine Finger über meine Vagina gleiten, um herauszufinden, ob ich für ihn bereit bin, lässt mich das stöhnen.

„So verdammt feucht für mich", raunt Reid in mein Ohr.

Ich bin immer bereit für ihn.

Bevor ich noch einen weiteren Gedanken fassen kann, fühle ich seinen harten Schwanz in mir und mit einem Schrei der Lust werfe ich meinen Kopf zurück.

„Sieh mich an, Kätzchen", befiehlt er und beginnt, sich rhythmisch zu bewegen. Reid stößt hart und schnell in mich hinein und ich liebe es. „Schau mich an, wenn du kommst", befiehlt er.

Das Geräusch unseres schweren Atmens befeuert meinen Orgasmus. Ich komme schnell und heftig, während Reid es mir besorgt. Mein Gehirn ist ausgeschaltet. Die Art, wie unsere Körper sich vereinen ist so überwältigend, dass ich Schwierigkeiten damit habe, ihm zu gehorchen und meine Augen offen zu halten.

„Komm mit mir zusammen, Kätzchen."

Das tue ich.

Ich erinnere mich nicht daran, wann er mir das Shirt ausgezogen hat, aber ich komme, während Reids verschwitzte Brust sich an meinen nackten Brüsten reibt und sein großer Schwanz tief in mir ist und sich in mir ergießt. Ich komme, während er mein Haar festhält und mich damit kontrolliert, mit seinem Namen auf meinen Lippen.

***

„Da ist noch etwas, woran ich mich gewöhnen könnte", sagt Reid von seinem Stuhl am Küchentisch aus.

„Was meinst du?", frage ich verschämt.

„Dich, wie du in meiner Küche kochst."

Er erhebt sich von seinem Stuhl, geht auf mich zu und schlingt seine starken Arme von hinten um mich. „Ihr gehört hierher, Mila, du und Ava. Ich will meine Mädchen wieder zu Hause haben." Die Hand, die ich zum Wenden der Pfannkuchen benutze, erstarrt. Reid nimmt einen Arm von meinem Körper, schaltet den Herd aus und fordert mich auf, mich zu ihm umzudrehen. „Sag mir, was du denkst, Babe."

Ich schlucke den Kloß in meinem Hals hinunter. „Meinst du das ernst? Möchtest du uns wirklich hier haben? Weißt du, was das bedeutet, Reid? Du hast gesehen, wie es ist, wenn ein kleines Kind hier wohnt."

„Ich weiß, worum ich dich bitte, Mila. Ich

vermisse meine Mädchen. Ich würde das nicht sagen, wenn ich nicht sicher wäre. Ich weiß, was ich will. Ich will dich. Und ich will Ava." Er legt seine Hände auf beide Seiten meines Gesichts, gibt mir einen Kuss und fährt fort. „Wie wäre es mit einer Probezeit? Du und Ava bleibt hier, bis wir deine Probleme gelöst haben. Und wenn sich die Dinge beruhigt haben, können wir noch einmal darüber reden."

„Ich denke, damit komme ich klar", entgegne ich und nehme sein Angebot an. Mit Reid zu leben, fühlt sich an wie Zuhause zu sein. Hier fühle ich mich sicher. Meine oberste Priorität ist es, meine Tochter zu beschützen. Nach dem, was im Motel passiert ist, will ich mein oder Avas Leben nicht in Gefahr bringen.

„Ich weiß, was du denkst, Kätzchen. Deine Gedanken stehen dir in dein schönes Gesicht geschrieben. Ich verspreche, dass ich nicht zulassen werde, dass dir oder Ava etwas zustößt. Ich werde jeden Wichser umbringen, der noch einmal Hand an euch legt." Reids Worte sind ein Versprechen und seine Stimme ist voller Zorn. Er küsst meine Stirn und sagt: „Komm schon, Babe. Lass uns essen. Bella und Austin werden bald hier sein, um dich zu deinem Haus zu begleiten, damit du ein paar Sachen abholen kannst, und ich muss ins Clubhaus, um mit Jake zu reden."

Ich vertraue Reid. Deshalb beschließe ich, ihn tun zu lassen, was er tun muss.

Bella und ich sitzen auf dem Rücksitz von Austins Truck auf dem Weg zum Haus meiner Großmutter und sie bombardiert mich mit Fragen. „Du und Ava zieht also bei Reid ein?"

„Fünf Minuten, Bella. Kannst du mir nicht fünf Minuten geben?" Ich kichere.

„Halt die Klappe und spuck's aus! Du weißt, dass ich vor Neugier sterbe!", scherzt sie und stößt mit ihrem Ellbogen in meine Seite.

„Ja, wir ziehen bei ihm ein. Er will uns in Sicherheit wissen, bis sich die Sache mit meinen Eltern beruhigt hat. Außerdem hat er gesagt, dass er uns vermisst und mit Ava und mir langfristig zusammenleben will, aber ich habe zunächst nur einer Probezeit zugestimmt. Ich bin mir nicht sicher, ob Reid wirklich versteht, was es bedeutet, wenn ein Kind bei ihm wohnt. Natürlich hat er einen kleinen Eindruck davon bekommen, als wir einen Monat bei ihm gelebt haben und ich seine Pflegerin war, aber ich glaube, er braucht mehr Zeit, um sich wirklich sicher zu sein."

„O, er ist sich sicher. Wenn ich eines über die Männer der Kings weiß, dann, dass sie das bekommen, was sie wollen. Reid hätte nicht vorgeschlagen, dass du bei ihm wohnen sollst, wenn er sich nicht einhundert Prozent sicher wäre. Die ‚Probezeit' macht es nur für dich leichter."

„Reid hat heute Morgen das Gleiche zu mir gesagt", seufze ich. „Vielleicht versuche ich einfach, vernünftig zu sein, verstehst du? Ich habe eine Tochter, die ihn bereits sehr gern hat. Diese ganze Sache mit Reid scheint einfach zu schön, um wahr zu sein. Ich habe immer allein für mich gesorgt und jetzt besteht er darauf, dass er das für mich macht." Ich sehe aus dem Fenster in die vorbeiziehenden Wolken. „Er hat nichts über Avas biologischen Vater gefragt und ob er eine Rolle in unserem Leben spielt. Als ich ihm vor Wochen erzählt habe, dass sie das Ergebnis eines One-Night-Stands ist, hat er nicht mit der Wimper gezuckt. Er hat mich nicht schräg angesehen oder mich verurteilt", erzähle ich.

„Warte mal!", unterbricht mich Bella. „Warum sollte dich jemand dafür verurteilen, weil du einen One-Night-Stand hattest?"

Ich zucke mit den Schultern und sehe hinab auf meine Hände. „Ich weiß nicht. Ich denke, ich schäme mich ein wenig dafür. Vermutlich hat es auch nicht geholfen, dass meine Eltern mich als Flittchen bezeichnet haben und mir sagten, wie blöd ich war, mich schwängern zu lassen."

„Mila, hör mir mal zu. Es gibt nichts, wofür du dich schämen müsstest. Ava ist ein Geschenk. Jeder, der euch in seinem Leben hat, kann sich glücklich schätzen. Reid kann das sehen. Er weiß, dass du etwas Besonderes bist. Es tut mir leid, dass deine Eltern nicht sehen können, was für alle anderen offensichtlich ist." Sie nimmt meine Hand in ihre und ich sehe Bella an, als sie weiterspricht. „Jeder, der nicht sehen kann, was für ein wunderbarer, besonderer und liebevoller Mensch du bist, der ist es nicht wert, dich in seinem Leben zu haben. Pech für sie, Mila!"

Wo ich gerade dabei bin, mein Herz auszuschütten, mache ich ein weiteres Geständnis: „Ich bin in ihn verliebt."

„Das weiß ich. Und Reid ist in dich verliebt."

„Meinst du nicht, dass es ein bisschen zu früh ist?", frage ich sie.

„Sagt wer? Liebe ist Liebe, Mila. Liebe ist zeitlos und kennt keine Grenzen. Es ist egal, ob du dich nach einem Tag, einer Woche, einem Monat oder einem Jahr verliebst. Das, was zählt, ist, dass es sich richtig anfühlt und du glücklich bist. Das Leben ist zu kurz. Wenn du Liebe und Glück findest, dann greif zu und lass nie mehr los."

„Wie kommt es, dass du so klug bist?", frage ich meine Freundin.

„Es ist das Leben. Du lebst und du lernst."

„Das ist wahr", seufze ich. „Du bist eine gute Freundin, Bella. Die Beste! Ich weiß nicht, was ich ohne dich tun würde", gestehe ich ihr und beuge mich zu ihr hinüber, um sie zu umarmen. Vom Vordersitz hören wir ein Räuspern und unser Moment ist dahin.

„Ähm, sorry, dass ich euch unterbrechen muss, Ladies, aber wir sind da", informiert uns Austin. Ich klettere aus seinem Truck und sehe, dass ein Auto in der Auffahrt zu Großmutters Haus steht. Bei genauerem Hinsehen sieht es aus wie ein Mietwagen und ich weiß, wer es ist.

„Wem gehört das Auto?", fragt Bella.

Mein Puls beschleunigt sich, als ich über den Rasen zur Haustür stürme. „Meinen Eltern", sage ich, während ich weiterlaufe. Wie können sie es wagen, hier aufzutauchen? Ich bemerke, wie Austin hinter mir herrennt.

„Mila, warte. Lass mich zuerst reingehen", sagt er.

„Nein. Verdammt nochmal. Ich habe keine Angst vor ihnen. Was mich ankotzt, ist diese Scheiße, die sie hier abziehen." Ich stürme vorbei an Austin und durch die Haustür.

„Scheiße. Warum verdammt nochmal hören Frauen nie zu?", schimpft Austin hinter mir. Ich sehe, dass er in seine Jacke greift und sein Handy herausholt. Ich ahne, wen er anruft. Egal, ich werde mit meinen Eltern reden. Als ich mich umdrehe, sehe ich, dass Bella direkt hinter mir und genauso wütend ist wie ich.

Richard und Susan Vaughn haben etwas gehört und kommen zur gleichen Zeit um die Ecke des Flurs wie ich. Beinahe stoße ich mit meiner Mutter zusammen. Ich bin etwas erstaunt über ihr Aussehen. Sie sieht schlecht aus. Ihre Kleidung ist zerknittert und ihr Haar ist ein einziges Durcheinander. Mein Vater sieht nicht viel anders aus.

„Wie zum Teufel seid ihr hier reingekommen?", will ich wissen.

„Deine Großmutter hat die Schlösser in über fünfzig Jahren nicht ausgetauscht", herrscht mich meine Mutter an. „Ich habe meinen alten Schlüssel benutzt. Ich bin nicht eingebrochen. Aber da dieses Haus sowieso bald mir gehören wird, ist das eh egal, oder?"

Gerade als ich mir vornehme, ihr den selbstgefälligen Blick aus dem Gesicht zu schlagen, höre ich das Geräusch mehrerer Motorräder. Jetzt schenke ich ihr ein selbstgefälliges Lächeln, denn ich weiß, dass mein Mann gleich durch die Tür kommen wird.

Kapitel 17

Hey, Bruder. Wie geht's Mila?", fragt Quinn, als ich ins Clubhaus komme. „Ihr geht's gut", antworte ich und gehe rüber zur Bar, an der Logan sitzt. „Hey, alles klar? Ich habe nicht erwartet, heute jemanden hier zu treffen", sage ich und setze mich, um auf Prez zu warten.

„Na ja, da meine Frau bei deiner ist und Gabriels Frau mit den Kindern im Park, dachten wir, wir kommen für ein paar Stunden hierher und hängen ein bisschen ab. Vielleicht gehen wir auch nach draußen und machen ein paar Zielübungen", antwortet er und nimmt einen Zug von seiner Zigarette. „Willst du mitmachen?", fragt er.

„Ich habe ein Treffen mit Jake", informiere ich Logan.

„Können wir dir bei etwas helfen?" Gabriels Stimme kommt von der anderen Seite des Zimmers, wo er auf der Couch sitzt. Ich drehe mich um und sehe ihn an.

„Nee, Mann. Ich habe ein paar schmutzige Details zu Milas Eltern gefunden. Will ihn nur wissen lassen, was los ist."

„Gehört sie jetzt endlich dir?", fragt Prez, als die Tür hinter ihm zufällt.

„Für immer, Bruder", sage ich ihm.

„Gut. Dann kommen wir mal zur Sache." Jake

bedeutet mir, ihm in sein Büro zu folgen. Ich ziehe einen Stuhl hervor, setze mich und warte darauf, dass auch er sich setzt, bevor ich beginne, zu berichten.

Unter normalen Umständen hätte ich niemanden in solche persönlichen Angelegenheiten eingeweiht, aber die Tatsache, dass wir möglicherweise wieder mit dem Gesetz in Konflikt geraten werden, bedeutet, dass ich Jake über meine Erkenntnisse und Pläne informieren muss. Die wenigen Informationen, die ich ihm gestern Abend am Telefon gab, waren nur die Spitze des Eisbergs. Je tiefer ich gegraben habe, desto mehr habe ich gefunden.

„Ich muss dich darauf hinweisen, dass gegen Milas Eltern landesweit wegen Veruntreuung ermittelt wird. Das bedeutet, dass ich es möglicherweise selbst mit dem Gesetz zu tun bekomme, wenn ich die Probleme lösen will, die sie ihr in letzter Zeit bereitet haben", erkläre ich.

„Du planst, sie auszuliefern?", fragt Prez und verschränkt die Arme vor der Brust.

„Ich habe zufällig das gefunden, was die Bundesbehörden nicht finden konnten." Ich lehne mich in meinem Stuhl zurück. „Und das sind genug Beweise, um die Vaughns für die nächsten zehn Jahre hinter Gitter zu bringen."

Ich erzähle nichts von dem Testament oder dem Geld. Nichts davon ist relevant für den Club. Bevor ich fortfahren kann, klingelt mein Handy. Normalerweise würde ich einen Anruf während eines

Treffens nicht entgegennehmen, aber nach dem, was gerade mit Mila passiert ist, will ich kein Risiko eingehen. Ich krame das Handy aus der Tasche meiner Jacke und sehe sofort Austins Nummer auf dem Display aufleuchten. Mein Magen krampft sich zusammen.

Ich gehe ran. „Ja."

„Reid, es gibt ein Problem hier. Milas Eltern sind im Haus. Könntest du dich auf dein Bike schwingen und herkommen, bevor die Nachbarn die Polizei rufen?"

Ich lege auf und stecke mein Handy zurück in die Tasche. Mein Gesichtsausdruck veranlasst Jake aufzustehen.

„Probleme?", fragt Prez und tritt mit geballten Fäusten nach vorn.

„Ja, Mila und Bella sind zu Milas altem Haus gefahren, um einige Sachen zu packen. Sorry, Prez, ich muss los." Ich drehe mich um und will gehen.

„Du wirst dich hinter mir einreihen, mein Sohn. Wir fahren alle", sagt er.

Zu fünft besteigen wir unsere Bikes und fahren zu Milas Haus.

Bei dem Geräusch unserer Harleys, die durch die Nachbarschaft rollen, bleiben die Leute stehen und starren uns an. Einer nach dem anderen fahren wir in ihre Einfahrt und blockieren die bereits dort stehenden Autos. Keiner geht, bevor wir nicht alles geklärt haben.

Ich steige von meinem Bike ab und schreite zur Haustür, wo Austin mit verschränkten Armen steht. Er tritt zur Seite und macht den Weg frei, und einer nach dem anderen kommen meine Brüder hinter mir her. In Sekundenschnelle ist das kleine Wohnzimmer bis zum Anschlag voll mit Bikern. Ich trete neben Mila und stelle mich zwischen sie und ihre wie versteinert dreinblickenden Eltern.

„Wie ich sehe, verkehrst du jetzt mit Bandenmitgliedern", sagt ihre Mutter brüskiert, während sie sich im Zimmer umschaut.

„Hör zu, du aufgespritzte Schl...", beginnt Bella, bevor Logan sie unterbricht, indem er sie an der Taille packt und zur Seite zieht.

„Wir haben ein Problem", raune ich und richte meinen Blick auf Milas Vater.

Er steht auf und streckt die Brust raus: „Ich würde sagen, das stimmt. Ihr begeht Hausfriedensbruch."

„Das stimmt nicht, denn das hier ist mein Zuhause", verteidigt sich Mila.

Offiziell scheinen ihre Eltern das Recht zu haben, sich hier aufzuhalten, denn ihre Namen stehen auf der Urkunde für das Haus. Aber ich würde wetten, dass dieses Dokument genauso gefälscht wurde wie alle anderen.

Mit einer plötzlichen Bewegung greift ihr Vater in seine Anzugjacke. Instinktiv ziehe ich meine Waffe aus der Innenseite meiner Kutte und warne ihn: „Keinen Zentimeter weiter."

Er schluckt sichtlich, als er in den Lauf starrt, den ich auf sein Gesicht gerichtet habe, und ich greife in seine Jacke. Alles, was ich finde, ist ein Telefon. Der dumme Mistkerl hätte sich fast umgebracht. Wie kann er in einem Raum voller Biker so eine Bewegung machen!?

„Wollten Sie die Cops rufen?", frage ich und nehme meine Waffe herunter.

„Sie befinden sich auf meinem Grund und Boden." Er verschränkt die Arme und bemüht sich redlich zu verbergen, wie nervös er ist. Doch die Schweißperlen, die sich auf seiner Stirn und Oberlippe bilden, sprechen eine andere Sprache.

Ich würde sagen, er ist kurz davor, sich in die Hose zu machen, weil er nicht weiß, was als Nächstes passieren wird. So sehr ich ihn auch noch etwas hinhalten möchte, entscheide ich mich dagegen. Sie sollen denken, dass sie gewonnen haben, vorerst. Je weniger sie kämpfen müssen, desto weniger misstrauisch werden sie sein, wenn der Sturm aufzieht.

„Sie wird jetzt holen, was immer sie will, und dann machen wir uns auf den Weg", lasse ich sie wissen.

„Sie wird nichts bekommen, was meiner Mutter gehört. Nicht eine einzige Sache. Sie darf sich nur das nehmen, was ihr und diesem Kind gehört", sagt ihre Mutter in angewidertem Ton.

Mein Puls beschleunigt sich, als sie *dieses Kind* sagt. Ich muss mir immer wieder einreden, dass jetzt nicht der richtige Zeitpunkt ist.

„Sie hat dir nie etwas bedeutet. Du hast kein Recht ...", beginnt Mila damit, loszuschimpfen.

Ich drehe mich zu ihr, unterbreche sie und nehme ihr Gesicht in meine Hände: „Geh und hol, was du für dich und Ava brauchst", fordere ich sie auf und werfe ihr einen Blick zu, der ihr sagt, dass sie mir vertrauen soll.

Sie scheint zu verstehen und geht zusammen mit Bella, Logan und Austin in Richtung Flur und verschwindet in einem Raum. „Es macht Ihnen sicher nichts aus, ihnen etwas Zeit zu geben, um Kleidung und so weiter zusammenzusuchen, also setzen Sie sich ruhig. Sobald meine Brüder den Truck beladen haben, fahren wir los", teile ich ihnen mit.

Fast dreißig Minuten lang beladen die Jungs Austins Truck. Ohne uns umzudrehen, lassen wir ihre Eltern sprachlos im Wohnzimmer zurück, und ich fahre mit Mila auf dem Bike nach Hause.

Die Jungs haben noch beim Ausladen des Trucks geholfen und alles hineingebracht, bevor sie sich auf den Weg machten. Ich habe mich bei ihnen dafür bedankt, dass sie mir heute den Rücken freigehalten haben. Dann gehe ich auf Mila zu, lege meine Arme um ihre Taille, stütze mein Kinn auf ihren Kopf und starre mit ihr aus den großen Fenstern auf die Skyline der Stadt.

„Komm, setz dich auf die Couch. Ich muss mit dir reden."

Ich nehme ihre Hand und wir gehen zur Couch. Als ich mich setze, sieht Mila mich an. „Es tut mir leid, dass ich so viele Probleme mache."

„Babe, nichts davon ist deine Schuld. Wir können

uns nicht aussuchen, wer unsere Eltern sind. Mein Vater war ein großartiger Mann, aber meine Mutter … sagen wir mal, sie wurde nie Mutter des Jahres." Ich bin überrascht, dass ich meine Mutter erwähne. Ich spreche eigentlich mit niemandem über sie. „Hör zu, ich habe die Vergangenheit und die derzeitige Situation deiner Eltern durchforstet. Wirklich alles. Babe, sie sind komplett pleite. Viele falsche Investitionen."

Sie verlagert ihr Gewicht, um mich anzusehen, zieht ihre Beine auf die Couch und schlägt sie übereinander. „Pleite? Das kann nicht sein. Reid, meine Eltern hatten immer Geld", sagt sie mir.

„Gegen sie wird wegen Veruntreuung und Betrug ermittelt, Kätzchen. Sie haben in den letzten fünfzehn Jahren einer ganzen Reihe von Klienten Geld gestohlen."

Mila steht von der Couch auf und beginnt, auf und ab zu gehen. Ich bleibe ein paar Minuten ruhig sitzen und lasse ihr etwas Zeit, bevor ich sie mit noch mehr Informationen überschütte.

Immer noch auf und ab gehend, sagt sie: „Da ist noch mehr, nicht wahr? Ich habe immer gewusst, dass meine Eltern widerwärtig sind, aber das erklärt nicht, warum sie jetzt plötzlich Chaos in meinem und Großmutters Leben anrichten."

Ich fahre mir mit den Händen durch die Haare und seufze. Jetzt muss ich ihr das Schlimmste erzählen. „Sie sind hinter dem Geld deiner Großmutter her."

Sie hält inne und sieht vollkommen verblüfft

drein. „Welches Geld? Großmutter lebt schon seit Jahren von ihrer Witwenrente." Sie setzt sich wieder hin, diesmal neben mich auf die Armlehne der Couch.

„Dein Großvater hat einige Investitionen getätigt, die sich nach seinem Tod auszuzahlen begannen, Babe. Und es gibt immer noch Zinsen dafür. Das Geld gehört deiner Großmutter. Sie hat über zwei Millionen Dollar auf einem Bankkonto, von dem sie vielleicht nie etwas wusste, oder vielleicht hat sie es auch vergessen. Ich fürchte, deine Eltern haben das leider herausgefunden", erkläre ich.

Mila starrt ausdruckslos vor sich hin und sagt nichts. Ich lege einen Arm um ihre Taille und ziehe sie auf meinen Schoß. Ein paar Tränen fließen über ihr schönes Gesicht.

„Kätzchen, deine Großmutter hat ein Testament. Wenn sie stirbt, geht alles, was sie besitzt, an dich und Ava. Alles", sage ich ihr.

„Und deshalb wollten meine Eltern, dass ich von der Bildfläche verschwinde", setzt sie das Bild zusammen.

Ich kann nicht mehr tun, als sie in den Arm zu nehmen und zu hoffen, dass das ausreicht, um sie zu trösten. Wir sitzen schweigend da, ich weiß nicht, wie lange, aber lange genug, um zu beobachten, wie die Abendsonne beginnt, über den Parkettboden zu kriechen.

„Was machen wir jetzt? Ich habe morgen einen Gerichtstermin. Wie soll ich das alles vor dem Richter beweisen?", fragt sie besorgt und niedergeschlagen.

„Du musst deinen Anwalt anrufen. Ich habe einen Plan, aber ich brauche seine Hilfe", antworte ich. Die Chancen, dass er uns hilft, sind zwar gering, aber wir müssen es versuchen. Ich möchte nicht, dass mein Name mit irgendwelchen Informationen in Verbindung gebracht wird, die ich herausgebe. Nicht nur wegen mir, auch wegen des Clubs.

„Jetzt?", fragt Mila, nachdem sie meine Hand genommen hat.

„Jetzt, Kätzchen. Was ich geplant habe, muss morgen passieren, also müssen wir schnell handeln."

Ohne zu zögern, steht sie auf und holt ihr Telefon. Ich höre, wie sie mit ihm spricht. Sie geht nicht ins Detail, sondern sagt nur, dass sie seine Hilfe für den morgigen Gerichtstermin brauchen könnte. Nachdem sie das Gespräch beendet hat, steckt sie ihr Telefon in ihre Jeans. „Er hat jetzt für uns Zeit."

Mehr muss ich nicht hören.

Da es ein Wochenende ist, machen wir uns auf den Weg zu seinem Haus. Wir haben Milas Auto genommen, da wir wussten, dass wir auf dem Heimweg bei Alba vorbeifahren würden, um Ava abzuholen. Ich sehe zu Mila hinüber. Sie war die ganze Fahrt über schweigsam. Ich bin mir sicher, dass sie die Informationen, mit denen ich sie zu Hause überschüttet habe, noch nicht ganz verarbeitet hat.

Ich lege meine Hand auf ihren Oberschenkel und

drücke ihn leicht. „Alles in Ordnung?"

Ich halte, als wir die Adresse erreichen, die sie mir genannt hat, stelle den Motor ab und warte darauf, dass sie mir antwortet, doch ihr entrückter Blick verrät mir, dass sie kein Wort von dem gehört hat, was ich gesagt habe.

„Kätzchen", sage ich etwas lauter und mit fester Stimme.

Sie wendet den Kopf und ihre müden Augen treffen auf meine. „Es tut mir leid. Was hast du gesagt?"

Verdammt! Ich hasse es, wie sehr ihr dieser ganze Scheiß zusetzt.

„Bist du okay?", frage ich sie erneut.

„Ja. Es ist viel zu verarbeiten, aber es geht mir gut. Ich bin nur ziemlich müde", sagt sie.

„Bist du bereit, rein zu gehen?" Ich deute mit meinem Kopf in die Richtung von Rivers Haus. Sie nickt, steigt aus dem Auto aus und gemeinsam gehen wir zur Haustür.

Nachdem ich ein paar Mal geklopft habe, schwingt die Tür auf und River steht vor uns. Sein Blick fällt auf Mila und für einen Moment verkrampft sich meine Hand. „Kommt rein", sagt er und tritt zur Seite.

Kaum haben wir den Raum betreten, kommt ein kleines rothaariges Mädchen auf uns zu gehüpft. „Ava!", quietscht sie.

Mila schaut mit einem traurigen Lächeln auf sie herab. „Tut mir leid, Willow, aber ich habe Ava dieses Mal nicht dabei." Enttäuschung macht sich in ihrem kleinen sommersprossigen Gesicht breit und sie lässt den Kopf hängen.

„Du siehst sie morgen im Kindergarten, Schatz." River kniet nieder und hebt ihr trauriges Gesicht an, damit sie ihn ansieht.

„Okay", flüstert sie ihrem Vater leise zu.

„Geh ein bisschen in deinem Zimmer spielen, mein Schatz. Ich muss mit Mila und ihrem Freund sprechen."

Nachdem sie gegangen ist, steht River auf, dreht sich um, streckt mir seine Hand entgegen und wir schütteln uns die Hände. „Mr. Carter", sagt er.

„Sie können Reid zu mir sagen", antworte ich.

„Kommt, wir setzen uns in das Wohnzimmer. Ich hole etwas zu trinken. Ist Bier okay?"

„Bier hört sich gut an. Danke", sage ich.

Er verschwindet in der Küche und kommt mit drei Flaschen und ein paar kalten Wasserflaschen zurück. Ich nehme ein Bier und lasse ein paar Schlucke davon in meine Kehle gleiten.

„In Ordnung", sagt River und nimmt in seinem Sessel Platz. „Womit kann ich euch helfen?" Er sieht zu mir und wartet auf die Antwort auf seine Frage. Auch Mila sieht mich an und wartet. Sie überlässt mir die Kontrolle. Weil sie mir vertraut.

„Ich habe einige Beweise, die mir zugespielt wurden und die vor der morgigen Gerichtsverhandlung in die Hände der zuständigen Behörden gelangen müssen. Können Sie dafür sorgen?" Ich sehe ihn an und nehme noch einen Schluck von meinem Bier.

„Sie wollen anonym bleiben?", fragt er und nimmt einen tiefen Schluck aus seiner Flasche.

„Ich will nur, dass ihre Eltern morgen in Handschellen abgeführt werden."

„Das kann ich machen. Schicken Sie mir, was Sie haben, und ich kümmere mich darum", antwortet er schnell. Mila sitzt neben mir auf der Couch, nippt an ihrem Bier und wackelt vor lauter Nervosität mit ihrem Knie. Ich weiß, dass sie Antworten will. Antworten, die ich ihr nicht geben kann.

„Mila." Er lehnt sich in seinem Sessel nach vorn, um ihre Aufmerksamkeit zu gewinnen. „Sei morgen etwa zehn Minuten früher am Gericht. Ich werde dort auf dich warten. Auf euch beide", sagt er und sieht zwischen uns hin und her.

Wir bleiben noch ein paar Minuten und River erzählt, was uns morgen erwarten wird. Nachdem er alle Einzelheiten durchgegangen ist, nehme ich Mila ihr Getränk ab und ziehe sie hoch.

Ich lege meinen Arm um ihre Taille, beuge mich vor und küsse ihre Schläfe. „Komm, Kätzchen. Wir holen Ava und fahren nach Hause."

Kapitel 18

Mila

Reid und ich fahren zum Pflegeheim, um Großmutter zu besuchen. Ich habe ihm gesagt, dass ich sie sehen will, bevor ich heute Morgen ins Gericht muss. Alba hat angeboten, Ava noch eine weitere Nacht bei sich zu behalten. Ich habe kurz mit meinem kleinen Mädchen telefoniert, und ich musste sie nicht überreden, ihre Zeit bei Alba zu verlängern. Bella hat gesagt, sie würde heute Morgen zu ihrer Schwester fahren, Ava abholen und sie zum Kindergarten bringen. Ich wüsste wirklich nicht, was ich ohne meine Freunde tun würde. Bella und Alba haben mir so sehr geholfen.

Wenn meine Eltern heute gewinnen, befürchte ich, dass sie mir den Besuch bei meiner Großmutter verbieten werden. Reid sieht sie heute zum ersten Mal. Ich bin nicht nervös, denn meine Großmutter war noch nie jemand, der über andere urteilt. Sie wird nicht aufgrund seines Aussehens oder seiner Kutte darüber richten, welche Art Mann er ist.

Als wir durch die Flure des Heims gehen, bleiben wir an der Schwesternstation stehen und werden von Joni begrüßt. „Hallo, Süße, wie geht es dir? Und wer ist dieser attraktive junge Mann?", will sie wissen.

„Hi, Joni!" Ich fasse an meine Tasche, die über

meiner Schulter hängt. „Mir geht es gut, und das ist mein … das ist Reid." Ich hatte noch nie einen Freund und allein daran zu denken, fühlt sich seltsam an.

„Ich verstehe. Es wird aber auch Zeit, dass du dir einen Mann suchst, Mädchen. Und es sieht aus, als ob du einen strammen Burschen gefunden hättest. Ich wette, er kümmert sich gut um dich, Schatz."

O mein Gott! Ich spüre, wie mein Gesicht bei Jonis Worten in Flammen aufgeht, und als ich Reid ansehe, grinst er selbstgefällig.

„Ach, Schatz, das muss dir nicht peinlich sein! Wenn ich zwanzig Jahre jünger wäre …", fährt sie ungeniert fort.

„Joni!", unterbreche ich sie. Nachdem sie und Reid sich auf meine Kosten amüsiert haben, beschließe ich, das Thema zu wechseln. „Wie geht es Großmutter heute?"

„Es geht ihr großartig. Heute ist ein guter Tag", erwidert sie.

Als ich das Zimmer meiner Großmutter betrete, sehe ich sie in ihrem Sessel am Fenster sitzen. Ihre Aufmerksamkeit ist auf den Fernseher gerichtet, auf dem sie die Morgennachrichten ansieht.

„Mila", grüßt sie herzlich und hat ein Lächeln auf den Lippen, als sie mich auf sich zukommen sieht.

„Hi, Großmutter. Ich wollte dir jemanden vorstellen." Als sie bemerkt, dass Reid hinter mir steht, wird ihr Lächeln breiter.

„Geh schon aus dem Weg, damit ich ihn begrüßen kann." Ich finde es toll, dass meine

Großmutter immer noch so keck ist. „Und wie heißen Sie, junger Mann?“

„Ich bin Reid und freue mich, Sie endlich kennenzulernen, Ma'am. Mein Mädchen hat mir so viel von Ihnen erzählt“, stellt er sich vor, nimmt die Hand meiner Großmutter und küsst sie.

„Gutes Aussehen und Charme. Dieses Mal hast du den Jackpot geknackt, Mila“, sagt Großmutter. „Sagen Sie, junger Mann, kümmern Sie sich gut um meine Enkelin?“

„Großmutter, woher weißt du, dass wir zusammen sind? Er könnte auch nur ein Freund sein.“

„Ich mag alt sein, Mila, aber ich bin nicht dumm. Ich sehe es in deinen Augen, und auch in seinen. Ihr seid mehr als nur Freunde. Hab ich recht?“, will sie wissen und zieht eine Augenbraue hoch. Reid ist derjenige, der antwortet.

„Sie haben recht, Ma'am. Mila ist mein Mädchen, und auch Ava. Ich werde mich um die beiden kümmern.“

In den nächsten Stunden bleiben Reid und ich bei Großmutter und unterhalten uns. Sie überredet ihn sogar, ein paar Runden Karten zu spielen. Ich verliebe mich immer mehr in diesen Mann, wenn ich sehe, wie er die Frau behandelt, die mir die Welt bedeutet. Als es endlich Zeit ist zu gehen, beobachte ich, wie Großmutter Reid umarmt und ihm etwas ins Ohr flüstert, bevor er sie mit einem warmen Lächeln ansieht und mit dem Kopf nickt.

Ich frage mich, worum es da ging.

„Danke, dass du so nett zu meiner Großmutter

warst", sage ich zu Reid, als wir aus dem Pflegeheim kommen. Er bleibt vor seinem Bike stehen,
dreht sich zu mir um und greift an meine Hüften,
um mich näher zu sich heranzuziehen.

„Kein Grund, mir zu danken, Kätzchen. Sie ist dir
wichtig, also ist sie auch mir wichtig." Ich schlinge
meine Arme um seine Taille und lege meinen Kopf
auf seine Brust.

„Du bist so gut zu mir. Warum habe ich nur so
ein Glück?"

Reid legt seine Wange auf meinen Kopf: „Wenn
hier jemand Glück hat, dann ich, Babe."

Als mich Reid auf dem Bike zum Gericht fährt,
liegen meine Nerven blank. Reid hat mir versichert, dass alles gut gehen wird, aber meine Eltern
sind skrupellose Anwälte. Ich habe sie in meiner
Jugend ein paar Mal vor Gericht erlebt. Ich kann
nur hoffen, dass sich der Richter heute nicht von
den Vaughns und ihrem Ruf beeindrucken lässt.

Als Reid um die Ecke biegt und das Gerichtsgebäude in Sicht kommt, bin ich überwältigt von
dem Anblick, der sich uns bietet. Vor dem Gebäude ist eine Reihe von mindestens fünfzehn Bikes geparkt. Was aber noch mehr auffällt, sind die
Männer in ihren Kutten. Reids Brüder, seine Familie. Als Reid sein Motorrad neben dem von Jake
parkt, löse ich mich von ihm und steige ab.

„Prez", begrüßt Reid Jake mit einem Nicken.

„Was macht ihr denn alle hier?"

Die Frage galt allen, doch es ist Jake, der Mann,
den Reid als seinen Präsidenten bezeichnet, der

meine Frage beantwortet. „Du gehörst zu Reid, also gehörst du zum Club. Du bist jetzt ein Teil der Familie und wir kümmern uns um unsere Familie. Dazu gehört auch, dass wir unsere Unterstützung zeigen.“

Ich schaue in die Gesichter der Männer, die vor mir stehen, und sehe Logan, Gabriel, Quinn, Doc, Austin, Blake und einige andere Clubmitglieder. Keiner dieser Männer kennt mich besonders gut, und doch sind sie hier.

„Danke“, bringe ich hervor. Meine Gefühle überwältigen mich.

„Komm, Kätzchen.“ Reids sanfte Stimme flüstert in mein Ohr, als er mich an seine Seite zieht und mich in das Gerichtsgebäude führt. Auf der anderen Seite der Lobby sehen wir River im Gespräch mit einem Mann in einem Anzug, der wie Anfang dreißig aussieht.

„Das ist der leitende Ermittler. Der, von dem ich dir erzählt habe. Er und sein Partner sind sofort aus New York hergeflogen, als River sie kontaktiert hat“, informiert mich Reid, bevor wir zu dem Mann hinüber gehen.

„Special Agent Holden, das sind Mila Vaughn und Reid Carter“, stellt River uns beide vor.

Reid und ich geben ihm beide die Hand, und Reid beginnt zu sprechen. „Wir wissen es zu schätzen, dass Sie den weiten Weg so kurzfristig auf sich genommen haben.“

Agent Holden blickt über unsere Schultern durch das Fenster des Gerichtsgebäudes auf die vielen

Biker und an seinem Gesichtsausdruck kann ich erkennen, dass er nicht sicher ist, was er von uns halten soll.

„Also, was ist der Plan?", frage ich in die angespannte Atmosphäre hinein.

„Wir warten auf die Vaughns. Sobald sie hier sind, werden sie in Gewahrsam genommen. Ich habe bereits mit dem Richter gesprochen. In Anbetracht der Vorwürfe gegen Ihre Eltern hat der Richter beschlossen, Ihr Verfahren einzustellen und die Klage gegen Sie fallen zu lassen. Die Situation ist ziemlich eindeutig. Die Beweise zeigen, dass Richard und Susan Vaughn aus Verzweiflung hinter Ihnen her waren", sagt Agent Holden.

„Siehst du, Kätzchen, ich habe dir gesagt, dass ich mich um alles kümmere."

Ich atme tief durch und spüre, wie die Anspannung von meinem Körper abfällt. „Also, das war's? Einfach so?", frage ich, weil ich die endgültige Bestätigung brauche. Dieses Mal antwortet Reid.

„Ja, Babe. Es ist vorbei. Deine Eltern können dir, Ava oder deiner Großmutter nichts mehr tun."

Kaum haben diese Worte Reids Lippen verlassen, stürmt eine verzweifelte Bella durch die Türen der Lobby, gefolgt von einem zornig aussehenden Logan. Als ich Bella in die Augen sehe, weiß ich, dass das, was Reid gerade gesagt hat, weit von der Wahrheit entfernt ist. Ich fühle, dass Bella gleich etwas sagen wird, das mir den Boden unter den Füßen wegziehen wird. Ich spüre es mit jeder

Faser meines Körpers. Als meine Freundin mit tränenüberströmtem Gesicht und verzweifeltem Blick auf mich zustürmt, ist es wie ein Schlag in die Magengrube. Drei Worte, mehr braucht es nicht, um meine Welt zum Einsturz zu bringen.

„Ava ist weg."

Von diesem Moment an läuft alles wie in Zeitlupe ab. „Was redest du da für einen Scheiß? Was heißt das, Ava ist weg?!", brüllt Reid. „Sie ist im Kindergarten."

Bella schüttelt hektisch den Kopf hin und her. In ihrer Hand hält sie ihr Handy fest umklammert. „Ich habe gerade einen Anruf von dort erhalten. Sie sagten, sie hätten zuerst versucht, Mila anzurufen, aber bei ihr ging immer nur die Mailbox ran, also haben sie mich angerufen, da ich einer von Avas Notfallkontakten bin. Sarah sagte, dass die neue Mitarbeiterin, die sie eingestellt haben, sie von ihren Großeltern abholen ließ."

Ich spüre, wie sich mein Magen mit jedem Wort, das Bellas Mund verlässt, verdreht. „Was meinst du mit: ihre Großeltern? Sie können doch ein Kind nicht einfach irgendjemandem mitgeben?!"

Ich warte nicht, bis Reid ausgeredet hat. Ich habe alles gehört, was ich wissen muss, und jetzt werde ich meine Tochter suchen. Denn wegen eines inkompetenten Idioten ist mein Baby jetzt in der Hand des Bösen. In der Hand meiner Eltern. Denselben Eltern, die nicht gezögert haben, jemanden zu beauftragen, um ihre Tochter zu töten.

Wie ferngesteuert drehe ich mich von Bella und

Reid weg und laufe durch die Lobby des Gerichtsgebäudes zur Tür hinaus. Leise nehme ich wahr, wie Reid hinter mir meinen Namen ruft. Als ich den Bürgersteig erreiche, bleibe ich stehen, denn ich habe keine Ahnung, was ich tun soll oder wo ich überhaupt anfangen soll. Wo soll ich meine Tochter suchen?

„Mila, Baby, sieh mich an". Reid ist mir hinterhergelaufen und versucht, mich zu beruhigen, während er mit beiden Händen mein Gesicht umfasst. In diesem Moment, als sein Gesicht nur einen Atemzug von meinem entfernt ist, erwache ich plötzlich aus meinem Nebel.

„Ich weiß nicht, was ich tun soll", sage ich robotergleich und erkenne mich fast nicht wieder. Ich halte mich an Reids Jacke fest und wiederhole die Worte noch einmal, doch dieses Mal spüre ich, wie meine Beine unter mir nachgeben. „Mein Baby ist weg, Reid, und ich weiß nicht, was ich tun soll. Was soll ich tun?" Ich weine, als Reid mich mit seinen starken Armen hochhebt.

Dann setzt er mich auf den Vordersitz von Bellas Auto. „Bella bringt dich zurück ins Clubhaus. Ich möchte, dass du dort bleibst. Blake und Austin folgen euch", sagt Reid. „Sieh mich an, Baby." Das mache ich und sehe Zorn und Entschlossenheit in seinem Gesicht. „Ich bringe sie dir zurück. Ich verspreche es."

Mit diesen Worten schließt Reid die Autotür und geht zurück zu seinen Brüdern, die ich wie durch einen Nebel wahrnehme. Sie steigen auf ihre Bikes, während Jake seine Anweisungen brüllt. Während Bella zum Clubhaus fährt, sehe ich hilflos zu, wie Reids Rücklichter in der entgegengesetzten Richtung verschwinden.

während Jake seine Anweisungen brüllt. Während Bella zum Clubhaus fährt, sehe ich hilflos zu, wie Reids Rücklichter in der entgegengesetzten Richtung verschwinden.

Kapitel 19

Reid

Es ist mir schwergefallen, Mila in diesem Zustand zurückzulassen, aber ich muss Ava finden. Ich bin mir nicht sicher, wie die Vaughns davon erfahren haben, dass die Bundespolizei sie verhaften wollte. Ich nehme an, wegen ihrer jahrelangen Erfahrung, dem Gesetz in irgendeiner Form immer einen Schritt voraus zu sein, doch die Entführung ihrer Enkelin zeugt von Verzweiflung und Niedertracht.

Ich weiß nicht, was sie damit erreichen wollen, aber ich weiß, was wir tun würden, wenn die Polizei nicht auch nach ihnen suchen würde. In wenigen Minuten wird die Stadt abgeriegelt sein. Die Kings wissen sich zu benehmen, aber bei einer Sache machen sie eine Ausnahme: Familie – unsere Familie. Die Bundespolizei versucht, ihre Präsenz zu demonstrieren, doch sie werden mit dem Versuch, eine Gruppe von Bikern aus der Sache herauszuhalten, nicht weit kommen. Sie haben ihre Art, die Dinge zu erledigen, und wir haben unsere. Wir allen haben das gleiche Ziel: Milas Tochter zu finden.

Nachdem unsere Suche erfolglos war, habe ich beschlossen, zu mir nach Hause zu fahren und ein wenig zu recherchieren. Ich wollte herausfinden, wohin sie gegangen sein könnten, nachdem sie den Kindergarten verlassen haben. Leider hat das nichts gebracht.

„Fuck!", brülle ich und schlage mein Laptop zu.

Prez lässt einige der Jungs auf den Straßen nach dem Auto suchen, in dem sie zuletzt gesehen wurden, während ich versuche, ihren Aufenthaltsort anhand der jüngsten Kreditkartenaktivitäten zu ermitteln. Ich habe nichts gefunden. Alle bekannten Konten der Vaughns wurden eingefroren. Wohin könnten sie ohne finanzielle Mittel gehen? Ich stehe auf und laufe herum. Dann bleibe ich stehen, lasse den Kopf nach hinten fallen, schaue an die Decke und atme frustriert aus. *Denk nach, verdammt!* ermahne ich mich.

Ich beschließe, wieder auf mein Bike zu steigen und drehe mich um, um meinen Schlüssel vom Schreibtisch zu holen. Dann halte ich inne und starre auf ein Bild, das meinen Bruder und mich Seite an Seite zeigt. Das Foto wurde an dem Tag aufgenommen, an dem ich mir meine Kutte verdient habe. Rechts neben dem Bilderrahmen sitzt Avas Teddybär. Der, den sie mir gegeben hat, in der Hoffnung, dass es mir dann besser geht. Ich nehme das Stofftier und sehe es mir an. In dem Moment wird es mir klar. Ich kann nicht erklären warum, aber ich weiß, wo sie ist. Mit dem Bären in der Hand eile ich zu meinem Bike. Bevor ich den Motor anwerfe, verstaue ich ihren Teddy sicher in der linken Satteltasche des Motorrads.

Fünfzehn Minuten später schalte ich den Motor

aus, lasse das Bike ausrollen und halte zwei Häuser hinter dem Haus von Milas Großmutter. Bei all dem Chaos hat niemand daran gedacht, hierher zu kommen, auch ich nicht. Kaum schwinge ich mein Bein über mein Bike und steige ab, höre ich hinter mir ein Fahrzeug heranfahren. Ich schaue über meine Schulter und sehe, wie Officer Jenkins anhält und seine Autotür öffnet. *Scheiße!* Ich hätte wissen müssen, dass sie jemanden von der Polizei schicken würden, um uns zu folgen.

Offenbar wartet er darauf, dass ich ihm sage, warum ich hier bin. Ich weihe ihn ein, aber nur, weil ich nicht das Risiko eingehen will, etwas zu vermasseln.

„Wenn meine Vermutung stimmt“, sage ich und zeige auf das Haus, „dann ist Ava da drin.“

„Ich muss das melden“, teilt er mir mit.

Er kann tun, was er will, aber ich warte nicht länger. Ich drehe ihm den Rücken zu und gehe zum Haus.

„Mr. Carter“, ruft er mir nach. Ich halte inne und gebe ihm die Gelegenheit, zu Ende zu sprechen. „Denken Sie daran, dass da drin ein vierjähriges Kind sein könnte, also handeln Sie entsprechend.“

Ich werde alles tun, damit ihr nichts passiert. Ich sage kein Wort. Während Officer Jenkins ein „Verdammt noch mal“ murmelt und unseren Standort über den Polizeifunk durchgibt, gehe ich weiter.

Ich will Antworten und mache mich vorsichtig, aber zielstrebig, auf den Weg zur Haustür. Ich drehe den Türknauf. Überraschenderweise ist die

Tür nicht verschlossen. Da ich nicht riskieren will, dass Ava mich mit einer Waffe sieht, behalte ich sie in meiner Jacke. Sie wurde gerade von zwei Menschen entführt, die sie noch nie zuvor gesehen hat. Von verzweifelten Menschen, die, obwohl sie ihr eigen Fleisch und Blut ist, gezeigt haben, dass ihnen Familie nichts bedeutet.

Langsam gehe ich hinein. Um nicht von hinten überrascht zu werden, schließe ich die Tür wieder. Als ich mich im Wohnzimmer umschaue, sehe ich keine Anzeichen dafür, dass seit gestern jemand hier war, also gehe ich vorsichtig durch den Raum. Und dann höre ich es. Ein leises, sanftes Kichern. Avas süßes Lachen kommt aus dem Flur. Je weiter ich den kurzen Gang hinuntergehe, desto deutlicher wird es. Ich bleibe direkt vor Avas Zimmertür stehen und lausche.

Dann halte ich den Atem an und öffne die Tür. Neben Milas Mutter sitzt Ava auf ihrem Bett. Sie hüpft aufgeregt vom Bett, als ob nichts wäre, und springt in meine wartenden Arme. Sie ist nicht mein Fleisch und Blut, aber ich fühle, dass sie zu mir gehört und ich werde sie beschützen. Ich umarme sie, während Milas Mutter mich stumm anstarrt. Als ob sie sich nach etwas sehnt, das zum Greifen nahe ist, das sie aber nicht erreichen kann. In der Ferne ertönen Sirenen, die uns beide darauf aufmerksam machen, dass die Polizei in der Nähe ist.

„Sie ist ein süßes kleines Mädchen", murmelt Mrs. Vaughn.

Ich kneife meine Augen zusammen. „Wo ist Ihr Mann?", frage ich sie.

Sie lässt die Schulter sinken und dreht den Kopf, um aus dem Fenster rechts neben ihr zu schauen. „Abgehauen."

„Warum? Warum ihre Tochter?", frage ich sie.

Sie senkt den Blick und faltet die Hände. „Wir haben hier übernachtet. Wir haben kein Geld, können nirgendwo hin, und kurz vor dem Gerichtstermin heute Morgen sagte Robert, er sei gleich wieder da. Als er zurückkam, hatte er Ava dabei. Ich weiß, ich bin vieles, Mr. Carter. Ich weiß, dass ich keine gute Mutter gewesen bin, aber er wollte sie als Druckmittel benutzen, und das konnte ich nicht zulassen. Also ist er gegangen. Hat das Auto genommen und uns hiergelassen." Sie sieht Ava an, die ich immer noch in meinen Armen halte.

Ich merke, dass sie noch mehr sagen will, als wir die heulenden Sirenen vor dem Haus und das Schlagen mehrerer Autotüren hören. Ich erkenne Officer Jenkins Stimme. Er macht auf sich aufmerksam, als er das Haus betritt. Ich halte meinen Blick weiterhin auf Mrs. Vaughn gerichtet und höre, wie der Beamte hinter mir ins Schlafzimmer kommt.

„Carter", sagt Jenkins in ruhigem Ton. Wahrscheinlich, um Ava nicht zu beunruhigen oder zu ängstigen. „Ab hier übernehme ich. Ihre Mutter wartet draußen."

Bevor ich den Raum verlasse, spreche ich noch ein letztes Mal mit Milas Mutter. Mit leiser Stimme sage ich ihr: „Sie werden die beiden nie wieder sehen."

Als ich aus dem Flur in das Wohnzimmer trete, läuft Mila an dem anderen Beamten vorbei, der an der Eingangstür steht. Als sie sieht, dass Ava sicher und unverletzt ist und ihre kleinen Arme um meinen Hals geschlungen hat, ist es um sie geschehen.

Sie versucht verzweifelt, ihre Gefühle zu unterdrücken, während sie nach ihrer Tochter greift. Ich lege sie in die Arme ihrer Mutter und sehe zu, wie sie sich umarmen. Dann ziehe ich beide zu mir heran und halte sie fest.

„Babe." Ich hebe Milas Kinn an. Sie blickt auf und sieht mir in die Augen. „Sie werden deine Mutter bald hinausführen. Möchtest du gehen?" Ich fahre mit den Fingern durch ihr Haar und streiche ihr ein paar Strähnen aus ihrem Gesicht.

„Bring uns nach Hause", sagt sie.

Zu dritt gehen wir nach draußen, wo Bella neben ihrem Auto steht und auf uns wartet. In dem Moment, als sie Mila mit Ava im Arm sieht, laufen ihr die Tränen übers Gesicht. Sie wischt sie schnell weg und lächelt, als wir uns nähern.

„Bella, bring sie nach Hause. Gib mir eine Minute, ich komme gleich nach", sage ich. Ich warte, bis alle drei sicher im Auto sitzen und angeschnallt sind, bevor ich mein Bike hole.

Agent Holden hält mich auf, als ich an ihm vorbeigehe. „Danke", sagt er und schüttelt mir die Hand.

Ich nicke ihm entschlossen zu, bevor wir beide getrennte Wege gehen.

Das Klingeln meines Telefons in der Tasche lässt mich langsamer werden und ich hole es heraus. Ich schaue auf das leuchtende Display, sehe Gabriels Nummer und gehe ran. „Was hast du für mich, Bruder?"

„Wir haben den Vater dreißig Minuten außerhalb der Stadt gefunden. Der Trottel hatte kein Benzin mehr und konnte nicht weiterfahren. Was sollen wir mit ihm machen, Bruder?", will Gabriel wissen.

Er hat ein kleines Mädchen entführt. Meine Familie. Ich bin mir sicher, dass mein Bruder zustimmen würde, wenn ich sage, dass ein wenig Gerechtigkeit nicht schadet.

„Verpasst ihm einen Denkzettel. Aber passt auf. Er muss den Behörden lebendig und unversehrt übergeben werden", warne ich Gabriel, doch statt einer Antwort ernte ich Schweigen. Ich lächle, weil ich weiß, dass ich seine Pläne durchkreuzt habe, ein bisschen Spaß zu haben. Der Mann ist seiner Familie gegenüber loyal wie nur wenige andere. Gabriel nimmt so etwas wie das hier persönlich. „Sorry, Bruder. Nicht dieses Mal."

„Wie du willst", antwortet er mürrisch, bevor er auflegt.

Der Wichser hat sich die falsche Stadt und die falsche Familie ausgesucht. Er hat verdammtes Glück, dass er nur eine aufgeplatzte Lippe oder ein paar geprellte Rippen haben wird. Unter anderen

Umständen hätte er seine Beerdigung planen können.

Ich steige auf mein Bike und fahre hinter Bellas
Auto her. Wir fahren nach Hause.

Kapitel 20

Mila

Es ist vierundzwanzig Stunden her, dass Reid Ava wieder in meine Arme gelegt hat, und ich bin dankbar, dass Ava nichts von dem mitbekommen hat, was passiert ist. Ich weiß, dass sie verängstigt gewesen sein muss, als mein Vater sie vom Kindergarten abholte, aber sie scheint keine bleibenden Schäden davongetragen zu haben. Es fällt mir schwer, sie allein zu lassen. Letzte Nacht hat sie sogar bei mir und Reid im Bett geschlafen, eng an meine Seite gekuschelt.

Ich hoffe, dass sie sich nicht mehr an diese Geschichte erinnern wird, wenn sie älter ist. Es gibt jedoch noch eine letzte Sache, die ich tun muss, bevor ich meine Vergangenheit vollständig hinter mir lassen kann. Ich muss meine Mutter sehen. Ich möchte – nein – ich brauche Antworten. Es ist an der Zeit, dieses Kapitel in meinem Leben abzuschließen und nie wieder zurückzuschauen. Wenn ich das getan habe, werde ich in der Lage sein, einen Schlussstrich zu ziehen und mit meinem Leben weiterzumachen.

Reid hat gestern Abend erwähnt, dass meine Eltern morgen nach New York zurückgebracht werden sollen. Also heißt es: jetzt oder nie. Ich wende meine Aufmerksamkeit von meiner Tochter ab, die leise mit ihren Spielsachen auf dem Wohnzimmerboden spielt, und schaue zu Reid, der neben mir auf dem Sofa sitzt und ebenfalls Ava beobachtet. „Ich möchte meine Mutter sehen. Denkst du, du kannst das für mich möglich machen?"

Ohne zu fragen, antwortet er: „Ja, Babe. Ich muss nur telefonieren."

Ich liebe es, dass er mich ohne weitere Erklärung versteht. Irgendwie weiß er, dass ich das brauche und ich vertraue darauf, dass er es hinkriegt.

Während ich den Besuch bei meiner Mutter plane, hat sich Reid an meine Vorgesetzte im Pflegeheim gewandt und sie um Freistellung wegen eines familiären Notfalls gebeten. Als er mir erzählt hat, was er getan hat, wollte ich gerade den Mund aufmachen und etwas erwidern, doch er sagte nur: „Ich dachte, du würdest dir gern die Woche freinehmen und sie mit Ava verbringen."

Nachdem er mir seine Argumente dargelegt hatte, konnte ich nicht mehr widersprechen. Eine Woche zu Hause mit meinem kleinen Mädchen hörte sich so gut an.

„Soll ich Bella oder Alba holen, damit sie auf Ava aufpassen, während wir zu deiner Mutter fahren?", fragt Reid.

„Nein, sie haben schon so viel für mich getan. Ich möchte sie nicht noch um mehr bitten. Wenn es für dich okay ist, würde ich lieber allein fahren."

„Verdammt, nein, Mila, du fährst nicht allein. Ich möchte nicht, dass du mit dieser Bitch ohne Begleitung konfrontiert wirst."

„Du musst damit aufhören, mich mit Samthandschuhen anzufassen. Ich werde fahren. Ich verspreche dir, dass ich mit ihr klarkomme. Es ist Zeit für mich, die Vergangenheit ruhen zu lassen, damit ich mit meinem Leben weitermachen kann. Meine Mutter zu treffen, ist etwas, das ich allein tun muss. Ich muss ihr zeigen, dass sie nicht gewonnen hat. Ich möchte, dass sie und mein Vater sehen, dass sie mich nicht gebrochen haben", erkläre ich mit fester und ruhiger Stimme.

Mit einem Seufzer der Niederlage geht Reid auf mich zu, stellt sich ganz nah zu mir und nimmt mein Gesicht in seine Hände. „Du bist die stärkste und mutigste Frau, die ich kenne."

Ich lege meine Hände auf seine Unterarme und atme erleichtert aus. „Danke", sage ich, bevor seine Lippen die meinen berühren und ich dahinschmelze.

***

„Okay, Kätzchen, Agent Holden erwartet dich auf dem Polizeirevier. Ich bleibe hier bei Ava."

Ich gebe Reid einen letzten Kuss, bevor ich zu Ava hinübergehe und sie auf den Kopf küsse. „Reid passt auf dich auf, während ich weg bin. Okay, meine Süße?"

„Ja, Mama."

Ich möchte die heile Welt, in der wir den ganzen Tag eingelullt waren, eigentlich nicht verlassen, aber was ich jetzt tue, tue ich für uns drei. Ich kann nicht weitermachen und die Person oder Mutter sein, die ich sein möchte, solange ich die

Vergangenheit nicht endlich hinter mir gelassen habe. Ich schnappe mir meine Autoschlüssel und meine Handtasche vom Küchentisch und gehe zur Tür. Mit einem letzten Blick über meine Schulter sehe ich Reid an. Er nickt mir zu und gibt mir damit im Stillen die Ermutigung und die Kraft, die ich brauche.

Beim Betreten des Polizeireviers dachte ich, ich würde nervöser sein, aber was ich jetzt fühle, ist Wut, gemischt mit ein wenig Traurigkeit. Ich bin wütend über alles, was meine Eltern meiner Tochter und mir angetan haben, und traurig, weil alles, was ich je von ihnen wollte, Liebe und Anerkennung war.

„Ich möchte zu Agent Holden", sage ich zu dem Beamten am Empfang.

„Wie heißen Sie?", fragt er.

Als ich dem Beamten gerade meinen Namen nennen will, kommt Agent Holden um die Ecke. „Es ist okay, Officer Jenkins, ich übernehme ab hier." Er legt mir die Hand auf den Rücken und führt mich in den Flur, aus dem er gekommen ist. „Wie geht es Ihnen, Mila? Und wie geht es Ava?"

„Ava geht es gut. Sie scheint nicht zu verstehen, was passiert ist und dafür bin ich dankbar. Und was mich anbelangt, mir geht es auch gut. Die ganze Sache ist schwer zu verarbeiten. Ich weiß es zu schätzen, dass Sie mich mit meiner Mutter sprechen lassen."

„Glauben Sie mir, Mila, das ist kein Problem. Ich

verstehe das. Normalerweise machen wir das nicht so, aber in Anbetracht der Umstände mache ich eine Ausnahme. In meinem Beruf sehe ich so viele Opfer, denen keine Gerechtigkeit widerfährt und die nicht so abschließen können, wie sie es verdienen."

„Weiß meine Mutter, dass ich komme?", will ich wissen.

„Ja und sie ist damit einverstanden, Sie zu sehen. Unser Flug zurück nach New York geht in einer Stunde, also haben Sie leider nicht viel Zeit."

„Ich brauche nicht viel Zeit. Was ich ihr sagen will, dauert nur eine Minute."

„Gut. Reid sagte, Sie wollten nur Ihre Mutter sehen. Was ist mit Ihrem Vater? Möchten Sie den auch sehen?"

Ich schüttle den Kopf. „Nein, ihm habe ich nichts zu sagen."

Agent Holden sieht mir an, dass ich die Wahrheit sage und fährt fort: „Sie ist in dem Raum hinter Ihnen. Ich bin vor der Tür, falls Sie mich brauchen."

Susan Vaughn in Handschellen zu sehen, ist surreal. Ich rede von der gewieften, aufgetakelten New Yorker Anwältin Susan Vaughn, der Frau von Richard Vaughn und meiner Mutter. Bei all meiner Wut auf diese Frau bin ich überrascht, dass ich Mitleid mit ihr empfinde. Das genau ist der Unterschied zwischen uns. Ich habe ein Herz. Ich empfinde sogar Mitgefühl für jemanden, der versucht hat, mein Leben zu zerstören. Ich fühle immer noch einen Anflug von Traurigkeit, wenn ich sie ansehe und weiß, dass ihr mehrere Jahre hinter Gittern bevorstehen.

„Weißt du, eigentlich wollte ich herkommen und dich nach dem Warum fragen, aber ich habe es mir anders überlegt. Ich kenne das Warum bereits. Du bist ein hinterhältiges Miststück. Der erbärmliche Abglanz eines menschlichen Wesens. Ich erzähle dir stattdessen etwas von mir. Ich bin alles, was du nicht bist. Ich bin eine gute Mutter, eine loyale Freundin und eine exzellente Krankenschwester. Das alles habe ich von Großmutter gelernt. Sie hat mir gezeigt, was Liebe ist und dass jemanden zu lieben bedeutet, ihn mit Haut und Haaren zu lieben, mit all seinen Fehlern. Weil ich nicht die Tochter sein wollte, die du und Vater haben wolltet, habt ihr mich weggeschmissen wie Abfall. Aber weißt du was?" Ich lehne mich vor, stütze meine Handflächen auf den Tisch und beuge mich näher zu meiner Mutter vor. „Dass ihr mich aufgegeben habt, war das Beste, was mir je passiert ist. Nach Polson zu ziehen und mit Großmutter zu leben, war ein Segen. Ich habe mich entwickelt und bin die Person geworden, die ich immer sein sollte. Ich hatte die Chance, meine Träume zu verwirklichen und Krankenschwester zu werden. Und ich habe den Mann gefunden, der eines Tages mein Ehemann sein wird. Ein Mann, der Ava liebt, als wäre sie seine eigene Tochter, obwohl sie das nicht ist. Er wird ihr beibringen, wie ein Mann eine Frau behandeln sollte, indem er sie liebt und ihre Mutter respektiert. Das ist das Leben, das ich habe. Du siehst also, du und Vater hattet nie den Hauch einer Chance, mein Leben zu ruinieren. Ihr habt mich nicht gebrochen. Ihr habt mich stärker gemacht." Als das letzte Wort aus meinem Mund kommt, fühle ich mich wie von einer Last befreit.

Ich dachte, ich wollte Antworten. Jetzt merke ich, dass ich sie nicht gebraucht habe. Das, was ich brauchte, war, gehört zu werden. Etwas, das mir als Kind nie gestattet war. Bevor meine Mutter etwas erwidern kann, drehe ich mich auf dem Absatz um und gehe zur Tür hinaus, um meine Vergangenheit hinter mir zu lassen.

***

Seit dem Vorfall mit meinen Eltern sind mehrere Wochen vergangen, und wir haben seitdem nicht mehr über sie gesprochen. Reid, Ava und ich sind wieder im Alltag angekommen und ich gehe wieder zur Arbeit. Reid macht wieder, was er liebt, was bedeutet, sich auf der Baustelle die Hände schmutzig zu machen. Bei seiner letzten Physiotherapie-Sitzung in der vergangenen Woche gab ihm der Arzt die Erlaubnis, alle normalen Aktivitäten wieder aufzunehmen.

Was Ava anbelangt: Sie ist nicht mehr im Kindergarten. Während unserer gemeinsamen Woche zu Hause sprach ich mit Reid darüber, den Kindergarten zu wechseln. Nach dem, was dort mit meinem Vater passiert ist und der Nachlässigkeit des

Personals fühlte ich mich nicht wohl dabei, sie dorthin zurückzuschicken.

Jetzt verbringt Ava den Tag entweder mit Bella oder mit Alba. Die beiden Schwestern kreuzten bei Reid auf und hatten einen Plan. Als sie vorschlugen, den Babysitter zu spielen, wusste ich, dass Reid seine Finger im Spiel hatte. Ich wollte das zunächst nicht, weil sie schon genug für mich getan hatten. Ich konnte ihr Angebot nicht annehmen. Ich bin nämlich kein Mensch, der die Großzügigkeit anderer ausnutzt. Doch am Ende ihres Besuchs gab ich mich geschlagen und wir drei arbeiteten einen Zeitplan aus, der festlegte, wer Ava an welchen Tagen nehmen würde. Sie sagten, es gäbe keinen Grund für Ava im Kindergarten zu sein, wenn sie doch eine Familie hätte, die auf sie aufpasst. Ich fühle mich gesegnet, Teil der Kings-Familie zu sein.

Einige Tage verbringt Ava mit Alba und dem kleinen Gabe und an anderen Tagen ist sie mit Bella in der Werkstatt. Das sind die Tage, an denen meine Tochter mit einem Haufen Geld nach Hause kommt, weil „Onkel Quinn viele schlimme Wörter sagt". Reids Brüder haben alle die Onkelrolle übernommen. Allein Quinns loses Mundwerk wird Avas College finanzieren.

Großmutter geht es leider nicht so gut. Sie hat sich erkältet und ihr Körper reagiert nur langsam auf die Antibiotikabehandlung. Als ich heute Nachmittag nach der Arbeit für meinen täglichen Besuch vorbeikam, teilten mir die Ärzte mit, dass sie gezwungen sind, sie ins Krankenhaus einzuweisen, wenn sich ihr Zustand weiter verschlechtert. Als ich sie heute gesehen habe, war sie schwach und ihre Haut ganz blass. Mein Magen krampfte sich zusammen, und es brach mir das Herz, als ich sie so klein und gebrechlich im Bett liegen sah. Ich bin nicht bereit, Großmutter zu verlieren. Ein Teil von mir hasst es, sie leiden zu sehen, aber der egoistische Teil von mir will, dass sie durchhält. Ohne sie bin ich verloren. Was soll ich tun, ohne sie an meiner Seite? Wir beide waren immer ein Team.

Selbst jetzt, wo ich neben ihrem Bett sitze und ihre Hand halte, bitte ich sie im Stillen, die Augen zu öffnen und mir zu antworten. Mir zu sagen, dass alles gut werden wird, so wie sie es immer getan hat. Ich lege meinen Kopf auf ihr Bett, halte ihre Hand und schließe die Augen, während mir die Tränen über die Wangen laufen, denn jetzt kann ich nur noch beten.

Großmutter hat immer gesagt: *Man betet nicht zu Gott, damit er ändert, was ist, denn er hat einen Plan. Man betet zu Gott, damit er einem die Stärke geben möge, es zu ertragen.* Also bete ich zu Gott, damit er Großmutter und mir die Stärke gibt, alles zu ertragen, was er für uns geplant hat.

Kapitel 21

Reid

Ich war wie üblich früh auf. Ich muss zu einer der Baustellen fahren, um mich zu vergewissern, dass die Jungs alle ordnungsgemäßen Genehmigungen an der Tafel vor dem Bauwagen angebracht haben. Heute ist die Baustelle geschlossen, aber Nikolai hat gestern eine Vorwarnung erhalten, dass ein Inspektor vorbeikommen könnte, um zu prüfen, ob unsere Baugenehmigungen auf dem neuesten Stand sind. Das ist die Aufgabe der Stadt. Sie muss Verstöße aufdecken. Aber ich führe ein straffes Regiment, und das bedeutet, dass sie nichts finden werden.

Es ist ein verdammt gutes Gefühl, wieder mitten im Geschehen zu sein, wieder Vollzeit zu arbeiten. Ich trinke gerade meine zweite Tasse Kaffee, als Mila in die Küche schlendert, nur mit einem meiner Shirts bekleidet. Ihr langes, volles, schwarzes Haar hat sie auf dem Kopf zusammengebunden. Als sie in den Schrank über der Kaffeemaschine greift, um eine Tasse herauszuholen, rutscht das Shirt nach oben und gewährt mir einen kurzen Blick auf ihren nackten Hintern.

„Verdammt, Kätzchen, du killst mich", raune ich. Ich stehe auf, nehme meine Jacke vom Stuhl und ziehe sie über.

„Was denn?" Sie tut ganz unschuldig, blickt über ihre linke Schulter und sieht mir verführerisch in die Augen.

Sie weiß, dass ich zur Arbeit muss, bevor wir zusammenpacken und zu Logans Haus am See fahren. Heute ist Sofias Geburtstag und sie hat auf eine Poolparty bestanden. Logan hat den Pool und den Platz, um die ganze Mannschaft zu einer großen Feier einzuladen. Ich hoffe, dass ein bisschen gemeinsame Zeit in der Sonne mit den Mädchen Mila dabei helfen wird, ihre Sorgen für eine Weile zu vergessen. Sie ist gestresst, weil ihre Großmutter krank geworden ist und sich nur langsam erholt. Eine kleine Auszeit könnte genau das sein, was Mila braucht, auch wenn es nur für einen Tag ist.

„Bist du sicher, dass du weg musst?", fragt Mila und nippt an ihrem Kaffee, während sie auf mich zukommt.

Sie macht es mir verdammt schwer zu gehen, denn alles woran ich jetzt denken kann, ist mein Schwanz in ihrer süßen Pussy. Sie stellt ihren Kaffeebecher ab. Ich ergreife die Gelegenheit und ziehe sie zu mir heran. Dann umfasse ich ihr Gesicht mit meinen Händen und drücke meine Lippen auf ihre. Sie schmilzt in meiner Umarmung dahin und küsst mich leidenschaftlicher, während sie mit ihren Händen meine Brust streichelt. Wenn wir so weitermachen, werde ich nicht gehen. Zögernd unterbreche ich unseren Kuss und lege meine Stirn an ihre.

„Du bringst mich dazu, dass ich bleiben möchte", gestehe ich ihr.

Sie beißt sich auf die Unterlippe und lächelt. „Ich liebe dich."

„Ich liebe dich auch, Kätzchen", antworte ich.

Dann trete ich einen Schritt zurück und küsse sie sanft auf den Mund. „Ich muss los. Ich bin spätestens in einer Stunde zurück." Dann räuspere ich mich und versuche, meinen Steifen mit der Handfläche zu bändigen.

„Pass auf dich auf! Wenn du kommst, sind Ava und ich startklar", sagt sie, nimmt ihren Kaffee vom Tisch und geht Richtung Flur. Dabei schwingt sie übertrieben mit den Hüften.

Ich trete nach draußen, steige auf mein Bike und genieße die Wärme der Sommersonne, die mir ins Gesicht scheint. Ich weiß nicht, wie ich so viel Glück haben konnte. Mit Mila habe ich etwas in meinem Leben, von dem ich vorher nie wusste, dass es mir fehlte. Ein Gefühl von Frieden – von Vollkommenheit.

Nachdem ich auf der Baustelle alles erledigt habe, fahre ich nach Hause und finde eine aufgeregte Ava vor, die im Wohnzimmer in ihrem Badeanzug herumhüpft, mit einer Sonnenbrille auf der Nase und aufgeblasenen Schwimmflügeln an den Armen.

„Yay! Wir gehen jetzt zu einer Poolparty!", ruft sie und reißt aufgeregt die Hände in die Höhe.

Mila ist drüben am Küchentisch und packt den Rest der Schwimmsachen zusammen. Ich bleibe stehen und sehe sie an. Sie trägt blaue Jeansshorts, in denen man viel von ihren langen, durchtrainierten Beinen sieht und ein schwarzes Rolling-Stones-T-Shirt über einem schwarzen Bikini. Sie dreht sich um und sieht, wie ich sie anschaue. Sie lächelt mich an. Ihre strahlenden Augen und ihr wunderschönes Lächeln geben mir das Gefühl, als würde mir die Erde unter den Füßen weggezogen. Es gibt keinen anderen Weg, um zu beschreiben, was ich tief in meinem Herzen für sie empfinde. Die Liebe, auf die ich mich eingelassen habe, ist übermächtig.

„Bist du fertig?", haucht sie und ich bin wieder ganz da.

„Ja, Babe. Ich nehme die Sachen. Du nimmst Ava", sage ich ihr. Ich weiß, dass sie mir eine Badehose eingepackt hat, für den Fall, dass ich mich entschließe, ins Wasser zu gehen. Ich nehme die Taschen und die Geschenke, die wir gekauft haben und wir fahren mit dem Fahrstuhl nach unten. Als wir draußen sind, lade ich alles in den Kofferraum ihres Autos. Ihres neuen Autos.

Letzte Woche bin ich mit ihr zum Autohaus in der Innenstadt gefahren und habe ihr gesagt, sie soll sich aussuchen, was sie will. Natürlich hat sie mehr als einmal versucht, mir das auszureden, aber ich ließ mich nicht davon abbringen. Sie braucht ein zuverlässiges Auto und ihre alte Rostlaube lag in den letzten Zügen. Sie hat nachgegeben und sich letztlich einen schwarzen Range Rover Sport ausgesucht.

Ich hätte nie gedacht, dass ich einmal in einem Familienauto durch die Stadt fahren würde. Die

Jungs haben mich deswegen auch ganz schön verarscht, aber ich würde es nicht anders haben wollen. Natürlich kann nichts mein Motorrad und die Freiheit ersetzen, die ich auf der offenen Straße genieße, oder etwa die Erinnerungen, die ich habe, wenn ich im Truck meines Bruders sitze.

Nach einem kurzen Zwischenstopp im Laden, um Sonnenmilch für Ava zu besorgen, kommen wir bei Logan an. Alle sind am Pool und am See und wir gehen um das Haus herum. Wir hören Musik, und die Kinder sind bereits im Wasser und haben Spaß.

„Hey, Bruder. Schön, dass du es geschafft hast. Entspann dich und trink ein Bier mit uns!", ruft Logan vom anderen Ende des Gartens in der Nähe des Wassers, wo er zusammen mit Quinn und Gabriel in einem Liegestuhl sitzt.

„Ich komme klar", sagt Mila. „Geh und amüsiere dich mit deinen Brüdern."

Ich stelle die Taschen auf dem Terrassentisch zu meiner Linken ab und lege meinen Arm um ihre Taille. „Geh die Mädchen suchen. Du weißt, wo du mich findest." Dann küsse ich sie.

Ich beobachte, wie sie mit Ava ins Haus geht, bevor ich mich umdrehe und mich auf den Weg zu den Jungs mache. Ich nehme mir einen Stuhl und setze mich. Als ich mich zurücklehne, greift Gabriel in die Kühlbox, die neben ihm steht, und wirft mir ein kaltes Bier zu. Ich öffne die Flasche und trinke sie zur Hälfte aus. Das Bier ist erfrischend. Ich blicke auf den spiegelglatten See und entspanne mich in meinem Stuhl. Ich glaube, ich brauche einen freien Tag genauso sehr wie Mila.

Das Leben hat uns in den letzten Monaten verdammt viele Steine in den Weg gelegt. Viele von uns haben einiges erlebt und einstecken müssen in all den Jahren. Ich nehme noch einen Schluck aus meiner Flasche und genieße die Stille des Augenblicks. Als ich aus dem Augenwinkel etwas Blaues sehe, drehe ich den Kopf und sehe Alba mit dem kleinen Gabe auf der Hüfte auf uns zukommen.

„Was zum Teufel ist das?", schnauzt Gabriel sie an. Wir blicken erstaunt auf und fragen uns, was ihn so verärgert.

„Was meinst du?" Alba beginnt, die Haut des Babys zu untersuchen.

„Das!" Gabriel zeigt mit dem Finger auf sie und bewegt ihn auf und ab. Dabei zeigt er auf das, was sie anhat.

„Das nennt man Bikini." Alba wirft den Kopf zur Seite und schnaubt.

„Bedeck dich. Man sieht zu viel von deinen Titten", brummt er.

Sie rollt mit den Augen und gibt ihm ihren Sohn. „Er will zu seinem Papi. Könntest du dich um ihn kümmern, während ich ein Bad im Pool nehme?", fragt sie ihn und küsst das Baby sanft auf die Wange. Dann gibt sie auch Gabriel einen Kuss, bevor sie zum Pool geht.

„Verdammt, wer hätte gedacht, dass eine schwangere Frau so sexy sein kann", bemerkt Quinn, der genau weiß, dass er mit dem Feuer spielt.

Gabriel ignoriert ihn und drückt seinen Sohn an seine Seite. Er lächelt liebevoll, als er auf das Baby herabblickt, das mit einem Spielzeugmotorrad in seinen kleinen pummeligen Händen spielt und dabei Geräusche macht.

Von all meinen Brüdern würden die meisten Leute am wenigsten von Gabriel denken, dass er ein Kind hat. Aber wenn ich beobachte, wie er mit seinem Sohn umgeht, wie natürlich er in seiner Rolle aufgeht, dann würde ich sagen, dass sie mehr zu ihm passt als alle anderen Titel oder Rollen in seinem Leben. Ich will das auch. Ich will das mit Mila. Ich will eine große Familie. So viele Kinder, wie sie mir schenken möchte.

„Wie sieht es mit dem Kindermachen aus, Logan?", fragt Quinn, als er eine Flasche Bier öffnet. Logan hat mir vor einiger Zeit erzählt, dass er und Bella es bisher vergeblich versucht haben. Quinn hingegen kann das nur wissen, weil er und Bella eng befreundet sind, oder weil der kleine Scheißer einfach immer zu wissen scheint, was bei uns allen los ist. Er ist aufmerksamer, als die meisten Leute ihm zutrauen.

„Nichts Neues, aber es macht mir Spaß, es zu versuchen, Bruder, das ist sicher." Er grinst und nimmt ein Bier aus der Kühlbox.

„O mein Gott. Seht euch die Tattoos von Emerson an", sagt Quinn sabbernd.

Ich glaube es nicht! Wer hätte gedacht, dass Emerson so viel Tinte unter ihrem Arztkittel hat.

„Leute, ich weiß nicht, wie es euch geht, aber drei verdammt hübsche Frauen sind gerade aus dem Haus gegangen und hatten so gut wie nichts an, und eine von ihnen hat meinen Namen auf ihrem süßen Hintern stehen." Quinn steht auf.

Der Rest von uns wirft einen Blick über die Schulter. Neben dem Pool stehen Bella, Mila und Emerson in ihren winzigen Bikinis und unterhalten sich mit Alba, die sich in der Sonne entspannt.

„Sie wird nicht mal mit dir sprechen", sage ich ihm.

„O, sie gehört mir. Sie weiß es nur noch nicht", sagt Quinn bestimmt.

Ich konzentriere mich auf Mila und beobachte, wie sie zusammen mit den anderen Frauen über etwas lacht. *Fuck!* Es ist offiziell. Meine Lieblingsfarbe an ihr, abgesehen von diesen wunderschönen bernsteinfarbenen Augen, ist schwarz. Wir stehen gleichzeitig mit Logan auf, dessen Blick auf Bella und ihren winzigen grünen Bikini gerichtet ist, und gehen auf die vier zu.

Ich stelle mich hinter Mila und küsse ihren Hals. „Hast du Spaß?"

„Habe ich", bestätigt sie mir.

Ich streiche mit meinen Fingern über ihren Arm und lasse meinen warmen Atem über ihr Ohr wandern, während ich flüstere: „Trägst du das für mich?"

Ich sehe, wie sich ihre Lippen zu einem schelmischen Grinsen verziehen. „Vielleicht", sagt sie. Ich ziehe sie an mich und drücke meinen harten

Schwanz gegen ihren Hintern. „Du bist verdammt perfekt, Mila Vaughn." Ich küsse erneut ihren Hals.

Sie bekommt eine Gänsehaut.

„Komm schon, Sonnenschein", bettelt Quinn, über Emerson gebeugt, die dabei ist, zu gehen.

Ich habe in der ganzen Zeit, in der ich Quinn kenne, noch nie erlebt, dass eine Frau ihn abgewiesen hat. Was auch immer er ihnen gibt, sie kommen immer wieder zurück und wollen mehr. Nicht so bei Emerson, und das hat ihn aus der Bahn geworfen. Ich weiß nicht, was ich davon halten soll. Entweder geht es ihm um den Nervenkitzel der Jagd, oder es hat ihn genauso erwischt wie die anderen von uns.

Wir beobachten, was als Nächstes passiert. Emerson hält inne, dreht sich um und sieht ihn an. Es scheint so, als würde sie hören wollen, was er zu sagen hat. Er versucht, sich nach unten zu beugen und ihr etwas ins Ohr zu flüstern, doch sie legt die Hände auf seine Brust und stößt ihn beherzt weg. Völlig unvorbereitet fällt er rückwärts in den Pool und spritzt dabei diejenigen von uns nass, die nah genug dran stehen.

„Trottel", murmelt Gabriel und setzt Gabe auf Albas Schoß.

„Was hab ich verpasst?", fragt Nikolai, der um die Ecke des Hauses kommt und jede Menge Einkaufstüten in den Händen hält.

Sam und Leah sind direkt hinter ihm und tragen eine Kuchenschachtel.

Ich sehe mich um. Ich glaube, die ganze Familie ist endlich aufgetaucht. Außer Prez. Ihn sehe ich nirgends. Es ist nicht seine Art, zu solchen Veranstaltungen nicht zu erscheinen.

„Wo ist Prez?", frage ich in die Runde.

„Er hat heute Morgen angerufen, und gesagt, dass er später kommt. Aber er kommt. Irgendetwas ist los mit ihm. Ich bin nicht sicher, was es ist. Du weißt, dass er nicht gern über Privates redet. Er behält alles für sich", erklärt Logan und zieht die Aufmerksamkeit aller auf sich.

Ich habe bemerkt, dass Jake in der letzten Woche etwas ruppiger als sonst war. Ich hoffe, dass alles okay ist. Wie Logan schon sagte, redet Jake nie über Dinge, die nichts mit dem Club zu tun haben.

Ich habe Mila noch nicht losgelassen und auch Logan hält Bella noch fest im Arm. Gabriel hat sich auf den Sessel gesetzt, auf dem Alba saß und sie mit dem Baby auf seinen Schoß gezogen.

Nikolai geht für ein paar Minuten ins Haus und kommt dann mit einer schüchternen Leah wieder heraus, die ihm mit einem Teller voller Burger für den Grill folgt. Sie ist immer so leise wie eine Maus. Sie spricht kaum mit jemandem und zieht es vor, für sich zu bleiben, aber ich habe bemerkt, dass Nikolai sich für sie interessiert. Allerdings weiß ich nicht, ob es etwas Sexuelles ist. Er ist sehr sanft in der Art, wie er mit ihr spricht und sich ihr nähert.

Ich höre Gekicher und Plantschen und schaue zur Seite auf die Wiese neben dem Pool. Dort sehe ich, wie Ava in dem aufblasbaren Kinderbecken spielt, das für die kleineren Kinder aufgestellt wurde. Das ist auch gut so, denn zwischen Sofia, ihren Schulfreunden und einigen Kindern der Mitglieder tummelt sich ein gutes Dutzend Teenager im großen Pool.

„Sieht aus, als hätte Sam Gefallen an Sofia gefunden." Nikolai deutet mit dem Pfannenwender in seiner Hand auf die andere Seite des Pools. Wir sehen, dass Sam bei Sofia steht. Die beiden unterhalten sich und lächeln sich an, dann greift Sam nach oben und streicht ihr ihre Haare aus dem Gesicht.

„O, ich würde mir keine Sorgen um Sam machen, Leute. Er ist nicht an Sofia interessiert", sagt Alba, unterbricht damit unsere Gedanken und widmet ihre Aufmerksamkeit wieder dem quengelnden Baby in ihren Armen. Für mich sieht das harmlos aus, und ich bin sicher, dass meine Brüder das auch so sehen.

„Was zum Teufel meinst du mit ‚keine Sorgen machen'? Er hat einen Schwanz und er sieht sie an, als wolle er sie zum Nachtisch verspeisen." Logan lässt Bella los und ballt die Fäuste an seiner Seite. O verdammt. Das wird nicht gut enden, wenn wir Sam nicht von Sofia wegbekommen.

„Sam ist schwul", sagt Leah leise neben Nikolai.

„Leah", schimpfen sowohl Alba als auch Bella.

„So ein Blödsinn. Dieser Junge ist nicht schwul", sage ich.

Nikolai spricht leise mit Leah. So leise, dass es niemand hören kann, aber was immer er sagt, hilft ihr, sich zu entspannen. „Ich kann euch versichern, Ladies, dass ihr euch irrt", wendet er sich an uns alle.

Das ist im Moment aber egal, denn während wir über Sams sexuelle Orientierung diskutiert haben, hat Quinn den kurzen Moment der beiden genutzt, um sie zu unterbrechen und führt gerade ein Gespräch mit Sam.

„Wo ist das Geburtstagskind?", dröhnt Prez' Stimme über die Musik und die Kinder hinweg, als er auf uns zugeht.

Sofia stellt sich auf die Zehenspitzen und umarmt ihn. Er überreicht ihr eine kleine, verpackte Schachtel.

„Danke, Jake. Wo ist Grace?", fragt sie und sieht sich um.

„Sie schafft es nicht, Süße", sagt er und lächelt gezwungen. „Mach es auf!"

Sie reißt das Papier ab und zieht den Deckel von der kleinen Schachtel in ihrer Hand. „Ach du meine Güte! Ist das schön!" Als sie das Geschenk aus der Schachtel nimmt, sieht man eine zarte Goldkette, an deren Ende ein kleines goldenes Kreuz baumelt. Sie gibt sie Jake und wartet darauf, dass er sie ihr anlegt. Wie für alle von uns ist Jake die Vaterfigur in unserem Leben, und bei Sofia ist es nicht anders. Zu ihrem Pech hat sie jetzt auch noch mehrere Brüder.

Eine Stunde später versammeln sich alle, um an einem der vielen Klapptische Platz zu nehmen, die in einer Reihe aufgestellt worden sind. Eine müde, nasse Ava sitzt zwischen Mila und mir und kaut auf dem Cheeseburger in ihren Händen herum. Ich kann mich ehrlich gesagt nicht erinnern, wann ich das letzte Mal so glücklich und zufrieden war.

„Du hast eine tolle Familie, Reid", sagt Mila, während sie alle Gesichter am Tisch betrachtet.

„WIR haben eine tolle Familie, Babe", erwidere ich.

Kapitel 22

Ein paar Tage nach Sofias Geburtstagsfeier habe ich einen Anruf erhalten. Großmutter ging es schlechter und sie hatten sie ins Krankenhaus bringen lassen. Obwohl mir die Ärzte gesagt hatten, dass das passieren könnte, ist es noch unwirklich für mich. Doch als mich der Arzt, der im Krankenhaus für Großmutter zuständig war, an ihre Patientenverfügung erinnerte, wurde die Situation realer. Ich weiß seit einigen Jahren Bescheid.

Als wir zum ersten Mal die Diagnose ihrer Alzheimererkrankung erhielten, informierte mich Großmutter über ihre Entscheidung, eine Patientenverfügung zu machen. Ich habe versucht, mit ihr darüber zu diskutieren. Ich wollte, dass sie ihre Meinung ändert, aber sie hatte sich entschieden, und das war endgültig. Sie wollte nicht ihr restliches Leben damit verbringen, von Maschinen am Leben gehalten zu werden, falls etwas passieren sollte. Letztendlich war ich es ihr schuldig, ihre Entscheidung zu respektieren. Es ist schließlich ihr Leben. Außerdem wollte sie die Entscheidung selbst treffen, solange sie noch in der Lage war. Als Großmutter es mir so erklärte, habe ich es verstanden. Ich würde auch nicht wollen, dass jemand, den ich liebe, diese Entscheidung für mich treffen muss. Und sie bestand darauf, dass sie nicht wollte, dass ich eine Entscheidung für sie treffen müsste. Meine Großmutter hat nicht nur an sich selbst, sondern auch an mich gedacht.

Sie ist 87 Jahre alt. Ältere Menschen haben es sehr viel schwerer, wenn sie krank werden. Was mit einer einfachen Erkältung begann, hat sich schnell zu einer Lungenentzündung entwickelt. Die Ärzte behandeln sie mit Antibiotika und versuchen, es ihr so angenehm wie möglich zu machen. Ich gebe mir Mühe, die Hoffnung nicht zu verlieren. Doch mit jedem Tag, der verstreicht und an dem sie keine offensichtlichen Anzeichen einer Besserung zeigt, verliere ich ein wenig mehr den Mut.

In all dieser Zeit war Reid mein Fels. Ich wüsste nicht, was ich ohne ihn an meiner Seite tun würde. Seit ein paar Tagen holt er Ava nach der Arbeit entweder von Alba oder aus der Werkstatt ab, wenn sie bei Bella ist. Dann bringt er sie nach Hause, kocht ihr Abendessen und sorgt dafür, dass sie ein Bad nimmt. Er macht das alles, damit ich nach der Arbeit direkt ins Krankenhaus fahren und bis einundzwanzig Uhr bei Großmutter bleiben kann, bis die Besuchszeit vorbei ist.

Wenn ich abends nach Hause komme, bin ich erschöpft. Darüber hinaus habe ich ein schlechtes Gewissen, weil Ava dann schon schläft. Ich sehe meine Tochter nur noch morgens beim Frühstück. Mein süßes Mädchen hat sich nicht ein Mal beschwert. Ich habe ihr erklärt, dass Urgroßmutter krank ist und Mama so viel wie möglich bei ihr sein muss. Man glaubt nicht, wie viel Verständnis

Kinder haben, wenn es darauf ankommt. Ich weiß, dass mein kleines Mädchen alles versteht. Sie malt sogar jeden Tag ein neues Bild für Großmutter, das ich ihr mitbringen kann, wenn ich sie besuche.

Als ich mit meinem letzten Patienten des Tages fertig bin, sehe ich, dass es achtzehn Uhr ist. Zeit für mich, Feierabend zu machen. Ich mache mich auf den Weg zum Schwesternzimmer, gehe hinter den Tresen und hole meine Sachen.

„Wir sehen uns morgen, Mila", sagt Vanessa, eine andere Krankenschwester.

„Gute Nacht, Vanessa", erwidere ich und werfe meine Handtasche über meine Schulter. Als ich nach draußen trete, halte ich einen Moment inne und atme die frische Luft ein.

Die Sonne geht gerade hinter den Bergen unter und taucht den Himmel in Rot und Orange, gemischt mit ein paar grauen Wolken. Die Sonnenuntergänge liebe ich am meisten an Montana. Als ich ein Kind war, aßen meine Großmutter und ich im Sommer immer draußen auf der Veranda zu Abend, um den Sonnenuntergang zu beobachten. Eine Tradition, die wir bis zu ihrem Umzug ins Pflegeheim beibehielten. Wenn ich jetzt in den Himmel schaue, gelobe ich, diese Tradition mit meiner Tochter wieder aufzunehmen, und ich muss lächeln.

Als ich den Flur des Krankenhauses in Richtung des Zimmers meiner Großmutter hinuntergehe, treffe ich Dr. Hayes, als er gerade den Raum verlässt. „Guten Abend, Dr. Hayes, wie geht es ihr heute?"

„Hallo, Ms. Vaughn", sagt er, mit der Krankenakte meiner Großmutter im Arm. „Es tut mir leid, aber Mrs. Scotts Zustand ist immer noch unverändert. Ich habe ihr heute Nachmittag ein neues Antibiotikum verabreicht, also warten wir vierundzwanzig Stunden ab, um zu sehen, wie sie darauf anspricht. Sie hat sich den ganzen Tag über gut erholt, und wir tun alles, was wir können, damit es ihr wieder besser geht", erklärt Dr. Hayes.

„Okay, diese neue Medizin, glauben Sie, die wird wirken?"

Dr. Hayes schüttelt den Kopf. „Das ist schwer zu sagen. Wie Sie wissen, reagiert jeder anders auf Medikamente, Ms. Vaughn. Das Beste, was wir tun können, ist, ihr Zeit zu geben, damit sie wirken können, und wir werden morgen früh sehen, wie es ihr geht."

Mit einem frustrierten Seufzer nicke ich und bedanke mich bei dem Arzt, bevor ich in das Zimmer meiner Großmutter trete. Das Erste, was mir auffällt, sind die zahllosen Sonnenblumen. Ich weiß, dass das Bella war. Ich habe ihr irgendwann einmal erzählt, dass das Großmutters Lieblingsblumen sind. Als ich die Karte aus der Vase ziehe, sehe ich, dass ich recht habe: Sie sind von Bella. Mir geht das Herz auf, wenn ich sehe, wie sehr sich meine Freunde kümmern.

Ich könnte mir keine besseren Menschen wünschen. Sie sind meine Familie. Ich beginne zu verstehen, was Reid damit meint. Sie sind keine

Verwandten, aber sie haben mich besser behandelt als meine eigene Familie, abgesehen von Großmutter. Ich bin mehr als gesegnet, zu ihnen zu gehören. Sie haben mir gezeigt, dass manchmal die Familie, die man sich selbst sucht, besser ist als die, in die man geboren wurde. In meinem Fall ist das definitiv wahr. Die Kings haben meiner Tochter und mir in nur wenigen Monaten mehr Liebe und Mitgefühl entgegengebracht als meine Eltern in den ganzen fünfundzwanzig Jahren meines Lebens.

Bei meinen Eltern war ich nur dazu da, ihren Zielen zu dienen. *Gehe auf die besten Schulen! Werde ein Anwalt, so wie wir, und heirate den Mann, den wir für dich aussuchen!* Und weil ich etwas getan habe, mit dem sie nicht einverstanden waren, hatte ich in ihren Augen keinen Wert mehr für sie. Deshalb konnte man mich entsorgen.

Der Club ist ganz anders. Es hat sie nicht interessiert, wer ich war oder woher ich kam. Ich gehöre zu Reid und das ist alles, was zählt. Von dem Moment an waren Ava und ich Familie für sie. Keine Fragen und keine Hintergedanken. Der Club handelt vielleicht manchmal nicht auf der richtigen Seite des Gesetzes, und Reid hat nie etwas darüber erzählt, was die Kings genau machen. Aber ehrlich gesagt will ich das auch gar nicht wissen. Es geht mich nichts an. In meinen Augen sind sie alle gute Menschen, unabhängig von ihren nicht ganz legalen Aktivitäten.

Und dann gibt es Leute wie Richard und Susan

Vaughn, die äußerlich und auf dem Papier wie aufrechte Bürger daherkommen, aber unter der Oberfläche sind sie die Schlimmsten der Schlimmen. Leute wie meine Eltern sind die wahren Kriminellen.

Sie verstecken sich hinter einer Maske. Ich mag es, dass der Club nicht verbirgt, was er ist. Was du siehst, ist, was du bekommst.

Als ich die Jungs zum ersten Mal getroffen habe, war ich zugegebenermaßen etwas nervös. Du hörst all diese Gerüchte in der Stadt, und die Leute erzählen dir verrückte Geschichten darüber, wie hart und gefährlich sie sind. Ich habe schnell gelernt, dass diese Männer nur gefährlich für den sind, der es wagt, sich mit ihrer Familie anzulegen. Und nachdem ich sie kennengelernt habe, war ich nicht im Geringsten überrascht, als ich erfuhr, wie sehr sie sich für ihre Gemeinde engagieren. Der Club engagiert sich für verschiedene Wohltätigkeitsorganisationen. Das Problem vieler Menschen in dieser Stadt ist, dass sie sich weigern, die Menschen hinter den Kutten zu sehen. Doch das Außergewöhnliche an diesen Männern ist unter anderem, dass sie sich einen Dreck darum scheren, was die Leute denken.

Als ich meinen müden Hintern aus dem Auto hieve, sehe ich Reid, der in der Tür seines Hauses steht und mich mit einem warmen Lächeln begrüßt.

„Kätzchen", murmelt er in mein Ohr, als ich bei ihm ankomme und er mich in eine Umarmung zieht. Ich schließe die Augen und atme seinen Duft ein. Der holzige Kiefernduft seines Aftershaves entspannt mich augenblicklich. „Komm, Babe. Du siehst fertig aus. Wie wäre es, wenn du eine Dusche nimmst und danach mach ich dir was zu essen?"

Ich schlinge meine Arme um seine Taille und seufze. „Warum habe ich nur so ein Glück? Du bist zu gut zu mir, Reid Carter."

„Ich bin hier der Glückliche, Mila. Ich weiß nicht, was ein Bastard wie ich getan hat, um eine Frau wie dich zu verdienen, Kätzchen, aber ich habe vor, jeden Tag zu beweisen, dass ich es wert bin. Und ich beginne damit, indem ich dir Abendessen mache." Reid küsst mich auf den Mund und dann auf die Nase und führt mich ins Schlafzimmer. „Geh schon, Kätzchen. Geh unter die Dusche."

Ich gehorche seinen Anweisungen, gehe den Flur entlang und bleibe bei Avas Zimmer stehen, um nach ihr zu sehen. Sie schläft tief und fest. Nach einem kurzen Kuss auf ihren Kopf verlasse ich ihr Schlafzimmer und lasse die Tür einen Spalt offen, bevor ich in Reids Zimmer gehe, um zu duschen.

Ich weiß nicht, wie lange ich unter dem Strahl des heißen Wassers stand. Es muss lange gewesen sein, denn auf einmal höre ich, wie Reid ins Bad kommt und die Duschtür öffnet. Wir reden kein Wort, als er sich vorbeugt und das Wasser abdreht. Er nimmt das Handtuch vom Regal und wickelt es um meinen Körper, bevor er mich heraushebt. Als er mich auf die Beine gestellt hat, nimmt mir Reid das Handtuch ab und trocknet mich ab. Dann wirft er das Handtuch auf den Boden, hebt mich hoch, trägt mich aus dem Bad und legt mich sanft auf sein Bett.

Die kühlen Laken fühlen sich gut an auf meiner heißen Haut. Ohne seine Augen von mir zu nehmen, zieht er sich vor mir aus und ich sehe ihm dabei zu. Ich muss schlucken. Reids Anblick, seine definierte Brust, sein Sixpack, bis hinunter zu seinem großen, harten Schwanz schürt das Verlangen zwischen meinen Schenkeln. Als er sich über mich beugt, öffne ich meine Beine für ihn.

„Ich möchte, dass du nichts weiter tust, als hier zu liegen und dich von mir verwöhnen zu lassen, Kätzchen", sagt er, bevor er meine Brustwarze in seinen Mund nimmt.

O Gott, dem widersetze ich mich sicher nicht!

Reid lässt sich viel Zeit mit meiner Brust und das erregt mich so sehr, dass ich das Gefühl habe, ich könnte allein davon schon kommen. Doch egal, wie sehr ich das will, ich sage kein Wort. Stattdessen erlaube ich ihm, das Tempo zu bestimmen. Heute Nacht habe ich es nicht eilig. Ich bleibe hier liegen und lasse meinem Mann Zeit, während ich jedes Quäntchen Vergnügen genieße, das er mir bereitet.

Mit jeder Berührung erregt er mich mehr. Schließlich dringt er in mich ein. Seine breite Spitze bahnt sich ihren Weg in mich hinein, und meine Vagina presst sich so fest um seinen großen Schwanz, dass er knurrt. Die glühende Hitze unserer Körper und der langsame, kontrollierte Rhythmus, in dem er immer wieder in mich hineinstößt, lassen meinen Körper kurz vor dem Höhepunkt des Orgasmus erzittern. Als würde er mir damit sagen wollen, dass ich ihm gehöre, beißt Reid in die Seite meines Halses, bevor er dann mit seiner Zunge darüberfährt, um den Schmerz zu lindern.

Er nimmt meine Handgelenke und zieht mir die Arme über den Kopf. Ein heftiges Stöhnen durchfährt ihn, als er beginnt, mich härter zu ficken, doch seine Berührung bleibt sanft. Es ist diese Mischung, die mich verrückt macht.

Sein Stöhnen geht in meinem auf und die Sehnen in seinem Nacken spannen sich bei jedem Stoß an. Ich bin wie hypnotisiert von den Bewegungen seiner breiten Schultern und seiner definierten Arme, während er über mir ist. Als ich spüre, wie sein Schwanz anschwillt, löst das meinen Orgasmus aus, und ich komme so heftig, dass mir schwarz vor Augen wird. Als sich meine Vagina um Reids Schwanz zusammenzieht, kann er seinen Orgasmus nicht länger zurückhalten. Er stößt noch zweimal tief in mich hinein und ergießt sich in mir.

Einige Zeit später werde ich durch das schrille Klingeln meines Handys wach. Ich setze mich im Bett auf und schaue auf die Uhr auf dem Nachttisch. Es ist zwei Uhr morgens.

Wer zum Teufel ruft mich um diese Uhrzeit an?

Als ich mein Handy vom Tisch nehme, bleibt mir das Herz stehen. Ich erkenne die Nummer auf dem

Display. Es ist das Krankenhaus und es gibt nur einen Grund, warum sie mich um zwei Uhr nachts anrufen würden. Ich fühle, wie sich das Bett neben mir bewegt.

„Babe, wer ist es?", fragt Reid.

Ich ignoriere ihn und gehe ran. „Hallo?"

„Ms. Vaughn, hier ist Doctor Hayes. Es tut mir leid, dass ich Sie um diese Uhrzeit anrufe, aber …"

Ich unterbreche ihn. „Sie ist gestorben, nicht wahr?", frage ich mit zitternder Stimme. Ich weiß, dass es so ist. Mit jeder Faser meines Körpers fühle ich es. Ich weiß es einfach. Großmutter ist tot.

„Ja, Ms. Vaughn. Es tut mir leid."

Das sind die letzten Worte, die ich Dr. Hayes sagen höre, bevor mir das Telefon aus der Hand gleitet.

Eine Sekunde später stoße ich einen erstickten Schrei aus, bevor mich Reids starke Arme umschlingen. Wir sagen kein Wort. Er weiß, was ich brauche, ohne zu fragen, und hält mich in seinen Armen.

Stundenlang lässt er mich weinen, bis mein Körper schließlich müde ist und ich keine Tränen mehr habe. Reid sitzt auf dem Bett und hält mich fest, während ich stumpf aus dem Schlafzimmerfenster sehe und beobachte, wie die Sonne über den Bergen aufgeht und durch die Fenster scheint. Die Wärme breitet sich über unsere verschlungenen Körper aus. Versunken in der Stille des Augenblicks denke ich an das, was Großmutter immer zu sagen pflegte: *Man betet nicht zu Gott, damit* er ändert, was ist, denn er hat einen Plan. Man betet zu Gott, damit er einem die Stärke geben möge, es zu ertragen.

***

Die letzten vier Tage verlebte ich wie in Trance. Reid und der Club waren wieder einmal zur Stelle und halfen, wo sie nur konnten. Es bedeutete mir alles, dass er bereit war, mich durch diese Zeit hindurch zu begleiten. Es gibt nicht viele Männer wie ihn. Die meisten würden abhauen. Aber nicht Reid.

Ich habe das Gefühl, dass sein Leben ein einziges Chaos ist, seit ich zum ersten Mal einen Fuß in sein Haus gesetzt habe. Einmal habe ich mich dafür entschuldigt. Er wollte meine Entschuldigung nicht hören und hat mir gesagt, dass er mir den Hintern versohlen würde, wenn ich jemals wieder so einen Unsinn von mir gebe.

Großmutters Beerdigung war schnell vorüber. Sie hatte bereits alles organisiert und für alles bezahlt. Sie hat an alles gedacht. Der ganze Club war da, zusammen mit Großmutters langjährigen Krankenschwester aus dem Pflegeheim. Sogar River habe ich in der Menge gesehen. Reid war natürlich an meiner Seite und hielt meine Hand, während er Ava in seinem Arm hielt, als wir meine Großmutter neben meinem Großvater zu Grabe trugen. Ich stand vor der Menge und sagte ein paar Worte darüber, wer Charlotte Scott war. Dann teilte ich ein paar meiner schönsten Erinnerungen mit ihnen. Letztlich habe ich es so gemacht, wie Großmutter es wollte: Ich habe es kurz und liebevoll gehalten.

Allmählich leerte sich der Friedhof und alle machten sich auf den Weg zu Logan und Bellas Haus, weil sie und Lisa darauf bestanden, den Leichenschmaus bei ihnen abzuhalten. Ich blieb zurück, um zuzusehen, wie sie meine Großmutter in die Erde hinabließen. Es machte ihren Tod noch endgültiger.

Ich wende meinen Blick von dem Loch im Boden ab und sehe in den Himmel, wo die Sonne gerade untergeht. Es dämmert mir, warum meine Großmutter diese Tageszeit für ihre Beerdigung gewählt hat. Die violett leuchtenden Berge und der in rosa-orangefarbene Töne getauchte Himmel schenken mir einen Moment der Klarheit. Meine Großmutter ist immer noch bei mir. Dieser Wunsch galt nicht ihr. Er galt mir.

Kapitel 23

Reid

Es ist schwer. Es ist schwer, nach dem Verlust eines geliebten Menschen weiterzumachen. Es ist schwer, einen Menschen zu verlieren, der einem geholfen hat, der zu werden, der man heute ist. Die körperliche Abwesenheit dieses Menschen führt zu Unsicherheit, denn es fehlt ein ganz wesentlicher Teil der gewohnten Struktur. So habe ich mich gefühlt, als ich nicht nur Noah, sondern auch meinen alten Herrn verloren habe. Ich gehe davon aus, dass auch Mila sich so fühlt. Ihre Großmutter war so lange Zeit ihr Rettungsanker. Die einzige Liebe, die sie in ihrem Leben kannte, bevor sich unsere Wege kreuzten. Der Schmerz des Verlustes vergeht nie wieder. Ich weiß das. Ich fühle immer noch jeden Tag den Stachel der Trauer, aber man lernt, damit zu leben.

Innere Stärke. Wir besitzen sie alle.

Bei manchen dauert es eine Weile, bis sie sie finden, aber sie ist da.

Wenn ich sie jetzt beobachte, wie sie vor dem Badezimmerspiegel steht, in ihrer Arbeitskleidung, bereit, einen neuen Tag zu beginnen, sehe ich diese Stärke in ihr. Ich könnte hier auf der Bettkante sitzen und behaupten, dass ich das stärkere Geschlecht bin, aber das wäre eine Lüge. Die Frau, die vor mir steht, ist stärker als jeder Mann.

Ich bücke mich und binde die Schnürsenkel

meiner Arbeitsstiefel zu, bevor ich aufstehe und hinter sie trete. „Hallo, Schöne. Ich muss jetzt los. Ich bin heute mit der Crew auf der Baustelle. Wenn du etwas brauchst, dann ruf mich an." Ich gebe ihr einen Kuss auf den Kopf.

Nachdem sie ihren roten Lieblingslippenstift aufgetragen hat, dreht sie sich zu mir um. Ich fahre mit den Fingern durch ihr weiches Haar und sie schließt kurz die Augen. „Ich habe nachgedacht", sagt sie seufzend und öffnet die Augen wieder.

„Worüber, Kätzchen?"

Während ich mich in den goldenen Sprenkeln ihrer Augen verliere, sagt sie: „Ich bin bereit."

Als sie lächelt, lächle ich auch. „Und wozu bist du bereit?", frage ich und küsse sie auf die Schläfe.

„Weiterzumachen. Ich brauche die Probezeit nicht, Reid. Ich weiß, was ich will. Ich will hier bleiben. Für immer."

Ich lasse ihre Worte auf mich wirken. Ich weiß, was sie für mich empfindet, aber Mila hatte Bedenken, sich voll und ganz auf mich einzulassen. Sie war immer noch etwas zurückhaltend, und sie hatte auch allen Grund dazu. Es ist nicht leicht, jemandem sein Herz zu schenken.

Mein Mund ist nah an ihrem und ich gebe grinsend zu: „Ich hatte auch nicht vor, dich gehen zu lassen, Babe." Dann küsse ich sie.

***

Ich bin nicht die Art von Chef, die nur hinter dem

Schreibtisch sitzt und Papiere hin- und herschiebt. Ich bin ein Chef, der zusammen mit seinen Leuten arbeitet. Ich glaube fest daran, dass gute Führung bedeutet, mit gutem Beispiel voranzugehen und ihnen zu zeigen, was ich von ihnen erwarte.

Für Montanas Verhältnisse ist es heute verdammt heiß, also machen die Crew und ich eine Trinkpause.

Als ich zum Bauwagen gehe, fährt ein schwarzes Auto vor. Ich ziehe ein Tuch aus meiner Hosentasche, um mir den Schweiß von der Stirn zu wischen, während ich River dabei beobachte, wie er aus seinem Auto steigt.

„Hast du eine Minute, Reid?", fragt er und schüttelt mir die Hand.

„Ich habe zehn Minuten", erwidere ich.

„Ich kann Mila nicht erreichen. Ich muss mit ihr das Testament ihrer Großmutter durchgehen."

Neulich hat sie mir erzählt, dass sie seinen Anrufen ausweicht, weil sie noch nicht bereit ist, sich damit auseinanderzusetzen. Ich mache ihr keinen Vorwurf und wollte sie nicht weiter drängen. Ich wusste, sie würde etwas sagen, wenn sie soweit ist. Nach ihren Worten heute Morgen denke ich, dass jetzt ein guter Zeitpunkt wäre, sich darum zu kümmern.

„Wie wäre es, wenn ich sie anrufe? Vielleicht kann ich sie dazu bringen, dass sie später bei dir vorbeischaut", sage ich ihm.

River nickt. „Klingt nach einem Plan. Es tut mir leid, dass ich dich bei der Arbeit gestört habe. Ich bin heute bis fünf Uhr nachmittags in meinem Büro."

Ich trinke den Rest der Wasserflasche aus, die ich in der Hand halte. „In Ordnung", antworte ich.

Als er wieder in sein Auto steigt und wegfährt, krame ich mein Handy aus der Hosentasche und rufe Mila an.

Beim dritten Klingeln hebt sie ab. „Hey, alles okay bei dir?"

„Ja, Babe. Alles gut. Hör mal, könntest du dir vorstellen, heute bei River vorbeizusehen? Du musst dich um das Testament deiner Großmutter kümmern", sage ich. Stille am anderen Ende. Ich weiß, dass sie nachdenkt.

Ich höre, wie sie ausatmet. Dann sagt sie: „Okay. Es ist Zeit, dass ich mich darum kümmere. Kommst du mit? Ich glaube, ich könnte fragen, ob ich heute eine Stunde früher gehen kann."

„Ja, Kätzchen. Wenn du mich brauchst, bin ich für dich da", sage ich ihr.

„Ich sehe dich in seinem Büro … und, Reid?", sagt sie und macht eine Pause. „Ich liebe dich."

„Liebe dich auch, meine Schöne. Bis später", antworte ich und wir legen auf.

Ein paar Stunden später stehe ich vor Rivers Bürogebäude und sehe Mila in ihrem Auto warten. Als sie das Geräusch meines Motorrads hört, steigt sie aus und wirft sich ihre Tasche über die Schulter.

„Hey", sagt sie und stellt sich neben mein Bike, nachdem ich rückwärts neben ihrem Auto geparkt habe.

Ich hänge meinen Helm an den Lenker und ziehe sie auf meinen Schoß. „Hey, Babe. Hast du lange gewartet?"

„Vielleicht zehn Minuten. Nicht lang", sagt sie und fährt mit ihren Fingern durch mein Haar, bevor sie dann über das Tattoo auf der Seite meines Kopfes streicht.

„Bist du bereit?", frage ich sie.

„Bereit", bestätigt sie und küsst mich, bevor sie aufsteht.

Ich steige von meinem Bike ab, nehme ihre Hand in meine und wir gehen hinein. Wir brauchen nicht zu warten, denn River steht vor seiner Bürotür und bittet uns herein. Wir nehmen die beiden Plätze auf der anderen Seite seines Schreibtisches ein, während er zu einem großen Aktenschrank geht und eine mit einem Siegel versehene DIN A4-Mappe herauszieht.

„Danke, dass du vorbeigekommen bist, Mila. Wie geht es dir? Ich habe dich seit der Beerdigung nicht mehr gesehen", sagt River und setzt sich.

Er übergibt den Umschlag an Mila, die ihm antwortet: „Es geht mir besser, River. Danke, dass du fragst."

„Es ist alles da", sagt er ihr, als sie die Papiere herauszieht und beginnt, sie durchzublättern. „Sie hat dir alles hinterlassen. Das Haus, das immer auf ihren Namen und den deines Großvaters lief. Und Geld. Du musst einige Papiere unterschreiben, bevor ich alles auf deinen Namen übertragen kann.

Es dürfte nur ein paar Wochen dauern, bis alles unter Dach und Fach ist", teilt er ihr mit.

Sie sitzt ruhig da und lässt sich Zeit, alles zu lesen. Als Mila fertig ist, gibt sie mir die Papiere.

„Wie lange wusste Großmutter von dem Geld?", fragt Mila River.

„Ich bin nicht sicher. Mrs. Scott, deine Großmutter, hat mir juristische Unterlagen und andere Dokumente gebracht, die dein Großvater hinterlassen hat. Sie hat sie in ihrem Schrank gefunden. Dabei entdeckte ich das mit dem Geld und habe sie darüber informiert. Das war, nachdem sie hierher kam, um ihr Testament aufzusetzen, kurz nachdem sie ihre Alzheimer-Diagnose erhalten hatte", erzählt er ihr.

„Es ist also gut möglich, dass sie es einfach vergessen hat. Dass sie sich gar nicht mehr an das Geld erinnern konnte", murmelt Mila.

Das ergibt Sinn. Ich glaube nicht, dass ihre Großmutter ihr so etwas nicht erzählt hätte. Sie wusste, wie hart Mila gearbeitet hat, um über die Runden zu kommen, und welche Opfer sie brachte. Hätte sie sich daran erinnert, hätte sie dafür gesorgt, dass Mila davon erfährt und sie finanziell unterstützt.

„Bist du bereit, heute Papiere zu unterzeichnen, Babe? Oder möchtest du noch warten?", frage ich sie.

Sie setzt sich aufrecht hin und ich sehe die Stärke in ihr, die ich so bewundere. „Ich bin bereit."

Sie unterschreibt alles und verlässt dreißig Minuten später das Büro. Wir fahren direkt zu Logans und Bellas Haus, um Ava abzuholen. Bella hat den ganzen Tag auf Ava aufgepasst und es macht den Rest des Abends noch einfacher für Mila, als Bella anbietet, auch für uns Essen zu machen. Kurz nach dem Tod ihrer Großmutter habe ich mich eine Zeit lang um alles gekümmert, denn seien wir ehrlich: Mila hat so viel durchmachen müssen. Und schließlich hat sie alles eingeholt. Also habe ich meine eigentlich nicht vorhandenen häuslichen Fähigkeiten in die Tat umgesetzt. Es war nicht immer alles perfekt. Ich bin immer noch dabei, mich an all die unerwarteten Überraschungen zu gewöhnen, die mit der Betreuung einer Vierjährigen einhergehen. Ich weiß nicht, wie Mila das so lange allein geschafft hat.

Logan und ich sitzen draußen auf der Terrasse im Garten, während wir Ava beim Spielen mit einem Welpen beobachten. Neulich, als ich im Clubhaus vorbeikam, um nach der Arbeit ein paar Bierchen mit den Jungs zu trinken, hatte Logan mir erzählt, dass er plant, Bella mit einem Hund zu überraschen.

„Dir ist klar, dass du in ein paar Monaten Hundehaufen in der Größe von Felsbrocken in deinem Garten haben wirst, oder?" Ich lehne mich in meinem Stuhl zurück.

„Es war ihr Wunsch, Bruder", sagt er.

Wir sehen beide zu, wie Ava mit einem Doggenwelpen Tauziehen spielt.

„Dieser Hund wird eines Tages größer sein als Bella", lache ich.

„Sie wird ein guter Wachhund sein. Wer wird Bella blöd kommen, wenn so etwas neben ihr steht?", verteidigt sich Logan.

Mila und Bella kommen durch die Glasschiebetür und bringen Logan und mir ein Glas Eistee. Ich packe sie an der Taille und ziehe sie auf meinen Schoß und Logan tut dasselbe mit Bella.

„Logan, es gibt Stühle, auf denen ich sitzen kann", stichelt sie.

„Du wirst deinen Arsch genau da hinsetzen, wo ich ihn haben will. Werd nicht frech, Frau, ich habe dir gerade einen sehr teuren Wachhund gekauft." Er zieht sie enger zu sich heran und ihre Füße baumeln in der Luft.

Sie rollt mit den Augen. „Ich habe doch schon dich", sagt sie und küsst ihn.

Ava geht langsam auf ihre Mama zu, während sie versucht, den Welpen auf ihren Armen zu tragen. „Mama, ich will ein Hündchen", sagt sie kichernd, als der Welpe seinen Kopf hebt und mit seiner Zunge über ihr Gesicht leckt.

Ich lache, woraufhin Mila sich umdreht und mir einen strengen Blick zuwirft, der sagen soll: Sie braucht keinen Hund.

Verdammt, ich würde beiden geben, was immer sie wollen. Wenn ihre Mama Ja sagen würde, würde ich morgen einen Welpen kaufen, wenn es sie glücklich macht.

„Ich bin mir sicher, dass du jederzeit mit ihm spielen kannst, wenn du willst, Süße", sagt Mila zu ihr und sieht dann zu Bella hinüber, damit sie ihr hilft.

„Du kannst jederzeit zu ihr kommen und mit ihr spielen“, bestätigt Bella lächelnd.

„Yay!“ Ava kichert und geht auf den Rasen.

Wir sitzen eine Weile da und genießen die kühle Abendbrise. Die Sonne geht langsam unter und wirft ein orangefarbenes Licht auf die Baumwipfel, während die Glühwürmchen über der Wasseroberfläche immer wieder aufflackern.

„Ich will Großmutters Haus verkaufen“, sagt Mila leise und bricht das Schweigen.

„Babe, bist du sicher?“, frage ich sie, weil ich weiß, wie viel ihr das Haus bedeutet und wie viele Erinnerungen es birgt. Ich kann nicht zulassen, dass sie das aufgibt, nur weil ich möchte, dass sie mit mir zusammenlebt.

„Was wäre, wenn ich mit dir in das Haus einziehen würde?“, biete ich ihr an.

Sie antwortet schnell und entschlossen: „Nein. Ich will bleiben, wo wir sind. Ich bin glücklich da. Ava ist glücklich da. Nein. Ich verkaufe das Haus. Je eher, desto besser“, bestätigt sie. Sie verlagert ihr Gewicht und sieht mich an. „Hilfst du mir, zu packen? Ich habe morgen frei.“

„Ja, Babe.“ Ich nehme ihr Gesicht in meine Hände und küsse sie.

Zum ersten Mal an diesen Tag entspannt sie sich und lehnt sich wieder an mich. Wir bleiben, bis es dunkel wird, bevor wir uns verabschieden und nach Hause fahren.

⁂

Am nächsten Tag biegen wir mit Ava im Schlepptau in die Straße zu Milas Haus ein und sehen alle meine Brüder in der Einfahrt mit einem Umzugswagen warten. Ich kann mir vorstellen, dass Logan nach dem Gespräch von gestern Abend Verstärkung angefordert hat. Das ist es, was eine Familie füreinander tut. Man sollte niemanden um etwas bitten müssen. Familie sollte einfach da sein und helfen. Mila muss sich erst noch daran gewöhnen, dass sie ein Teil der Familie geworden ist. Es überwältigt sie immer noch. Genauso wie damals, als alle da waren, um sie zu unterstützen und ihr Respekt zu zollen, als ihre Großmutter starb. Tagein, tagaus war jemand da. Ob sie ihr Essen kochten, sich um Ava kümmerten oder einfach nur nach ihr sahen, sie waren da.

„Ist es okay, wenn sie mithelfen, Kätzchen?", frage ich sie, um sicher zu sein.

Sie wischt sich eine Träne von der Wange, als wir parken und ich den Motor abstelle. „Mehr als okay", flüstert sie.

Sie schnallt sich und ihre Tochter ab und geht mit den anderen Frauen ins Haus, um mit den Arbeiten zu beginnen. Ich gehe zu meinen Brüdern, die sich im Vorgarten versammelt haben und sich unterhalten. Da sie nur unsere Muskelkraft brauchen, halten wir uns zurück und lassen die Damen tun, was sie tun müssen.

„Hey, Jungs", begrüße ich sie.

„Ich habe gehört, dass du Hilfe brauchen kannst", meldet sich Prez zu Wort. „Sie will das Haus wirklich verkaufen? Es ist ein nettes, ruhiges Viertel."

Das ist es. Es ist ein gutes Viertel. Es ist ruhig, weil die meisten Bewohner älter sind und die Häuser in der Umgebung überwiegend gut gepflegt sind. Ich bin immer noch etwas schockiert, dass sie es so schnell loswerden möchte.

Als wir gestern Abend nach Hause kamen, beschloss ich, das Thema nicht mehr anzusprechen. Es ist ihre Entscheidung. Ich hoffe nur, dass sie und ihre Tochter auf lange Sicht glücklich damit sind, in der Stadt zu leben. Ich habe einen Garten, aber er ist viel kleiner als dieser hier. Ich würde nicht davon ausgehen, dass jemand sein Kind in einem Haus wie meinem großziehen wollen würde, wenn er ein Haus wie dieses haben könnte. Es ist schon etwas älter. Vielleicht Anfang bis Mitte der Siebzigerjahre erbaut. Ein Haus im Ranch-Stil, aber es scheint viel eher für eine Familie geeignet zu sein als das, was ich zu bieten habe.

„Ich bin nicht sicher, ob sie es wirklich will, aber sie verkauft es. Sie hat sich entschieden", bestätige ich.

Wir stehen herum und quatschen, ich weiß nicht, wie lange. Am längsten reden wir über die Idee, demnächst einen Wohltätigkeitslauf zu veranstalten. Wir machen jedes Jahr einige. Die nächste Aktion dient der Finanzierung einer Wohltätigkeitsorganisation, die unsere Veteranen unterstützt.

„Wir haben ein paar Sachen, die wir einladen können", verkündet Bella, als sie auf die Veranda hinaustritt.

Während meine Brüder anfangen, Kisten zu schleppen, die für mein Haus – nein – unser Zuhause bestimmt sind, suche ich im Haus nach Mila und finde sie im Zimmer ihrer Großmutter. Sie sitzt auf dem Boden, umgeben von zugeklebten Kartons, und hält ein Foto in der Hand.

„Hey, Babe. Bist du okay?"

Sie neigt ihren Kopf zurück und sieht zu mir auf. „Mir geht es gut. Ich habe ein paar alte Fotos angesehen und bin auf ein Bild von meinen Großeltern gestoßen, das aus der Zeit stammt, als sie in der Highschool miteinander gingen", sagt sie und reicht mir das Bild.

Ich starre auf das grobkörnige Schwarz-Weiß-Foto in meiner Hand. Es ist unheimlich, wie sehr sie ihrer Großmutter ähnelt. Ich gebe ihr das Foto zurück, und sie legt es in eine Schachtel.

„Ich hätte nicht gedacht, dass es so schwer sein würde, alles wegzupacken." Sie steht auf, und ich helfe ihr dabei.

„Du kannst deine Meinung über den Verkauf des Hauses ändern", sage ich ihr.

„Nein, ich möchte es immer noch verkaufen. Ich habe nichts davon, es zu behalten. Lieber soll eine andere Familie hier neue Erinnerungen erschaffen, in diesem Haus, das so voller Liebe war."

Ich bin immer wieder überwältigt von ihrer Güte. Ich schlinge meine Arme um sie und halte sie einen Moment lang fest.

Zur Mittagszeit machen wir alle eine Pause, um die belegten Brote zu essen, die Lisa vorbereitet hat. Am späten Nachmittag haben die Frauen alles eingepackt. Da sie eher mental als körperlich erschöpft aussah, sagte ich zu Mila, sie solle mit Ava nach Hause fahren, und ich würde mit jemandem zurückfahren, sobald wir fertig wären.

Als ich nach Hause komme, ist es schon spät. Jake hat mich abgesetzt und ich habe meinen müden Hintern ins Haus geschleppt und mir nichts sehnlicher gewünscht als eine heiße Dusche und meine Frau an meiner Seite. Leise mache ich mich auf den Weg in die Küche, nehme mir ein Stück lauwarme Pizza aus der Schachtel, die auf dem Tresen steht und esse, während ich den Flur entlanggehe. Ich bleibe lange genug stehen, um einen Blick auf Ava zu werfen, die mit ihrem Teddy im Arm tief und fest schläft. Als ich in unser Schlafzimmer komme, liegt Mila im Bett und streckt ein Bein unter der Decke hervor. Ich nehme den letzten Bissen meines Essens, ziehe mich aus, gehe ins Bad und stelle die Dusche an.

Ich stehe unter dem heißen Wasserstrahl, bis er kalt zu werden beginnt. Nachdem ich mich abgetrocknet und den ganzen anderen Kram erledigt habe, den ich abends so mache, gehe ich ins Bett. Ich spüre, wie sich Milas Körper bewegt, als ich mich unter die Decke lege. Ich liege auf dem Rücken und ziehe sie eng an mich heran.

Mila mag die Löffelchenstellung nicht so gern. Sie

zieht es vor, ihren Körper auf meinen zu legen. Manchmal schläft sie sogar auf mir. Sobald ihr Kopf unter meinem Kinn liegt und ihr Körper mit meinem verschmilzt, entspanne ich mich und lasse mich von ihrem warmen, zarten Atem auf meiner Haut in den Schlaf wiegen.

Kapitel 24

Mila

Letzte Nacht habe ich davon gesprochen, Reid das Geld für mein neues Auto zurückzuzahlen. Er sagte, dass das nicht passieren würde. Dass mein Auto eine beschissene Todesfalle gewesen sei, und es seine Aufgabe sei, auf Ava und mich aufzupassen, und dafür zu sorgen, dass wir sicher waren.

„Mein Auto mag ein Stück Scheiße gewesen sein, aber ich habe es selbst bezahlt, und es hat mich überall hingebracht, wo ich hin musste", hatte ich wütend erwidert.

Reids Gesicht wurde bei meinen Worten ganz weich. Er weiß, dass ich es manchmal schwer hatte und dass ich als alleinerziehende Mutter mein Bestes gegeben habe. Ich hatte nicht viel, aber Ava hat es nie an etwas gefehlt, auch wenn das bedeutete, dass ich ein beschissenes Auto fahren musste.

Später an diesem Tag habe ich ihm gesagt, dass ich mich eigentlich gar nicht so aufregen wollte. Ich wusste, dass er es nicht so gemeint hatte, wie es bei mir ankam. Reid würde niemals absichtlich meine Gefühle verletzen. Ich hatte selbst schon geplant, eines Tages zum Händler zu gehen, um mir einen besseren Gebrauchtwagen zumindest einmal anzusehen. Er sagte immer wieder, dass er kein Geld annehmen würde. Als er es erneut sagte, habe ich mein Temperament im Zaum gehalten und ihm ganz ruhig mitgeteilt, dass ich durchaus in der Lage bin, es ihm zurückzuzahlen.

Er weiß, dass ich es mir jetzt leisten kann. Wenigstens habe ich nun Zugang zu dem Geld, das Großmutter mir hinterlassen hat. Als wir bei ihm eingezogen sind, hat er mir gleich gesagt, dass er alle Rechnungen im Haushalt bezahlen würde. Ich habe nichts, wofür ich mein Geld ausgeben könnte.

„Ich möchte nicht von dir ausgehalten werden, Reid. Ich möchte, dass unsere Beziehung gleichberechtigt ist. Ich weiß es zu schätzen, dass du dich um mich kümmern willst, das tue ich wirklich. Aber ich kann mich immer noch selbst um Ava und mich kümmern", habe ich ihm erklärt.

Er hat einen verzweifelten Seufzer ausgestoßen und mir dann gesagt: „Eine feste Beziehung ist auch für mich neu. Ich improvisiere sozusagen. Ich versuche, es nicht zu versauen, Babe."

Darauf bin ich zu ihm gegangen und habe meine Hand auf seine Wange gelegt. „Du versaust gar nichts. Wir versuchen beide, uns gemeinsam in dieser Beziehung zurechtzufinden. Ich kann mir vorstellen, dass alle Paare anfangs mit den gleichen Problemen konfrontiert sind. Wenn wir so weitermachen wie bisher und die Dinge miteinander besprechen, wird es uns gut gehen. Solange ich nicht bei jeder Kleinigkeit abweisend bin und du versuchst, dein Alphatier-Gehabe im Zaum zu halten, ist alles gut", habe ich ihn geneckt.

„Worüber denkst du so intensiv nach,

Kätzchen?", fragt Reid.

Gedankenverloren wende ich meinen Blick vom Autofenster ab und richte meine Aufmerksamkeit auf Reid.

Vieles.

Wir sind in meinem Auto auf dem Weg zum Clubhaus. Reid hat gesagt, dass alle Jungs und auch Bella und Alba da sind, und er hat mich gefragt, ob ich ein bisschen mit den anderen abhängen will. Als wir das Haus verließen, stritten wir darüber, wer fahren sollte. Ich habe darauf bestanden, dass er sein Bike nimmt, weil ich weiß, wie sehr er das Fahren nach seinem Unfall vermisst hat. Ich habe Ava, und wenn sie nicht gerade bei jemandem übernachtet, kann ich nicht mit ihm fahren, was ich gern tun würde. Reid fährt für sein Leben gern Motorrad, das tun alle seine Brüder. Ich möchte ihm das nicht wegnehmen.

„Wo immer du und Ava seid, da werde ich sein." Das hat er mir gesagt.

Ich beschließe, die Überlegungen der letzten Nacht für mich zu behalten und ein ganz anderes Thema anzusprechen. „Ich habe über die Wohltätigkeitsveranstaltung nachgedacht, die das Krankenhaus veranstaltet und darüber, dieses Jahr die Rede zu halten."

„Wirklich? Das ist großartig, Babe. Ich bin stolz auf dich", sagt Reid und greift über die Mittelkonsole hinweg nach meiner Hand.

„Ja. Großmutter hätte gewollt, dass ich es mache. Und obwohl ich Angst davor habe, vor all diesen

Menschen zu stehen und die Rede zu halten, habe ich das Gefühl, dass ich das tun muss. Die Sache ist zu wichtig, als dass ich die Gelegenheit ausschlagen könnte, meine Geschichte zu erzählen und mehr Bewusstsein für die Krankheit zu schaffen."

Er führt meine Hand zu seinem Mund und küsst sie: „Du bist eine erstaunliche Frau, Mila Vaughn."

Ich ziehe meine Hand weg, als ich mein Telefon in meiner Tasche klingeln höre. Reid lacht, als es aufhört zu klingeln, weil ich es nicht rechtzeitig gefunden habe.

„Halt die Klappe", sage ich kichernd. Ich weiß, dass meine Tasche unendliche Tiefen hat.

Reid macht immer Witze darüber, dass ich alles außer dem Spülbecken da drin habe. Ich erwidere dann, dass ich alle Sachen brauche, die sich in meiner Handtasche befinden. Allerdings zog ich einmal nicht eine, nicht zwei, sondern drei Haarbürsten heraus. Und keine Ahnung, warum ich gerade einen Kartoffelschäler darin gefunden habe. Als er diesen in meiner Hand sieht, wirft Reid den Kopf zurück und lacht lauthals.

„Es ist zwar nicht das Spülbecken, aber es ist verdammt nah dran, Kätzchen", scherzt er, und ich sehe ihn mit zusammengekniffenen Augen an.

Eine Sekunde später finde ich mein Handy am Boden meiner Handtasche. Als ich sehe, dass ich eine neue Sprachnachricht habe, tippe ich auf den Bildschirm und höre zu. Dann werfe ich mein Handy zurück in meine Tasche. „Das war die

Maklerin", verrate ich.

„Was hat sie gesagt?", will Reid wissen.

„Großmutters Haus ist verkauft."

„Wie fühlst du dich dabei?", fragt er.

Ich zucke die Achseln. „Es geht mir gut. Ich dachte nicht, dass es so schnell geht, wenn man bedenkt, wie alt es ist. Aber es geht mir gut. Es ist bittersüß. Ich liebe das Haus. Ich verbinde so viele schöne Erinnerungen damit, aber es zu verkaufen, war die richtige Entscheidung. Ich könnte mir nicht vorstellen, dort ohne Großmutter zu leben. Es würde sich nicht richtig anfühlen."

„Ich verstehe, Babe. Nach dem Tod meines Bruders und meines Vaters konnte ich nicht mehr in meinem Elternhaus bleiben. Wir hatten einige schöne Momente in diesem Haus, aber nachdem ich beide verloren hatte, konnte ich nicht mehr dort sein. Nachdem ich monatelang im Clubhaus gewohnt habe, beschloss ich zu verkaufen. Kurze Zeit später habe ich die Feuerwache gekauft", erzählt Reid.

Ich liebe es, wenn er mir etwas von sich erzählt. Es fällt ihm schwer, sich zu öffnen, deshalb schätze ich jeden noch so kleinen Teil seines Lebens, den er mit mir teilt.

Als wir vor dem Clubhaus halten, steigt Reid aus und holt ganz selbstverständlich Ava aus ihrem Kindersitz auf der Rückbank. Sie rührt sich nicht und ihr Kopf liegt auf Reids Schulter, während er ins Haus geht. Gabriel begrüßt uns als Erster.

„Hey, Bruder. Warum legst du Ava nicht zu

Gabe? Er macht seinen Mittagsschlaf in Albas altem Zimmer. Ich habe den Monitor", sagt er, holt ein Babyfon aus seiner Hosentasche und zeigt es uns.

Reid nickt Gabriel zu und wendet sich mir zu. „Ich lege sie hin, warum gehst du nicht die Mädchen suchen? Sie sind wahrscheinlich mit Lisa in der Küche. Vielleicht könntest du ein paar Kartoffeln schälen", sagt er grinsend.

Ich stemme die Hände in die Hüften: „Das wirst du mir ewig vorhalten, oder?"

„Davon kannst du ausgehen, Kätzchen", sagt er, während ich ihm über meine Schulter einen Vogel zeige.

„Worum geht's?", will Quinn wissen. „Nichts", sagen Reid und ich unisono.

„Endlich", sagt Bella, als ich in die Küche komme. „Wo ist mein süßes Mädchen?", erkundigt sie sich nach Ava.

„Ava ist auf dem Weg hierher eingeschlafen, also legt Reid sie für ein Nickerchen zu Gabe", antworte ich. Apropos Gabe: Ich sehe seine Mama Alba mit einer Schüssel Müsli am Tisch sitzen. „Wie geht es dir heute, Alba?"

„Mein Rücken schmerzt ein wenig, aber ansonsten fühle ich mich großartig." Sie lächelt.

„Also, du siehst auch großartig aus. Die Schwangerschaft steht dir gut", lasse ich sie wissen.

Eine raue Stimme hinter mir schreckt mich auf. „Ich stimme zu", sagt Gabriel von der Küchentür aus, seinen lüsternen Blick auf Alba gerichtet.

„Cariño, Gabe schläft", sagt er ihr.

Mit einem schüchternen Lächeln und roten Wangen lässt sie ihr Essen stehen und geht zu ihrem Mann, der ihr die Hand reicht. Als sie die Küche verlassen, sehen Bella, Lisa und ich uns alle an, bevor wir in Gelächter ausbrechen, denn wir wissen, was die beiden vorhaben.

Eine Stunde später setzen wir uns zum Essen hin. Ava und Gabe sind beide von ihrem Mittagsschlaf aufgewacht und da Gabriel und Alba unpässlich sind, habe ich Gabe in seinen Hochstuhl gesetzt und ihm sein Mittagessen gegeben. Als Alba und Gabriel endlich auftauchen, ist es zum Schreien komisch. Gabriel hat das breiteste Grinsen auf seinem Gesicht, während Alba vor Verlegenheit rot anläuft, weil wir alle wissen, was sie getan haben. Natürlich muss Quinn es noch schlimmer machen.

„Geht es dir gut, Süße?", fragt er Alba. „Du siehst ein wenig errötet aus."

Gabriel verteidigt sie. „Fuck off, Quinn."

Aber es ist Logan, der Quinns Lächeln mit seinem Kommentar aus dem Gesicht wischt. „Hey, Quinn, schnüffelst du immer noch hinter Emerson her? Wie ich höre, lässt sie dich immer noch nicht ran. Ich glaube, dein Charme lässt nach, Bruder."

Alle lachen auf Quinns Kosten. Es ist kein Geheimnis, dass er in Emerson verknallt ist, nur scheint sie gegen seinen Charme immun zu sein.

„Mein Charme lässt überhaupt nicht nach. Ich bin nur auf ein kleines Problem gestoßen. Ich beginne zu glauben, dass sie vielleicht vom anderen Ufer sein könnte", erklärt Quinn.

„Emerson ist nicht lesbisch", antwortet Bella. Quinn sieht sie an. „Woher weißt du das?"

Bella neigt den Kopf zur Seite und überlegt, ob sie Quinn antworten soll. Alle Gespräche verstummen. Wahrscheinlich, weil die schüchterne Ärztin für uns ein Rätsel ist. Wir alle wissen, dass sie und Bella gute Freunde geworden sind, und sie war auch schon ein paar Mal im Clubhaus, aber abgesehen davon scheint niemand viel über sie zu wissen. Ich habe langsam den Verdacht, dass Bella mehr weiß.

Nach einem kurzen Moment ergreift sie das Wort. „Sie hat heute Abend ein Date. Mit einem MANN", betont sie.

Quinn springt von seinem Stuhl auf: „Mit wem, zum Teufel?", will er wissen.

Alle sehen zwischen Bella und Quinn hin und her. Ein einfaches Mittagessen ist plötzlich interessant geworden.

„Ein Typ, mit dem ihre Eltern sie verkuppeln wollen", sagt Bella.

Kaum haben die Worte ihren Mund verlassen, stürmt Quinn los. Wenige Augenblicke später hören wir, wie sein Motorrad anspringt. Das Geräusch seiner Reifen, als er aus der Einfahrt fährt, macht uns alle sprachlos.

Quinn ist unter den Männern der entspannteste und ich habe von seinen Abenteuern gehört. Reid hat einmal erwähnt, dass es Quinn noch nie ernst mit einer Frau war. Wenn man davon ausgeht, was wir gerade gesehen haben, würde ich sagen, mit Emerson scheint es ihm durchaus ernst zu sein. Entweder das oder er ist verärgert über ihre Ablehnung. Ich denke, es ist Ersteres. Kein Mann reagiert so auf eine Frau, die er nur ins Bett kriegen will. Nein, die Ärztin bedeutet ihm mehr.

„Engel, was hast du getan?", fragt Logan Bella.

„Ich vertraue auf mein Bauchgefühl."

Dem Gesichtsausdruck meiner Freundin nach zu urteilen, hat sie das nicht für Quinn, sondern für Emerson getan.

***

Am Nachmittag des nächsten Tages sitze ich auf dem Wohnzimmerboden und wühle mich durch einige Kisten mit Fotoalben, während Reid und Ava neben mir auf dem Boden sitzen und „Go Fish" spielen. Das erste Album ist Avas Babyalbum. Ich lächle. Ich habe mir diese Bilder schon lange nicht mehr angesehen.

„Was hast du denn da, Babe?" Ich halte das Album hoch und zeige es ihm.

„Das ist Avas Babyalbum. Möchtest du es mit mir ansehen?"

„Ja, Kätzchen. Sehr gern."

Ava interessiert sich nicht für das, was Reid und ich tun, sondern fragt nur: „Mama, kann ich meinen Film sehen?"

„Sicher, Liebling. Die DVD ist bereits im DVD-

Player, du musst nur noch auf Play drücken. Weißt du noch, das war der Knopf, den ich dir gezeigt habe?"

Mit einem bejahenden Kopfnicken hüpft sie den Flur hinunter in ihr Zimmer.

Reid steht auf, setzt sich hinter mich auf das Sofa und sieht über meine Schulter. Das Fotoalbum liegt auf meinem Schoß und ich blättere zur ersten Seite. Das erste Bild zeigt mich, Großmutter und Ava am Tag unserer Ankunft in Polson. Es war Großmutters Idee, das Album anzulegen. Ich hatte mir nie viele Gedanken darüber gemacht. Meine Eltern hatten keine Familienporträts und haben auch nicht ständig Fotos gemacht. Nicht so wie ich. Ich habe Hunderte von Fotos von Ava auf meinem Handy. Wenn meine Großmutter nicht jedes Mal, wenn ich im Sommer bei ihr war, Fotos von mir gemacht hätte, hätte ich nichts, was ich meiner Tochter von mir zeigen könnte.

Bei jeder Seite, die ich umblättere, hört Reid aufmerksam zu und ich beschreibe detailliert, wie alt Ava war oder wo wir waren, als die Bilder aufgenommen wurden.

Als ich feststelle, dass ich noch nie Bilder von seinem Bruder oder seinem Vater gesehen habe, lehne ich meinen Kopf zurück und frage ihn: „Hast du irgendwelche Bilder von deiner Familie? Ich würde gern welche sehen." Ich halte die Luft an und warte auf seine Antwort.

„Ja, Babe. Ich habe ein paar. Ich hole sie", sagt er und verschwindet den Flur runter in seinem

Zimmer.

Einen Moment später kommt er mit etwas zurück, das wie ein Schuhkarton aussieht. Ich frage nicht, warum er sie darin aufbewahrt, anstatt sie im Haus aufzustellen. Ich weiß warum. Die ersten Fotos sind von seinem Vater und seiner Mutter. Sein Vater trägt die Jacke der *Kings of Retribution* und eine blonde Frau steht neben ihm. Ich weiß bereits alles über seine Mutter. Reid hat es mir eines Nachts erzählt. Er erzählte mir, wie sie mit einem anderen Mann durchgebrannt ist, als er und sein Bruder noch klein waren. Das nächste Foto zeigt einen kleinen Jungen, der etwa ein Jahr alt zu sein scheint.

„Bist du das?", frage ich.

„Nein, das ist mein Bruder. Das da bin ich", sagt er und gibt mir das nächste Foto.

Selbst wenn er mir nicht gesagt hätte, dass er es ist, hätte ich es erraten, denn der Junge auf dem Bild hat wunderschöne grüne Augen. Ich würde diese Augen überall erkennen. „Du und dein Bruder seht euch nicht sehr ähnlich", stelle ich fest.

„Nein, ich sehe aus wie mein Vater und Noah wie meine Mutter."

Als Reid den Namen seines Bruders erwähnt, schlägt mein Herz schneller. Er hat seinen Namen noch nie vorher erwähnt. „Der Name deines Bruders ist Noah?"

Er nickt nur.

Während ich ein Foto nach dem anderen ansehe, spüre ich, wie mein Mund trocken wird.

Das kann nicht sein. Oder doch?

„Hast du ein aktuelles Foto von Noah, von der Zeit bevor er gestorben ist?", frage ich mit einem leichten Zittern in der Stimme.

Reid sieht mich stirnrunzelnd an. „Ja, hier", sagt er, greift in die Schachtel und holt ein weiteres Foto heraus.

Mit zittrigen Händen nehme ich ihm das Bild ab. Ich schließe die Augen, atme tief durch und betrachte das Hochglanzfoto in meiner Hand. Die Augen, die mich ansehen, sind dieselben, in die ich in den letzten vier Jahren geblickt habe. Dieselben Augen, die sich in jenem Sommer vor fünf Jahren in meine brannten.

Kapitel 25

Ich teile meine Erinnerungen mit niemandem. Ich habe alle Fotos meiner Familie in dieser Schachtel aufgehoben, bis auf eines: das von Noah und mir, und das befindet sich in meinem Büro. Die anderen Fotos habe ich im hintersten Teil meines Schranks aufbewahrt. Zusammen mit meinem Schmerz.

Ich dachte, es würde Spaß machen, in Erinnerungen zu schwelgen. Ich dachte, sie will mehr über mich wissen. Aber so wie die Farbe aus Milas Gesicht gewichen ist, vermute ich, dass sie es sich noch einmal überlegt, ob sie mit mir in Erinnerungen schwelgen will. Vielleicht ist es zu viel auf einmal?

„Babe, bist du okay?", frage ich sie, als ich den alten Schuhkarton auf den Couchtisch stelle.

Ihre Antwort ist: Schweigen.

„Kätzchen", sage ich, um ihre Aufmerksamkeit zu bekommen. Ihre Hände zittern und sie hält das Foto fest.

„Vor fünf Jahren war ich den Sommer über bei meiner Großmutter. Jeder Sommer, den ich hier verbracht habe, war aufregend, aber in diesem Jahr ..." Ihre Gedanken scheinen abzuschweifen, während sie weiter auf ihren Schoß starrt. „Wie ich dir schon einmal gesagt habe, bin ich nie ausgegangen. Keine Partys. Ich habe keine Zeit mit

Leuten in meinem Alter verbracht. Normalerweise war ich immer nur bei Großmutter. Nicht, dass sie mich nicht ermutigt hätte, ganz normale Teenagerdinge zu tun. Es war nur ... ach egal, auf jeden Fall habe ich in diesem Sommer eines Nachmittags in der Apotheke, als ich ihre Medikamente abholte, diesen Mann getroffen. Zuerst war ich schockiert, dass er überhaupt mit mir sprach."

Sie sieht zu mir auf. In ihren geröteten Augen stehen Tränen. Endlich öffnet sie sich mir gegenüber. Endlich teilt sie mehr Details ihres Lebens mit mir. Ich ermutige sie, weiterzureden, indem ich mich ihr gegenüber auf den Boden setze.

Nachdem sie tief eingeatmet hat, stößt Mila die Luft aus und fährt fort. „Er lud mich zu einer kleinen Party ein, die seine Freunde für ihn veranstalteten." Sie lächelt, als sie sich an diesen Tag erinnert. „Ich glaube, er hat gemerkt, dass ich ablehnen wollte, also hat er sanft meine Hand genommen und ‚Bitte‘ gesagt. Zum ersten Mal in meinem Leben habe nicht weiter nachgedacht und einfach mit ‚Ja‘ geantwortet. Er gab mir die Adresse, und ein paar Stunden später stand ich vor der Tür eines Fremden, nervös und geradezu in Panik, weil ich mich so weit außerhalb meiner Komfortzone befand."

Das war mir bis heute gar nicht klar gewesen: In all den Jahren, in denen sie im Sommer hier war, hatte ich sie nie gesehen. Ich würde mich daran erinnern, eine Frau von ihrer Schönheit in der Stadt gesehen zu haben. Ich hätte sie niemals vergessen.

Vielleicht war ich aber auch so in mein eigenes Leben vertieft, dass ich sie nicht bemerkt habe. Ich war zu der Zeit nicht auf der Suche, also wäre es nicht überraschend, wenn sie mir entgangen wäre. Damals verbrachte ich meine Tage entweder damit, mit meinem Vater Häuser zu bauen oder ich war im Club, um dort meinen Verpflichtungen nachzukommen. Ich hatte nicht viel Zeit für andere Dinge.

„Er öffnete mir die Tür", fährt Mila fort. „Dann zeigte er mir das Haus, wo die Party gerade begann. Ich kannte niemanden. Ich glaube, er spürte mein Zögern und meine Nervosität, denn er schlängelte sich weiter durch die Menge und blieb nur stehen, um ein paar Bier aus einer Kühlbox in der Nähe des Hintereingangs zu holen. Dann gingen wir nach draußen." Mila lehnt sich mit dem Rücken an die Couch, nimmt ihr Glas Wein, das sie auf den Couchtisch gestellt hat, und trinkt einen Schluck. „Wir verbrachten die ganze Nacht draußen in der kühlen Sommerluft und sprachen über die verschiedensten Dinge, wie etwa, dass er aufs College gehen würde und wie wenig ich mich darauf freute, Jura zu studieren. Er schien wirklich glücklich mit seinem Leben zu sein. Ich weiß noch, wie neidisch ich darauf war, dass das Leben so einfach für ihn zu sein schien." Sie ändert ihre Position und fühlt sich merklich unwohl, als sie weiterspricht. „Die ganze Zeit konnte ich meine Augen nicht von ihm lassen. Er sah so gut aus. Groß. Ich würde sagen ungefähr so groß wie du." Sie sieht mich an. „Blonde Haare und blaue Augen.“

Ich möchte ihre Geschichte hören, etwas von ihrer Vergangenheit wissen. Ich möchte einfach alles über Mila Vaughn wissen. Was ich nicht unbedingt wissen möchte ist, wie groß die Anziehungskraft war, die ein anderer Mann auf sie ausübte. Ich kann sehen, wohin diese Geschichte führt. Ich spüre bereits, wie mein Puls sich bei dem Gedanken an einen anderen Mann, der ihren Körper so berührt hat, wie ich es getan habe, zu beschleunigen beginnt. Ich versuche, meine Eifersucht zu unterdrücken, nehme ihre Hand in meine und verschränke unsere Finger.

„Ich werde nicht näher darauf eingehen, was kurze Zeit später geschah. Ich wollte es. Ich wollte mich einmal im Leben lebendig fühlen und er hat mir das geschenkt. Für eine Nacht lang fühlte ich mich normal. Ich fühlte mich frei“, gesteht sie mir.

Der glückliche Hurensohn. Ich hätte sie in dieser Sommernacht auf keinen Fall gehen lassen. Der Mann wusste nicht, was er hatte oder wen er zurückließ. Er musste blind gewesen sein, eine Nacht mit Mila als One-Night-Stand zu betrachten.

„Avas Vater“, sage ich.

Sie benetzt ihre Lippen und nickt. „Ja, er ist Avas Vater.“

„Ich hoffe, es stört dich nicht, dass ich frage, aber warum ist er kein Teil ihres Lebens?“

Ich habe mich das schon immer gefragt, wollte sie aber nie darauf ansprechen, weil es nie einen richtigen Moment gab. Bis jetzt. Bis sie das Gefühl hatte, dass sie mir offen sagen konnte, wer er war. Ich habe keinen Respekt für jemanden, der sein Kind im Stich lässt. Man erschafft kein neues Leben und lässt es dann im Stich. Diese Vorstellung geht mir zu sehr unter die Haut. Man muss die andere Person nicht lieben, um sich seiner Verantwortung zu stellen. Keiner hat das Recht, ein Kind so zu behandeln. Man schenkt Leben. So etwas wirft man doch nicht weg.

Das klingt wütend und bitter und das bin ich auch. Weil ich selbst von einem Elternteil im Stich gelassen wurde, liegt mir dieses Thema sehr am Herzen. Mein Leben war verdammt gut, obwohl meine Mutter beschloss, dass sie uns nicht mehr wollte, aber es wäre gelogen zu behaupten, dass es keine Auswirkungen auf mich hatte.

„Zur Hölle, Babe. Ich bin in dieser Stadt aufgewachsen. Ich glaube nicht, dass du jemals seinen Namen erwähnt hast. Vielleicht kenne ich den Typen oder weiß etwas über ihn. Scheiße, ich bin vielleicht mit diesem Arschloch zur Schule gegangen", sage ich wütend. Ich möchte von ihr erfahren, warum er abgehauen ist. Ich werde das Arschloch finden. So oder so.

Milas Griff um meine Hand wird fester. Es vergehen ein paar Minuten und ich warte darauf, dass sie seinen Namen ausspricht.

„Reid, ich … Oh mein Gott. Ich hoffe, ich täusche mich, aber ich glaube nicht. Ich … sein Name war …" Sie stammelt vor sich hin und beginnt, leise zu schluchzen. „Am Ende des Sommers fand ich heraus, dass ich schwanger war. Es war kurz bevor ich wieder nach Hause fuhr. Es sollte nur diese eine Nacht sein. Das hatten wir vereinbart. Oder vielleicht hat er nur zugestimmt, weil ich es so wollte. Ich konnte nicht riskieren, mein Herz zu verschenken, weil ich wusste, dass ich nicht mehr haben konnte. Meine Eltern hätten es nicht erlaubt. Ich habe versucht, ihn zu finden, bevor ich abgereist bin. Ich habe es ihm nicht absichtlich verschwiegen“, sagt sie verzweifelt, während sie immer aufgewühlter wird.

Ich würde nie von ihr denken, dass sie so etwas Wichtiges vor jemandem verheimlichen könnte.

„Babe, atme tief ein. Beruhige dich“, tröste ich sie.

Sie atmet noch ein paar Mal tief durch, um ihre Nerven zu beruhigen und wischt sich mit dem Handrücken ihrer freien Hand über die Augen. „Als ich zu dem Haus zurückging, in dem in dieser Nacht die Party stattgefunden hatte“, sagt sie und sieht mir in die Augen, „saßen ein paar Jungs, die ich nur vom Vorbeigehen kannte, auf der Veranda. Ich ging zu ihnen und habe sie gefragt, wo ich ihn finden könnte.“ Tränen fließen über ihre Wangen, und ich versuche, sie wegzuwischen, doch es folgen immer mehr. „Sie sagten mir, er sei gestorben. Er starb bei einem Autounfall ein paar Tage nachdem ich mit ihm zusammen war“, fährt sie fort und starrt mich an.

Ein unheimliches Gefühl überkommt mich. Mein Herz beginnt wie ein Presslufthammer zu schlagen.

Sommer. Blonde Haare. Blaue Augen. Autounfall. MEINE Stadt. Vor fünf Jahren. NEIN. Das kann nicht sein.

Es ist nur ein verrückter Zufall. Ich schlucke den Kloß in meinem Hals hinunter und frage sie noch einmal: „Wie war sein Name?"

Mit zittriger Stimme sagt sie: „Noah."

Sofort lasse ich ihre Hand los, und sie sagt schnell: „Aber ich kenne seinen Nachnamen nicht, Reid." Dann greift sie nach meiner Hand, die ihre losgelassen hat.

Ich weiß nicht, wie ich damit umgehen soll. Wie ferngesteuert stehe ich auf. Ich habe Angst, etwas Falsches zu sagen. Ich will sie nicht beunruhigen, doch in meinem Kopf ist nur Chaos. Deshalb gehe ich in die Küche und nehme meine Jacke von der Stuhllehne. Ich ziehe sie an, nehme meine Schlüssel vom Küchentisch und gehe zur Tür. Dann lege ich die Hand auf den Türknauf und schaue über meine Schulter zu ihr zurück. Sie sitzt immer noch auf dem Boden. In ihrem wunderschönen Gesicht spiegeln sich ihre Gefühle wider. Es sind die gleichen, die mich innerlich auffressen.

„Ich brauche ein bisschen Abstand. Ich muss den Kopf freikriegen." Dann öffne ich die Tür, doch bevor ich gehe, sage ich ihr noch: „Ich liebe dich, Kätzchen."

Ich schließe die Tür hinter mir und gehe die Treppen hinunter. Dann setze ich mich auf mein Bike und hoffe, dass die Straße meinen Kopf freimacht.

Ich fahre, bis die Sonne fast untergegangen ist, doch ich habe das alles noch nicht verarbeitet, also beschließe ich, zum Clubhaus zu fahren. Als ich dort ankomme, stehen die Bikes der Jungs draußen. Ein Gewicht wie ein Felsbrocken liegt auf meinen Schultern. Ich stelle mein Bike neben das von Quinn und gehe hinein. Sie sitzen alle an einem der runden Tische. Eine Flasche Jameson steht in der Mitte des Tisches. Teilweise sind sie schon betrunken. Ich bin kein großer Trinker. War ich auch noch nie. Doch in Anbetracht der letzten Stunden beschließe ich, dass ich heute Alkohol brauche. Ich muss die Stimme in meinem Kopf besänftigen.

„Hey, Bruder", begrüßt mich Gabriel.

Ich sage kein Wort, sondern ziehe einen Stuhl hervor, setze mich darauf, greife nach der Flasche und gieße etwas davon in ein Schnapsglas. Ich führe das Glas an meine Lippen, leere es und gieße ein weiteres ein. Das wiederhole ich noch zwei weitere Male, bevor ich mich in meinem Stuhl zurücklehne. Als ich mich umsehe, blicke ich in ihre überraschten und besorgten Gesichter.

„Was zum Teufel ist hier los?", fragt Logan und zieht kräftig an seiner Zigarette.

Wo zum Teufel soll ich anfangen?

„Noah." Es ist das einzige Wort, das ich über die Lippen kriege. Ich habe keine Ahnung, wie ich es sagen soll. Wie ich es laut aussprechen soll.

„Was ist mit ihm, Bruder?" Logan schenkt sich einen Shot ein.

Ich hatte gar nicht bemerkt, dass der Tag anbrach. Ausnahmsweise habe ich mich nicht darauf konzentriert. Ich habe wieder gelebt. Mit Mila. Ich atme tief durch und sage es ihnen. „Noah ist Avas Vater."

„Was? Auf keinen Fall, Mann. Hör auf, uns zu verarschen", sagt Quinn und lacht.

Ich beuge mich vor, stütze die Ellbogen auf den Tisch und lasse den Kopf hängen. „Ich wünschte, das würde ich. Mila und ich begannen, Erinnerungen auszutauschen. Beim Ansehen von Fotos wollten wir mehr von unserer Vergangenheit erfahren. Sie bat darum, Bilder aus meiner Kindheit zu sehen. Alles, was ich habe, habe ich in einem Schuhkarton. Und ihr alle wisst, dass ich schon lange keine Bilder mehr herumstehen habe. Nachdem sie ein Bild von Noah gesehen hat, passte das, was vor fünf Jahren im Sommer passiert ist, mit dem Foto, das sie in den Händen hielt, zusammen", sage ich und greife wieder nach der Schnapsflasche.

Meine Brüder warten darauf, dass ich noch mehr erzähle, nachdem ich noch einen Shot hinuntergekippt habe.

„Sie kannte nur seinen Vornamen. Er hat sie auf eine Party eingeladen. Wisst ihr noch, wie seine Freunde eine Abschiedsparty für ihn geschmissen haben, kurz bevor wir hier eine für ihn veranstaltet haben?", erinnere ich sie.

„Das war eine großartige Party", sagt Quinn.

Alle haben auf Noah aufgepasst. Er war nicht nur

mein Bruder, er war auch ihrer.

Ich fahre fort: „Sie hat erzählt, dass sie vor ihrer Abreise nach New York erfuhr, dass sie schwanger war, und dass sie zu dem einzigen Ort zurückgekehrt ist, von dem sie glaubte, dass sie ihn finden würde." Ich schaue mich am Tisch um. „Das Haus seines alten Freundes. Da haben sie ihr mitgeteilt, dass er ein paar Wochen zuvor bei einem Autounfall ums Leben gekommen ist."

Fuck. Je mehr ich darüber nachdenke … verdammt!

„Das ist ganz schön heftiger Scheiß, Bruder", poltert Gabriel.

„Sie gesteht dir das alles und schüttet ihr Herz aus, und du sitzt hier, anstatt deine Frau im Arm zu halten?", sagt Quinn, der mir gegenübersitzt.

„Ich brauche Zeit, um alles zu verarbeiten. Um nachzudenken", entgegne ich.

„Was zur Hölle gibt es denn da nachzudenken? Liebst du sie?", fragt er mich.

„Ja", antworte ich. Es gibt keinen Zweifel daran, dass Mila die Richtige für mich ist.

„Ava ist ein Teil von Noah und damit ein Teil von dir, Reid. Sie ist dein Fleisch und Blut. Denk darüber nach, bevor der Whiskey, den du getrunken hast, dein Gehirn vernebelt", sagt Gabriel.

Er hat recht. Heilige Scheiße, er hat verdammt nochmal recht. Ein Teil von meinem Bruder liegt gerade schlafend bei mir zu Hause im Bett. Ein kleines Mädchen, das mich um den kleinen Finger gewickelt hat. Und je mehr sich das Bild ihres süßen Gesichts in mein Gehirn brennt, desto mehr sehe ich ihn in ihr. Sie sieht genauso aus wie er. Blonde Haare, blaue Augen, diese Lebenslust. Sie ist immer gut gelaunt. Und verdammt klug. Sie ist alles, was Noah war und dazu hat sie noch das liebevolle Herz und die Stärke ihrer Mutter. Ich erinnere mich an den Traum, den ich vor Wochen hatte.

„Ich gehe nicht nach Kalifornien, Reid. Alles ist genauso, wie es sein soll. Es ist an der Zeit, dass du dir dein Leben zurückholst. Du musst etwas für mich tun. Und ich verlasse mich darauf, dass du mich nicht enttäuschst."

Ich bin nicht der Mensch, der über seine Gefühle redet. Das war ich nie. Ich verberge sie. Ich verschließe alles tief in mir. Aber ich bin ein menschliches Wesen. Es spielt keine Rolle, was für ein Mann ich bin oder dass ich ein Biker bin. Nichts davon spielt jetzt eine Rolle. Etwas tief in meiner Seele bricht sich Bahn. Ich schlucke und verschlucke mich an den Gefühlen, die mich zu ersticken drohen.

Meine Brüder sagen kein Wort. Sie sitzen einfach nur bei mir. Sie unterstützen mich ohne Worte und ohne mich zu verurteilen. Sie geben mir Rückhalt. Von all den Momenten in meinem Leben, die mich hierher geführt haben, bedeutet mir dieser Moment am meisten. Wir geben die Flasche ein paar Mal herum. Logan und Gabriel rufen ihre Frauen an, um sie wissen zu lassen, dass sie heute Abend nicht nach Hause fahren werden. Weil sie sich mit mir volllaufen lassen, während wir über die Vergangenheit und unsere Pläne für die Zukunft sprechen.

In meinen Plänen sind jetzt auch Mila und Ava an meiner Seite.

Kapitel 26

Mila

Bleib. Das Wort lag mir auf der Zunge, als ich Reid gestern aus der Tür gehen sah. Ich saß wie gelähmt auf dem Boden und konnte nicht begreifen, was vor sich ging. Er sagte, dass er Zeit zum Nachdenken brauche.

Einerseits verstehe ich natürlich, dass er dieses Geheimnis, das wir beide gemeinsam aufgedeckt haben, verarbeiten muss, andererseits habe ich Angst vor dem Ergebnis. Was, wenn er die Tatsache, dass ich mit seinem Bruder zusammen war, nicht vergessen kann? Was, wenn er denkt, dass ich lüge? Ich hasse es, nicht zu wissen, was passiert.

Ich habe die ganze Nacht auf dem Sofa verbracht, auf die Tür gestarrt und darauf gewartet, dass er nach Hause kommt. Doch das tat er nicht. Gegen zwei Uhr nachts bin ich schließlich eingeschlafen. Als ich vorhin nach nur ein paar Stunden Schlaf aufgewacht bin, war ich enttäuscht, dass er nicht da war. Ich denke, das sagt mir so ziemlich alles, was ich wissen muss. Jetzt bereue ich es fast, dass ich das Haus verkauft habe. Der Gedanke, dass Ava und ich aus Reids Wohnung ausziehen müssen, bereitet mir Bauchschmerzen. Sie hat sich so an Reid gewöhnt. Sie wird es nicht verstehen. Vor vierundzwanzig Stunden waren Reid und ich uns einander so sicher.

Die Türklingel reißt mich aus meinen Gedanken. Als ich öffne, steht meine Freundin Bella draußen. In dem Moment, als ich ihren besorgten Blick sehe, breche ich zusammen. Bella schlingt ihre Arme um mich, ohne ein Wort zu sagen und hält mich fest. Ich weiß nicht, wie lange es gedauert hat, aber als ich meine Gefühle endlich unter Kontrolle habe, setze ich mich auf das Sofa und frage: „Du weißt es, nicht wahr?"

Sie drückt meine Hand und schüttelt den Kopf. „Ich weiß gar nichts. Logan hat mich letzte Nacht angerufen und mir gesagt, dass er im Clubhaus bleibt und nicht nach Hause kommt. Er hat gemeint, dass etwas mit Reid los sei und dass er seine Brüder braucht. Er hat auch gesagt, dass ich morgens sofort zu dir fahren soll, um nach dir zu sehen, aber er hat mir nichts erzählt. Möchtest du mir sagen, was los ist?"

Ich beginne ganz am Anfang und erzähle ihr alles. Bis zu dem Moment, als Reid gestern Nacht aus der Tür ging.

Bella sitzt einen Moment lang fassungslos da, bevor sie den Mund aufmacht: „Das ist unglaublich. Ich weiß, dass du mir einmal gesagt hast, dass Avas Vater gestorben ist, aber Noah … Reids Noah? Wow", sagt sie vollkommen verblüfft.

„Wenn ich es dir eher gesagt hätte, wäre das alles hier nicht passiert."

„Was meinst du?", fragt sie verwirrt.

„Du kennst den Club seit über einem Jahr und wir beide sind sogar noch länger befreundet. Ich habe dir nie etwas von Avas Vater erzählt, nur dass er tot ist. Ich wusste nicht, wie ich es sagen sollte. Es ist schwer genug mit Ava, die älter wird und beginnt, Fragen zu stellen. Fragen, die ich nicht beantworten kann. Ich wurde nach einem One-Night-Stand schwanger von einem Typen, dessen Nachnamen ich noch nicht einmal kannte. Was soll ich denn meiner Tochter erzählen? Sie weiß, dass ihr Vater im Himmel ist, aber was ist mit dem Rest? Was war seine Lieblingsfarbe? Sein Lieblingsessen? Einfache Dinge, über die ich Bescheid wissen sollte, damit sie das Gefühl hat, ihn zu kennen, ein Stück von ihm zu besitzen. Ich kann das alles meiner Tochter nicht geben, also habe ich das Thema gemieden. Es war immer die einfachere Lösung. Meine Angst ist, dass sie aufwächst und dabei immer das Gefühl hat, dass ein Teil von ihr fehlt. Ein Jahr nachdem Ava geboren wurde, ging ich zurück zu dem Haus, in dem Noahs Party war. Ich hoffte, dort seinen Freund zu finden und Fragen stellen zu können. Ich dachte: Was, wenn Noah eine Familie hat? Vielleicht möchte sie das mit Ava wissen. Aber ich kam zu spät. Ich weiß, es war dumm, damals nicht gleich nach seiner Familie gesucht zu haben, aber ich hatte ja gerade erst erfahren, dass Noah tot war. Ich stand unter Schock und dann kam das mit meinen Eltern dazu, als ich nach Hause zurückkehrte." Ich beende meine Erzählung und lege mein Gesicht in meine Hände. Ich hatte mich idiotisch verhalten und dafür bezahlt.

„Hör mal, Mila, das war nicht dumm. Du warst neunzehn und hattest gerade herausgefunden, dass du schwanger warst. Wir machen alle Fehler. Und sieh es mal so: All diese Dinge konntest du vorher deiner Tochter nicht über ihren Vater erzählen, aber jetzt schon. Reid kann ihr alles über ihn erzählen. Sie hat vielleicht nicht ihren Vater, aber sie hat Reid.“

„Er ist gestern Nacht nicht nach Hause gekommen, Bella. Ava erinnert ihn vielleicht zu sehr an Noah. Was, wenn er merkt, dass er nicht mit uns zusammen sein kann?“ Ich sage das, auch wenn ich nicht erwarte, dass Bella die Antwort darauf hat. Niemand außer Reid hat die Antwort und er ist nicht hier.

„Du weißt, dass Reid nicht diese Art von Mann ist. Er ist momentan durcheinander und verletzt, aber ich bin zuversichtlich, dass er dich nicht enttäuschen wird.“ Bella sagt das, als ob sie sich ganz sicher wäre.

Ich möchte nicht, dass Reid meine Tochter ansieht und dabei an den Schmerz erinnert wird, den er beim Verlust seines Bruders erleiden musste.

Nachdem Bellas Worte bei mir angekommen sind, beschließe ich, dass ich jede Entscheidung, zu der Reid kommt, akzeptieren muss. Und mit jeder Minute, die er wegbleibt, wird klarer, wie diese Entscheidung ausfällt. Ich gebe ihm keine Schuld.

„Du hast diesen Gesichtsausdruck, als würdest du das Schlimmste befürchten und möglicherweise überstürzt reagieren“, bemerkt Bella.

„Ich denke darüber nach, was ich als Nächstes tun werde“, gestehe ich. „Reid möchte nicht nach Hause kommen, weil ich hier bin. Er ist viel zu nett, als dass er mich bitten würde, zu gehen. Also muss ich es ihm leicht machen.“

„Was zur Hölle meinst du damit, Mila?“

Ich stehe vom Sofa auf und gehe in die Küche, um mir einen dringend benötigten Kaffee zu holen. „Ich meine damit, dass ich mir eine andere Bleibe suche. Ich kann mir für ein paar Tage ein Hotel nehmen, bis ich eine Wohnung gefunden habe.“ Ich zucke mit den Achseln und versuche, gleichgültig zu wirken, aber allein die Worte laut auszusprechen, zerreißt mich innerlich.

„Warte eine Sekunde“, sagt Bella und geht zu mir. „Du ziehst voreilige Schlüsse, Mila. Du weißt nicht, ob Reid will, dass du ausziehst. Und ich wette um alles, dass er das nicht will. Ihr braucht beide Zeit, um die Tatsachen zu verarbeiten. Ich weiß, du bist gerade im Kampf- beziehungsweise Fluchtmodus. Liebst du ihn?“

Bei Bellas Frage halte ich inne und sehe sie an. „Ja, ich liebe Reid.“

„Dann hör mit diesem verrückten Gerede über das Ausziehen auf und kämpfe. Beziehungen sind nie einfach. Manchmal kämpft er und manchmal bist du an der Reihe. Jetzt gerade müsst ihr beide kämpfen. Neben dem Club war Noah alles, was Reid hatte. Er war der große Bruder, er hat sich für Noah verantwortlich gefühlt. Ihn zu verlieren, hat ihn beinahe zerstört. Jetzt erfährt Reid nicht nur, dass sein Bruder ein Kind hat – einen lebenden, atmenden Teil von ihm –, sondern auch, dass sein Bruder dieses Kind mit der Frau hat, in die er jetzt verliebt ist. Reids Kopf ist durcheinander, aber ich verspreche dir, dass sein Herz bei dir ist. War es richtig, dass er gegangen ist? Das weiß ich nicht. Aber die wirkliche Frage ist doch: Wirst du auch gehen oder bleiben und kämpfen? Lass ihn nach Hause kommen und sehen, dass du noch da bist. Dass du dich für ihn entscheidest."

Wieder einmal hat Bella recht. Sie scheint immer den Sinn hinter den Dingen zu erkennen. Ich bin sofort vom Schlimmsten ausgegangen und habe angenommen, dass Reid nicht bei mir bleiben wird. Ich muss das tun, was Bella gesagt hat. Ich muss kämpfen und dem Mann, den ich liebe, zeigen: Ich bin noch hier. Ich glaube an uns und an das, was wir haben. Ich hoffe nur, dass Reid das auch tut.

Nachdem ich zwei Tassen Kaffee getrunken habe und meine Nerven nicht mehr so angespannt sind, warte ich.

Kapitel 27

Reid

Fuck, mein Kopf killt mich. Ich hatte nicht vor, mit meinen Brüdern derartig zu saufen. Ich kann mich kaum daran erinnern, dass ich es gestern Abend noch nach oben geschafft habe. Es dauert ein paar Minuten, aber als ich unter dem Wasserstrahl stehe, klart der Nebel in meinem Gehirn auf und ich lasse alle Ereignisse, die zu diesem furchtbaren Kater geführt haben, noch einmal Revue passieren. Ich kann mir nicht einmal vorstellen, was Mila gedacht haben muss, als ich nicht nach Hause kam. Nachdem ich geduscht habe, ziehe ich mir die alten Sachen wieder an und gehe die Treppe hinunter in die Küche, in der Hoffnung, dass jemand vor mir aufgestanden ist und Kaffee gekocht hat. Ich komme durch die Tür und sehe, wie sich Prez am Tresen eine Tasse Kaffee einschenkt.

„Reid. Ich habe dein Bike draußen gesehen. Was zum Teufel machst du denn so früh hier?"

Ich hebe meine Hand und fahre mit den Fingern durch meine feuchten Haare, während ich weiter auf die Kaffeemaschine zusteuere. „Das ist eine verdammt lange Geschichte, Prez", sage ich und hoffe, dass er es dabei belässt.

„Hol dir eine Tasse Kaffee und setz dich. Ich habe alle Zeit der Welt, mein Sohn", stellt er klar, während er sich einen Stuhl unter dem Tisch herauszieht.

Ich hätte wissen müssen, dass er es nicht dabei belässt. Dass ich um diese Uhrzeit hier bin, ist nicht normal. Dass ich dabei auch noch so fertig aussehe, macht es nicht besser. Nachdem ich mir einen Kaffee geholt habe, setze ich mich ihm gegenüber an den Tisch, nehme einen ordentlichen Schluck und warte. Jake starrt mich über den Rand seiner Tasse an, bevor er sie abstellt.

„Sagst du mir jetzt, was los ist oder soll ich es dir aus der Nase ziehen?"

„Ich habe rausgefunden, dass Milas Tochter Ava auch Noahs Tochter ist", wiederhole ich diese Tatsache zum zweiten Mal innerhalb weniger Stunden. Selbst für Jake ist das viel. Er hat Noah wie einen eigenen Sohn geliebt. Ein kurzer Moment der Überraschung überzieht sein Gesicht.

„Ich höre. Warum fängst du nicht ganz am Anfang an?", bittet er mich.

Er lauscht mir aufmerksam, als ich erzähle, wie alles gestern abgelaufen ist und warum ich heute Morgen hier bin. Nicht ein einziges Mal unterbricht er mich mit Fragen. Er gibt mir die Zeit, alles rauszulassen. Ein Gespräch mit Jake ist so, als ob mir mein eigener Vater gegenübersitzen würde.

„Klingt als hättest du einen beschissenen Tag gehabt. Sag mir eines: Hast du darüber nachgedacht, was das alles für Mila bedeutet? Hast du darüber nachgedacht, in welchem Zustand du sie zurückgelassen hast, als du auf dein Bike gesprungen und weggefahren bist? Als du sie allein gelassen hast?", fragt er mich.

Verdammt. *Fuck.* Ich habe Zeit gebraucht, um alles zu verarbeiten. Es ist nicht so, dass ich niemals wieder nach Hause fahren wollte. Zu viele Gedanken gingen mir durch den Kopf und zu viele Gefühle brachten mich durcheinander. Dann dämmert es mir. Ich rede immer nur von mir. Jake hat recht. Ich habe überhaupt nicht an sie gedacht. Ich habe nur mich gesehen und wie ich mich fühle. Ich lasse den Kopf hängen, weil ich mir Sorgen mache, dass ich die Sache mit Mila vermasselt haben könnte. Wie kann sie darauf vertrauen, dass ich sie liebe, wenn ich weggehe, nur weil die Wahrheit und die Tatsachen in diesem Moment zu viel für mich waren?

„Ich muss nach Hause!", sage ich und stehe auf.

„Lass sie nicht gehen, mein Sohn. Sie hat dir mehr geholfen, als du dir bewusst bist. Wir haben es alle gesehen. Das Leben ist zu kurz, um allein auf der Erde zu wandeln", sagt er und sein Blick geht ins Leere.

Ich lasse meinen Kaffee auf dem Tisch stehen und will gehen. Bevor ich die Tür erreiche, höre ich, wie Jakes Stuhl über den Boden schleift und ich schaue über meine Schulter. Er steht auf und geht ein paar Schritte auf mich zu.

„Dein alter Herr wäre stolz. Stolz darauf, wer du bist und was für ein Mann aus dir geworden ist, Reid. Und ich selbst könnte nicht stolzer sein. Und jetzt auf zu deiner Familie, mein Sohn." Dann umarmt er mich.

„Danke, Jake", antworte ich ihm. Er sieht noch müder aus als sonst und ich gehe hinaus in die Morgenluft, steige auf mein Bike und fahre meiner Zukunft entgegen: Mila und Ava.

Als die Feuerwache in Sicht kommt, sehe ich Bellas blauen Mustang am Straßenrand stehen. Ich weiß, dass sie den Motor des Bikes bereits gehört haben wird und parke neben der Treppe. Mit jeder Stufe, die ich hinaufsteige, klopft mein Herz ein bisschen schneller. Ich gebe den Code ein, schließe die Tür auf, drehe den Knauf und trete ein. Mila und Bella sitzen auf der Couch. Milas rotgeränderte und traurige Augen sind wie ein Hieb in die Magengrube. Ich habe ihr das angetan. Ich bin der Grund für ihre Tränen. Ich habe sie verletzt. Wie angewurzelt starre ich in ihr schönes Gesicht.

„Ich bin dann mal weg. Wenn du mich brauchst, ruf mich an." Bella umarmt ihre Freundin, steht auf und holt ihre Sachen vom Tisch. Sie geht einfach an mir vorbei und schließt die Tür leise hinter sich. Ich nehme es nicht persönlich. Sie war hier, um sich um Mila zu kümmern. Sie ist gegangen, weil sie weiß, dass ich die Dinge in Ordnung bringen muss.

Langsam gehe ich auf Mila zu. Sie steht von der Couch auf. Ich wiege ihr Gesicht in meinen Händen und sage: „Es tut mir so leid. Ich hätte gestern nicht gehen dürfen." Ich möchte sie so gern küssen, aber ich warte. Ihre Lippen zittern.

„Ich verstehe das. Es ist okay. Es ist viel zu verdauen", antwortet sie und hält ihre Emotionen zurück. Sie schützt sich selbst damit, schützt sich vor mir.

Ich schüttele den Kopf. „Nein, Kätzchen. Was ich getan habe – dich zu verlassen –, war nicht okay. Dass Ava die Tochter meines Bruders ist, ändert nichts. Ich will dich! Ich brauche dich! Ich liebe dich so sehr, dass ich nicht atmen kann, ohne dich!", gestehe ich ihr. Und das ist die Wahrheit. Sie und ihre Tochter bedeuten mir alles. Vor vielen Wochen wurden sie Teil meines Lebens.

Ich warte nicht länger und drücke meine Lippen auf ihre. Ich küsse sie sanft und langsam und lege mein ganzes Herz in diesen Kuss. Sie legt ihre Arme um meinen Hals und unser Kuss wird intensiver. Er ist nicht leidenschaftlich, sondern voller Sehnsucht. Als wir Luft holen, ist ihre Stimme nur ein Flüstern.

„Ich hatte Angst. Angst, dass etwas passiert sein könnte. Dass du uns nicht mehr wollen würdest. Dass ich deine Lippen nie mehr auf meinen spüren würde. Dass ich nie mehr fühlen würde, wie meine Haut kribbelt, wenn du mich berührst. Ich liebe dich, Reid. Ich habe es nicht gewusst. Es tut mir so leid, dass ich es nicht wusste." Sie holt zitternd Luft.

Ich neige ihren Kopf zurück, damit ich ihr in die wunderschönen Augen sehen kann und streiche ihr mit den Fingerspitzen die Haare aus dem Gesicht. Jetzt bin ich an der Reihe, um Verzeihung zu bitten. „Es tut mir so leid, dass ich dir wehgetan habe. Es tut mir leid, dass ich dich allein gelassen habe, als du mich am meisten gebraucht hast. Ich werde den Rest meines Lebens damit verbringen, es wiedergutzumachen.“

„Ich liebe dich. Ava und ich, wir beide lieben dich“, erwidert sie.

„Und ich liebe euch beide. Das hier wird funktionieren“, versichere ich ihr.

Mila sieht erschöpft aus. Ich bin sicher, dass sie vor lauter Sorgen und Zweifeln keine Ruhe fand. Ich setze mich mit dem Rücken zur Couch und lehne mich zurück, während ich ihr zeige, dass sie meinem Beispiel folgen soll. Sie setzt sich zwischen meine Beine und lehnt sich mit dem Rücken an meine Brust. Ich schnappe mir die Decke vom Sofa und lege sie über uns, lege meinen Arm unter ihre Brust und drücke sie an mich.

„Wir haben noch ein bisschen Zeit, bis Ava aufwacht. Ruh dich aus, Kätzchen. Ich gehe nirgendwo hin.“

Sie verschränkt ihre Finger mit meinen und entspannt sich auf mir. Dann schläft sie ein, so wie ich irgendwann auch, bis ich von einem kleinen Kitzeln auf der Nase geweckt werde. Ich öffne meine Augen und sehe Ava, die mich auf die gleiche Art aufgeweckt hat, wie ihre Mama es schon unzählige Male bei ihr gemacht hat. Sie steht neben der Couch, mit ihrem Teddy im Arm.

Sie lächelt mich an und flüstert: „Können wir Pfannkuchen machen?“

Ich kann nicht anders, als ihr Gesicht in einem ganz neuen Licht zu betrachten. Ich blicke in die

Augen meines Bruders und nehme jedes Detail in mir auf, so als hätte ich es noch nie zuvor gesehen. Die Farbe ihres Haars ist die von Noahs. Sogar ihr Lächeln gleicht seinem. Es zerreißt mir das Herz.

„Sicher, meine Kleine. Hilfst du mir dabei?" Ich lächle sie an. Eifrig nickt sie mit dem Kopf. Ich möchte Mila nicht wecken, doch es ist nicht leicht, unter ihr hervorzukriechen. Ich versuche es ganz langsam. Mila stöhnt und sieht zu mir auf. „Wir haben hier ein hungriges kleines Mädchen, das sich Pfannkuchen gewünscht hat", sage ich ihr.

„Mhm, das klingt gut. Ich setze frischen Kaffee auf und brate Speck an, wenn ihr den Rest macht." Sie greift nach ihrer Tochter und kitzelt sie an der Seite, woraufhin sie in Gelächter ausbricht.

Mila steht am Herd und beobachtet, wie der Speck in der Pfanne brutzelt, während Ava auf einem Tritthocker neben mir steht und mir hilft, die Pfannkuchen auf dem Elektrogrill zu wenden. Früher dachte ich, der Club und meine Karriere seien alles für mich und ich würde nie etwas anderes in meinem Leben wollen oder brauchen. Ich lag falsch.

***

Ein Tag folgte auf den nächsten, und ehe ich mich versah, ist das Leben auf die natürlichste Art und Weise weitergegangen. Mila hat schließlich die Papiere unterzeichnet und mit dem Haus abgeschlossen. Sie hatte gehofft, die neuen Besitzer zu treffen, aber sie konnten nicht persönlich dabei sein. Wir haben das aktuelle Bauprojekt, an dem die Firma gearbeitet hat, so gut wie abgeschlossen, und in etwa einer Woche werden wir den ersten Spatenstich für das Resort am Stadtrand setzen. Obwohl Mila viel Geld zur Verfügung steht, hat sie beschlossen, weiter zu arbeiten. Sie liebt ihre Arbeit im Pflegeheim und sagt, dass es ihr in gewisser Weise über den Verlust ihrer Großmutter hinweghilft.

Es stellte sich heraus, dass es für mich bei weitem die beste Therapie ist, die Geschichten und Fotos von meinem Bruder mit Ava zu teilen. All das bringt uns zum heutigen Tag: Avas fünftem Geburtstag. Wir sind bei Gabriel und Alba, um dort die Party zu veranstalten, weil unsere Räumlichkeiten einfach nicht für alle ausreichen. Für Avas Party hat Mila viel Geld ausgegeben. Früher hatte sie dafür nicht die Mittel. Sie gibt eine Prinzessinnenparty für sie, weil unser kleines Mädchen von Prinzessinnen und jeglichem Mädchenkram besessen ist. Eine aufblasbare Hüpfburg, die wie ein Schloss aussieht, steht mitten im Garten. Und weiter hinten steht tatsächlich ein kleines Karussell mit sechs Pferden. Keine Ahnung, wen er kennt oder wie er es geschafft hat, aber diese Geburtstagsüberraschung kam von Quinn.

Mila hat sich um alles gekümmert: Ein ortsansässiges Unternehmen liefert das Essen und Grace hat sich bereit erklärt, den Kuchen zu backen. Gerade sind sie und einige der anderen Frauen dabei, drinnen den Partydekorationen und Geschenken den letzten Schliff zu geben und Ava in ihr Kostüm zu helfen, während die Jungs und ich im Garten darauf warten, dass die ersten Gäste ankommen. Es scheint, als würden Familienfeiern und das Warten auf unsere Frauen langsam zur Routine für uns werden.

„Zu viel pink, verdammt!", sagt Gabriel, der mit verschränkten Armen zu meiner Rechten steht und auf seinen umgestalteten Garten blickt.

„Steh zu deiner weiblichen Seite, Mann", stachelt Quinn ihn an, während er ihm einen rosa und lila gepunkteten Partyhut auf den Kopf setzt.

Gabriel antwortet mit einem Stöhnen. „Das einzig Weibliche, zu dem ich stehe, ist meine Frau in meinen Armen."

Gerade als Quinn weiterreden will, hören wir mehrere Autotüren zuschlagen. Im Laufe der nächsten Minuten treffen Familie und Freunde ein, darunter auch River und seine Tochter. Nachdem er ihr erlaubt hat, mit den anderen Kindern zu spielen, gebe ich ihm ein Zeichen, zu mir zu kommen.

„Brüder, das ist River. Er hat uns bei der ganzen Scheiße mit Milas Eltern geholfen", erkläre ich. Alle schütteln River die Hand.

„Es ist schön, euch kennenzulernen."

„Warum trinkst du nicht ein Bier mit uns?", frage ich ihn.

„Gute Idee", antwortet er.

Wir unterhalten uns, während wir warten. River

entpuppt sich als cooler Typ. Ich habe ihn sogar um Rat zu einigen rechtlichen Aspekten im Zusammenhang mit ein paar neuen Verträgen gebeten, die wir prüfen, und bisher scheint sein Wissen zu meinen Gunsten ausgefallen zu sein.

Bevor die Frauen mit dem Geburtstagskind herauskommen und die Partyspiele beginnen, beschließe ich, mit den Männern ein ernsthafteres Gespräch zu führen.

Ich reibe mir den Nacken und sage: „Hört zu, Mila geht in ein paar Wochen auf eine elegante Wohltätigkeitsveranstaltung. Und leider ist das zur gleichen Zeit, in der wir den Wohltätigkeitslauf geplant haben. Ich frage mich, ob ihr mir helfen könnt, etwas auf die Beine zu stellen."

Alle nicken zustimmend.

„Was immer du brauchst, werden wir möglich machen, Bruder. Was stellst du dir denn vor?", fragt Prez neugierig. Bevor ich weiter ins Detail gehen kann, haben die Frauen ihren Auftritt, allen voran das Geburtstagskind, das als Cinderella verkleidet ist.

„Was dagegen, wenn wir unser Gespräch morgen im Clubhaus fortsetzen?", wende ich mich an die Jungs.

„Wir werden da sein", antwortet Logan.

Ich bahne mir einen Weg durch die Kinder, die mit ihren kleinen Händen in den großen Eimer mit Krachmachern und Süßigkeiten greifen, den Bella und Sofia halten. Ich beuge mich hinunter und nehme Ava auf den Arm. „Du bist wunderschön, meine Kleine", sage ich lächelnd.

Kichernd zupft sie an ihrem Kleid herum. „Danke", antwortet sie. Nachdem ich sie gekitzelt habe, gebe ich ihr einen Kuss auf den Kopf und setze sie wieder ab.

Sie schnappt sich selbst ein paar Spielsachen und schließt sich ihren Freunden an, die auf Quinn zusteuern. Er hat bereits das Karussell für die Kinder in Gang gesetzt. Mein Blick fällt auf Mila, die auf der anderen Seite des Gartens steht und mit Alba spricht. Sie wendet ihren Kopf in meine Richtung, sieht mich an und lächelt. Genau in diesem Moment fühle ich etwas, das ich seit langem nicht mehr gefühlt habe: Ich fühle mich vollständig.

Kapitel 28

Mila

„Wie wäre es damit, Mila?" Als ich in unserer Lieblings-Vintage-Boutique vom Regal aufschaue, sehe ich das Kleid, das Bella in der Hand hält.

Heute Abend findet die Wohltätigkeitsveranstaltung des Krankenhauses statt. Ich habe bis zur letzten Minute gewartet, ein Kleid zu kaufen, also habe ich Bella heute Morgen panisch angerufen und sie um Hilfe gebeten. Dreißig Minuten später waren sie und Alba bei mir. Albas Geburtstermin steht kurz bevor, daher hat sie sich entschieden, diese Shopping-Tour auszulassen. Ich kann sie verstehen. Meine Freunde sind Lebensretter.

„OMG! Ich liebe es! Welche Größe ist es?" Ich gehe zu ihr.

Bella sieht auf das Etikett. „Deine Größe", antwortet sie.

Als ich aus der Umkleidekabine komme, sagt mir Bellas breites Grinsen alles, was ich wissen muss.

Ich drehe mich um und sehe mich im Spiegel an. Es ist perfekt. Das Kleid ist bodenlang, aus schwarzem Satin, mit offenem Rücken. Der Stoff des Kleides fühlt sich kühl auf meiner warmen Haut an. Die Art, wie es sich an meinen Körper schmiegt, gibt mir das Gefühl, als hätte ich gar nichts an.

„Mila, du siehst umwerfend aus", schwärmt Bella. „Du musst es dir holen."

Ich fahre mit den Händen über die Seiten des seidenen Materials und drehe mich, um über meine linke Schulter zu sehen. In der verspiegelten Wand sieht mir mein Spiegelbild entgegen. „Das ist es", sage ich.

Zurück in unserem Zuhause sitze ich auf einem Hocker im Badezimmer, während Alba mir die Haare macht und Bella mein Make-up aufträgt. Gabe und Ava spielen auf dem Fußboden im Schlafzimmer. Hätte ich all das auch allein geschafft? Ja, aber das Schwesternduo hat beschlossen, ein großes Gewese um mich zu machen.

Reid ist gestern mit dem Club zu einem Wohltätigkeitslauf aufgebrochen, den sie schon vor Monaten geplant hatten, so dass er mich leider nicht zu der Veranstaltung heute Abend begleiten kann. Ich habe ihm gesagt, dass es keine große Sache ist, aber er fühlt sich trotzdem mies, weil er nicht mitkommt. Ehrlich gesagt bin ich ein wenig enttäuscht, dass ich allein hingehe, aber ich weiß, dass der Lauf genauso wichtig ist. Ich würde mich nie zwischen ihn und seine Club-Verpflichtungen stellen.

Alba betrachtet unser Spiegelbild und hört auf, mir die Haare zu kämmen. Sie legt ihre Hand auf den Rücken und streckt sich.

„Geht es dir gut?", frage ich besorgt. Ich habe sie in der letzten Stunde mehrmals dabei beobachtet, wie sie das getan hat.

„Ja, es geht mir gut. Mein Rücken tut nur ein bisschen weh. Ich verspreche, es ist alles okay", sagt sie bestimmt.

„Komm, ich mache ihre Haare fertig. Setz du dich mal hin", mischt sich Bella ein und nimmt ihr den Lockenstab ab.

Alba rollt mit den Augen, tut aber, was Bella sagt. Ich finde ihre Beziehung großartig. Manchmal bin ich etwas neidisch. Ich wollte als Kind auch immer Geschwister haben.

Ich freue mich auf den Tag, an dem ich Ava einen Bruder oder eine Schwester schenken kann. Jetzt, da sie fünf Jahre alt geworden ist, merke ich, dass ich nicht möchte, dass zwischen ihr und ihren Geschwistern ein zu großer Altersunterschied besteht. Ich wünsche mir, dass sie zusammen aufwachsen, aber wie soll ich das Thema bei Reid überhaupt ansprechen? Ich möchte nichts überstürzen. Doch in letzter Zeit denke ich immer öfter darüber nach, mit Reid eine Familie zu gründen.

„Was geht dir durch den Kopf?", fragt Bella. „Du siehst so nachdenklich aus."

Seufzend antworte ich ihr: „Ich habe darüber nachgedacht, dass ich gern mehr Kinder hätte."

„Hast du schon einmal mit Reid darüber gesprochen?"

„Nein, noch nicht. Nach all den verrückten Ereignissen haben wir uns endlich wieder in unserer Routine eingefunden. Ich möchte keine Probleme riskieren. Außerdem ist es noch zu früh, um über Kinder zu sprechen." Ich winke ab. „Weißt du, das liegt wahrscheinlich an meinen verrückten Hormonen und ich bin ständig mit Alba zusammen.

Das Babyfieber färbt auf mich ab, nehme ich an." Ich beschließe, das Gespräch auf Bella zu bringen: „Versuchen du und Logan es immer noch?" Ich beobachte, wie sich ihr Gesicht kurz verändert. Dann lächelt sie sofort.

„Wir versuchen es immer noch und haben verdammt viel Spaß dabei." Schnell wechselt sie das Thema und verkündet, dass sie fertig ist.

„O mein Gott!", platzt es aus mir heraus, als ich mich ansehe.

Mein Haar fällt in weichen Locken über meinen Rücken. Die Smokey Eyes, die Bella mit Lidschatten gezaubert hat, bringen meine Augenfarbe zum Leuchten. Und dann hat sie mir noch karmesinroten Lippenstift aufgetragen.

„Ihr zwei habt wirklich gezaubert." Ich stehe staunend da und betrachte mein Spiegelbild. Als ich auf die Uhr schaue, stelle ich fest, dass ich nur noch eine Stunde Zeit habe, um mich anzuziehen und zu der Veranstaltung zu fahren. „Scheiße! Ich muss mich beeilen." Ich gehe zum Schrank, wo mein Kleid am Haken hängt, ziehe mich aus, nehme es vorsichtig vom Bügel und lasse den glatten Stoff über meinen Körper gleiten. Dann steige ich in ein Paar schwarze Pumps und wickle mir die Spitzenbänder der Schuhe um die Knöchel. Sofort sehe ich fünf Zentimeter größer aus.

„Bleib mal kurz stehen, ich will ein Foto machen", sagt Bella. Nachdem sie einige Schnappschüsse gemacht hat, werfe ich noch einen Blick in den Spiegel, bevor ich zur Kommode gehe und meine

Clutch nehme.

„Mama, du siehst aus wie eine Prinzessin."

Ich beuge mich hinunter und küsse Ava auf ihre Wange. „Danke, meine Kleine. Und du, sei brav! Mama kommt bald wieder." Ich wende mich wieder Bella und Alba zu. „Danke für alles", sage ich und umarme sie.

„Gern. Und jetzt geh schon, bevor du noch zu spät kommst", sagt Alba.

Ich komme eine halbe Stunde später am Haus von Dr. Walker an, wo die Veranstaltung stattfindet. Dort parke ich in der runden Auffahrt und steige aus meinem Auto aus, woraufhin mich der Parkwächter sofort begrüßt. Ich stecke mein Parkticket in die Tasche und gehe um die Seite des Hauses herum, wo ich ein großes weißes Vordach sehe. Unter dem Zelt befinden sich runde Tische mit weißen Leinentischdecken und weißen Stühlen, die gleichmäßig über den gesamten Bereich verteilt sind. Ganz vorn befindet sich ein Podium. Ich spüre, wie ich nervös werde. Mir ist klar, dass ich bald auf dem Podium stehen und eine Rede vor etwa zweihundert Menschen halten werde.

Eine Frau steht am Eingang des Zeltes: „Name?", will sie wissen.

„Mila Vaughn."

„Sie sitzen an Tisch eins. Dinner wird um sieben Uhr am Tisch serviert. Im Anschluss daran werden die Gewinner der stillen Auktion bekannt gegeben, die gleich dort drüben stattfindet." Sie deutet nach rechts, wo mehrere große Tische an der

Innenseite eines anderen Zeltes aufgereiht sind. „Dann werden Sie auf die Bühne gerufen, um Ihre Rede zu halten, Ms. Vaughn. Fragen?" Sie sieht mich an.

„Nein, ich denke ich habe es verstanden. Danke", antworte ich höflich, bevor ich hineingehe.

Als ich zu meinem Tisch komme, stelle ich fest, dass ich neben dem Leiter des Krankenhauses, Dr. Walker, und seiner Frau Claire sitze.

„Guten Abend, Mila", begrüßt er mich mit einem warmen Lächeln. „Sie sehen bezaubernd aus."

Das falsche Grinsen, das Claire mir zuwirft, entgeht mir nicht. Ich setze mich. „Danke, Dr. Walker."

„Bitte sagen Sie Liam. Ich freue mich, dass Sie sich entschlossen haben, die diesjährige Rede zu halten. Ich möchte Ihnen außerdem mein Beileid zum Tod Ihrer Großmutter aussprechen."

„Danke", antworte ich und versuche, bei der Erwähnung von Großmutter meine Emotionen im Zaum zu halten.

„Wie ich sehe, bist du allein gekommen, Mila", murmelt Claire, die sich nah zu mir herüberbeugt.

Die Bemerkung trifft meinen wunden Punkt. Ich darf mir das nicht anmerken lassen. Normalerweise würde ich das auch nicht, aber ich wünschte wirklich, Reid hätte hier sein können. Da es heute Abend aber weder um sie noch um mich geht, verdränge ich den Gedanken, ihr Gesicht in die vor ihr liegenden Häppchen zu drücken.

Stattdessen entschuldige ich mich und gehe

hinüber zu dem anderen Zelt und den aufgestellten Tischen, um die verschiedenen Auktionsartikel zu begutachten. Es gibt unter anderem eine All-inclusive-Reise zum Four Seasons Resort der Malediven auf Landaa Giraavaru. Ich blättere durch den Farbkatalog auf dem Display. Ich war noch nie außerhalb von New York oder Montana, es sei denn, man zählt die Staaten mit, die ich auf dem Hin- und Rückweg während meiner Sommerreisen als Kind durchquert habe. Allein der Gedanke, einen solchen Urlaub zu genießen und in der warmen Sonne zu liegen, ist so schön. Das grünblaue Wasser ist so lebendig und voller bunter Meeresbewohner, dass ich ein Angebotsblatt vom Tisch hole.

Jeder Strich meines Stifts, mit dem ich mein Gebot aufschreibe, erfüllt mich mit Aufregung. Selbst wenn ich die Reise nicht gewinne, werde ich heute Abend, bevor ich gehe, einen Scheck über denselben Betrag ausstellen, um ihn zu Ehren meiner Großmutter zu spenden.

Danach kehre ich zu meinem Tisch zurück, gerade als das Abendessen serviert werden soll. Von den angebotenen Optionen entscheide ich mich für das gebratene Huhn mit Rosmarin-Butterkartoffeln und Spargel im Speckmantel.

Während kurzer Gespräche mit anderen Gästen an meinem Tisch, schaffe ich es, die Hälfte meines Dinners zu essen, bevor die Veranstaltungsleiterin die Gewinner der Auktionsartikel bekanntgibt. Schließlich kommt sie zu dem exotischen

Inselurlaub, für den ich geboten habe. Ich halte die Luft an.

„Das beste Gebot für einen traumhaften All-inclusive-Urlaub im Four Seasons Resort der Malediven auf Landaa Giraavaru kommt von“, sie hält inne, als sie einen Zettel in die Hand gedrückt bekommt, „Mila Vaughn. Es scheint, dass dies heute Abend ein sehr begehrter Posten war. Herzlichen Glückwunsch!“

Ich kann mir das Lächeln nicht verkneifen, das sich in meinem Gesicht ausbreitet.

„Du? Wie um alles in der Welt könntest du so ein Angebot abgeben? Es muss eine hohe Summe gewesen sein, um mich zu überbieten. Wie kannst du dir mit dem Einkommen einer Krankenschwester so etwas leisten?“ Claire rümpft die Nase mit einem selbstgefälligen, angewiderten Blick auf ihrem Botox-Gesicht.

„Claire, das reicht.“ Ihr Mann Liam weist sie vor dem ganzen Tisch zurecht. Sie öffnet ihren Mund, schließt ihn dann wieder und wirft mir einen hasserfüllten Blick zu, bevor sie aufsteht und in Richtung ihres Hauses davongeht.

„Mila, ich entschuldige mich für das Verhalten meiner Frau heute Abend“, sagt Liam zu mir. Mir ist der unterschwellige Ton des Ärgers nicht entgangen, als er „Frau“ sagte.

„Ich weiß Ihre Entschuldigung zu schätzen.“ Ich will gerade noch mehr sagen, als die Dame auf der Bühne ankündigt: „Meine Damen und Herren, unsere Rednerin des Abends ist eine

Krankenschwester, die selbst in der Pflege tätig ist. Wer könnte besser auf diesem Podium stehen? Bitte heißen Sie mit mir herzlich willkommen, Ms. Mila Vaughn."

Ich stehe auf und streiche mein Kleid glatt. Beifall hallt durch die Nacht und gibt mir den Mut, einen Fuß vor den anderen zu setzen. Aus Angst, ich könnte etwas vergessen, hole ich meine Notizen hervor, die ich in meiner Clutch verstaut hatte.

Ich atme aus und beginne zu reden. „Guten Abend. Ich fühle mich geehrt, heute hier sprechen zu dürfen." Ich befeuchte meine Unterlippe, schaue auf meine Notizen und hebe meinen Blick zu den über 200 Gästen in der Menge. „Alzheimer ist die sechsthäufigste Todesursache in den Vereinigten Staaten. Ich kann Ihnen außerdem sagen, dass fast zwei Drittel der an Alzheimer erkrankten Amerikaner Frauen sind. Eine dieser Frauen war zufällig meine Großmutter, Charlotte Scott. Ich habe mich lange Zeit um sie gekümmert und alles getan, was ich konnte, bevor die Krankheit so weit fortgeschritten war, dass sie mehr Pflege brauchte, als ich ihr zu Hause bieten konnte. Wissen Sie, ich bin das, was die Gesellschaft als ‚Sandwich-Generation' bezeichnet. Das heißt, ich habe nicht nur einen alternden Großelternteil betreut, sondern sorge auch für ein Kind, meine Tochter, die gerade fünf Jahre alt geworden ist. Manchmal, und zwar öfter als ich zählen kann, fühlte ich mich überfordert und todtraurig. Was viele Menschen nicht verstehen, ist, dass Alzheimer nicht nur von der

Person, die mit dieser Krankheit leben muss, einen verheerenden Tribut fordert, sondern auch die Familien betrifft und die Menschen, die sich um die Betroffenen kümmern. Zu sehen, wie ein geliebter Mensch immer mehr verschwindet, wie er zum Beispiel die Person vergisst, in die er sich verliebt hat, oder einen traurigen Moment im Leben immer wieder erlebt, weil er in der Vergangenheit stecken geblieben ist, ist schrecklich."

Ich halte inne, um mich zu sammeln und meiner Gefühle Herr zu werden.

„Man muss mitansehen, wie diese Person mitten beim Essen aufhört, weil sie mit diesem einfachen Vorgang, eine Gabel zu benutzen, überfordert ist."

Die Erinnerung an Großmutter beim Weihnachtsessen im letzten Jahr zerreißt mir das Herz. Ich schaue in die vielen Gesichter und fahre fort: „Ich bitte Sie sehr, Ihre Herzen und natürlich auch Ihre Brieftaschen zu öffnen. Die heute Abend gespendeten Beträge kommen nicht nur der Forschung und der Suche nach einem Heilmittel für Alzheimer zugute, sondern helfen auch den Familien, die vielen Kosten zu decken, die mit der Pflege ihrer Angehörigen verbunden sind, und sorgen für die dringend benötigte Beratung für Patienten und betroffene Familienmitglieder."

Ein entferntes Geräusch – wie das einer Million Pferde, die über eine Weide galoppieren – hallt durch den Nachthimmel. Als sich das Geräusch verstärkt, kann man spüren, wie die Vibrationen den Körper durchdringen. In der Ferne zieht ein riesiges Lichtermeer in unsere Richtung. Ich stehe wie angewurzelt auf meinem Platz, während die Gäste zusehen, wie Dutzende von Motorrädern die lange Privateinfahrt von Dr. Walkers Haus herauffahren. Ich muss ihn nicht ausfindig machen. Ich weiß, dass er irgendwo in der Formation dabei ist. Ein einzelner Motorradfahrer schlängelt sich durch geparkte Limousinen und teure Fahrzeuge hindurch und kommt schließlich am Rand des weißen Zeltes zum Stehen. Ich bleibe wie erstarrt stehen, bis unsere Augen sich treffen. Dieser Mann ist in jeder Hinsicht gutaussehend. In einem schwarzen, gut geschnittenen Smoking steigt er von seinem Bike ab.

Beruhig dich, mein pochendes Herz.

In seiner vollen Größe steht Reid da und sagt kein einziges Wort. Seine Augen sagen mir alles. Er ist für mich da, sie alle sind für mich da. Mit seinem typischen Grinsen ermutigt mich Reid, weiterzumachen. Ich räuspere mich, um die Aufmerksamkeit der Menge erneut zu gewinnen.

„Ich entschuldige mich für den Lärm, meine Damen und Herren, aber meine Familie kommt gern zu spät. Ich werde versuchen, meine Rede etwas optimistischer zu beenden. Unter all dem Schlechten gibt es das Gute. Die guten Tage – vielleicht sogar kurze Momente der Klarheit, die Ihr geliebter Mensch erleben wird – sollten Sie festhalten. Momente, in denen sie wissen, dass sie ihren Weg aus der Dunkelheit gefunden haben. Haltet euch daran fest, haltet euch aneinander fest, denn Zeit ist kostbar. Es sind diese Erinnerungen, an denen ich festhalte. Es sind diese Momente, die ich mit meiner Tochter teilen werde. Charlotte Scott hat mich dazu inspiriert, Krankenschwester zu werden. Zu geben und sich um die Menschen zu kümmern, lag nicht nur in ihrer Natur, sondern es war ihre Bestimmung: Mitgefühl zu verbreiten und ihre Liebe an die Menschen um sie herum weiterzugeben. Sie hat mir all diese Grundwerte vermittelt. Ich stehe hier oben für meine Großmutter, ich bin ihre Stimme." Ich drehe das Blatt um, um meine Rede zu beenden.

Im Stillen lese ich die gedruckten Worte. „Mein Trost." Ich suche Reid, denn ich weiß, dass diese beiden Worte nicht von mir stammen.

Er legt den Finger auf die Lippen, um ein Lächeln zu unterdrücken. Dann nickt er mit dem Kopf und will, dass ich fortfahre. Ich spüre, wie meine Knie weich werden. Ich senke den Blick und lese wieder laut: „Deine Berührung war mein Erwachen. Dein Kuss ist mein Sauerstoff, die Luft, die ich atme. In dir sehe ich all die Erinnerungen, die wir zusammen erschaffen werden."

Völlig überwältigt, versagt meine Stimme. Ich schließe meine Augen und verliere mich in den Worten – seinen Worten.

Ich habe nicht bemerkt, dass er jetzt direkt neben mir steht. Sein Duft dringt in meine Lungen und nimmt alle meine Sinne in Beschlag. Seine Liebe umgibt mich wie die warme Sommersonne.

„Sieh mich an, Kätzchen." Sein warmer Atem

berührt mein Ohr, während er sich vorbeugt.

Ich hebe meinen Kopf und öffne meine Augen. Das einzige Geräusch ist das leise Flüstern des Windes. Als ich in die Menge schaue, sehe ich all die Jungs im Hintergrund stehen. Zusammen mit dem Rest der Familie – meiner Familie. Und Bella hält mein kleines Mädchen im Arm. Ich lächle.

Reid ergreift meine zitternden Hände und sagt: „Ich habe vor einiger Zeit einer sehr bemerkenswerten Frau ein Versprechen gegeben. Ich habe ihr versprochen, dass ich jeden Sonnenuntergang mit dir ansehen werde. Ich habe vor, mein Versprechen zu halten. Ihr habt mich geheilt, Mila. Du und Ava. Lass mich all die Momente wiedergutmachen, in denen ich dich hätte küssen sollen. Willst du mich heiraten?", fragt er mich.

Ich lasse ihn nicht warten. „Du musst eine ganze Menge wiedergutmachen", sage ich und lächle als er mich küsst.

Epilog

Ich habe einen ruhigen Moment für mich und blicke hinaus auf den See, über dem gerade die Sonne untergeht. Als die leuchtenden gelben und orangen Farben die Oberfläche des Wassers in ihr Licht tauchen, denke ich an Großmutter.

Zu dieser Zeit des Tages spüre ich sie am meisten.

Als Reid und ich beschlossen, sofort zu heiraten und den Rest unseres Lebens miteinander zu verbringen, wusste ich, dass es genau dann sein müsste, wenn die Sonne die Erde küsst. Nachdem sie von meinen und Reids Heiratsplänen erfahren hatte, bot Bella schnell ihres und Logans Haus am See an. Der gesamte Club, unsere Familie, hat dazu beigetragen, den heutigen Tag zu einem unvergesslichen Ereignis zu machen. Bella ist tatsächlich mein Fels in der Brandung seit wir uns kennen, und ich kann ehrlich sagen, dass es keine bessere Freundin als sie gibt.

Ich betrachte mich im Ganzkörperspiegel und streiche mein Kleid glatt. Das Hochzeitskleid meiner Großmutter, das sie anhatte, als sie meinen Großvater 1952 heiratete, ist alt und erfüllt damit den Brauch, etwas Altes zu tragen.

Es ist ein langärmeliges, elfenbeinfarbenes Spitzenkleid. Die einzige Änderung, die ich vorgenommen habe, war, es hinten zu öffnen, um meinen Rücken zu zeigen und es moderner und ein wenig sexy zu machen. Alles andere war perfekt.

Meine Haare sind auf einer Seite hochgesteckt und fallen in üppigen Locken über meine rechte Schulter. Mein Make-up ist schlicht gehalten, nur meine Lippen sind rot.

Als etwas Geliehenes dient ein wunderschönes antikes Schmuckstück an meinem Brautstrauß, das Bella auf der Bahamas-Reise mit Logan gefunden hat, die sie vor einigen Monaten gemacht haben.

Etwas Blaues kommt von Alba. Es ist ein Paar kleiner Saphir-Ohrringe.

Und dann fehlte noch etwas Neues. Als ich mich vorhin fertig gemacht habe, kam Ava mit einer kleinen, blauen Schachtel herein. Darin befand sich eine zarte Silberkette mit einem kleinen Unendlichkeitssymbol. Auf dem Zettel, der darunter lag, stand lediglich: *Ich liebe dich, Kätzchen.*

Ich drehe mich nach links und sehe zu meiner Trauzeugin Bella, die mir meinen Brautstrauß überreicht. „Du siehst wunderschön aus, Mila", sagt sie strahlend und zieht mich für eine Umarmung zu sich heran.

„Fertig, Mama?", fragt Ava fröhlich und zieht meine Aufmerksamkeit auf sich.

Ich schaue auf meine Tochter herab und lächle. Sie sieht so schön aus in ihrem Kleid. Das Oberteil ist ärmellos und elfenbeinfarben, während das Unterteil in rosafarbenen Tüll übergeht, der ihr bis zu den Zehenspitzen reicht. Ihre Füße stecken in rosafarbenen Ballerinas. Ihre üppigen blonden

Locken sind zu einem hohen Pferdeschwanz hochgesteckt und mit hellrosa Rosen gekrönt. Ava war sehr in die Planung unserer Hochzeit involviert, und sie bestand auf Rosa. Also durfte sie die Blumen und ihr Kleid aussuchen. Außerdem führt sie mich heute zum Altar.

„Los geht's, meine Kleine." Ich lächle und zwinkere ihr zu.

***

Als Bella den Gang hinuntergeht, erheben sich alle von ihren Plätzen. Während die Musik die Luft erfüllt, legt Ava ihre kleine Hand in meine, und wir machen uns auf den Weg in unsere Zukunft.

„Wer übergibt diese hübsche Frau?", fragt Quinn grinsend und wendet sich an Ava.

„Ich", erklärt Ava mit einem Kichern, während sie ihr Tüllkleid vor- und zurückschwingt. Bevor Ava meine Hand loslässt, um auf Bella zuzugehen, räuspert sich Reid.

„Ich möchte zuerst Ava etwas sagen", verkündet Reid. Er kniet nieder und nimmt ihre kleinen Hände in die seinen. Mein Herz zerspringt vor Glück. Überwältigt von meinen Gefühlen kommen mir die Tränen, während ich ihm zuhöre.

„Ava, mein süßes Mädchen. Ich fühle mich so geehrt, dich in meinem Leben zu haben. Ich verspreche, dass ich immer deine Hand halten werde. Ich verspreche, dir zu zeigen, wie ein Mann eine Frau behandeln sollte, denn du wirst sehen, wie sehr ich deine Mama liebe. Vor allem aber verspreche ich, dich immer zu beschützen und für dich zu sorgen."

Als er mit seinem Gelübde fertig ist, springt Ava ihm in die Arme. Es ist unbestreitbar, dass die beiden eine tiefe Verbindung zueinander haben. Er übergibt sie an Bella, bevor er aufsteht und mit seinen Daumen die Tränen von meinen Wangen wischt.

„Bereit?" Er lächelt.

Ich hole tief Luft und sage mein Gelübde auf: „Reid, du hast uns gezeigt, dass unsere Herzen jemanden vermissen, und das bist du." Ich schenke ihm ein Lächeln. „In dir habe ich einen neuen Anfang gefunden. Du bist alles, was ich mir immer erträumt habe und noch mehr. Du gibst mir jeden Tag Kraft und Mut. Du hast mir eine Familie gegeben, die ich nie hatte." Ich halte lange genug inne, um in die vielen Gesichter zu blicken, die heute bei uns sind, und sehe dann wieder zu Reid. „Du hast mir ein Zuhause gegeben. Du bist unser Zuhause. Ich liebe dich." Ich blinzle, und wieder laufen mir Tränen übers Gesicht.

Reid nimmt mein Gesicht in seine Hände und beugt sich vor, als wolle er mich küssen. „Du hast mich gewählt. Du hast mir das Gefühl gegeben, dass ich es wert bin, geliebt zu werden. Du hattest so viel Kraft und du hast sie mir gegeben, als ich sie am meisten brauchte. Du hast mich wieder zum Leben erweckt. Mila, du und Ava seid mein Zuhause. Du gehörst zu mir, Kätzchen. Ich werde dich für immer lieben." Er drückt seine Lippen auf meine. Alle jubeln.

„Fuck, Yeah!", jubelt Quinn und verkündet prahlerisch: „Ich präsentiere euch Mr. und Mrs. Reid Carter, Motherfuckers!"

***

Reid

Als wir im Clubhaus ankommen, ist die Party in vollem Gange. Familie, Essen, fröhliche Gesichter und meine wunderbare Frau: Ich könnte nicht glücklicher sein, als ich es jetzt bin.

Der Anblick von Mila und Ava, die den Gang entlang auf mich zukamen, zwang mich fast in die Knie. Ich danke Mila dafür, dass sie mir Trost brachte. Endlich hat meine Seele Frieden gefunden. Jedes Mal, wenn ich Ava ansehe, sehe ich Noah. Ich kann immer noch nicht glauben, dass ich eine lebende, kleine Kopie von ihm in meinem Leben habe. Ich gelobe, jeden Tag, den ich lebe, das Versprechen zu erfüllen, das ich ihm gegeben habe.

Vor ein paar Wochen haben Mila und ich uns mit Ava zusammengesetzt und ihr erklärt, dass Noah ihr Vater und mein Bruder ist. Ava, die so ein wunderbarer kleiner Mensch ist, trug alles mit Fassung. Sie hatte Fragen, die wir beantworteten und wir zeigten ihr auch Fotos von ihm. Fotos, die wir jetzt stolz in unserem Haus aufgestellt haben.

Nach einer Frage, die Ava etwas später am selben Tag stellte, habe ich mein Herz endgültig in ihre kleinen Hände gelegt. Wir saßen beim Abendbrot, als Ava mich fragte: „Reid, kannst du mein Daddy sein?"

Ich sah zu Mila hinüber, der die Tränen über die Wangen liefen. Dann schluckte ich den Kloß im Hals hinunter und drehte mich wieder zu Ava. „Ist es das, was du möchtest, Liebling?"

Sie nickte kräftig mit dem Kopf, was ihre Locken zum Wackeln brachte, und antwortete: „Ich möchte, dass du mein Daddy bist."

In dem Moment wusste ich, dass dieses kleine Mädchen mein Herz für immer besitzen würde.

Jake klopft sich auf die Fingerknöchel und lenkt meine Aufmerksamkeit zurück in die Gegenwart. Er hebt sein Kinn und gibt mir das Signal, auf das ich gewartet habe. Ich stehe auf und schreite durch den Raum, meine Augen auf meine Braut gerichtet, die sich mit Bella und Alba unterhält.

Ich schlinge meine Arme um ihre Mitte, vergrabe mein Gesicht in ihrem Nacken und atme ihren Duft ein.

„Zieh dich um und komm mit mir mit", murmle ich und lächle, als ich spüre, wie ihr Körper zittert. Ich gebe ihr einen Klaps auf den Hintern. „Geh schon. Ich warte draußen auf dich."

Fünfzehn Minuten später sitzt Mila hinter mir auf meinem Bike und ich biege in die Straße ein, in der ihre Großmutter wohnte. Ich spüre, wie sie begreift, in welche Richtung wir fahren, denn ihre

Arme schließen sich enger um mich. Seit ihrem Auszug war sie nicht mehr in dem Haus.

Der Club hat ein Geheimnis vor ihr bewahrt, und es ist an der Zeit, dass es gelüftet wird. Ich fahre in die Einfahrt und parke mein Bike neben dem von Jake. Er und Sofia warten bereits. Ich stelle den Motor ab, während Mila vom Rücksitz klettert. Als ich ihren Helm abnehme, sehe ich den überraschten Ausdruck auf ihrem Gesicht.

„Was ist hier los?", fragt sie mich verwundert.

„Sofia wird dir alles erklären, Kätzchen." Ich nehme ihre Hand in meine und wir machen uns auf den Weg zu Jake und Sofia.

Sofia lächelt Mila an, dann nimmt sie sie an der Hand und führt sie zur Eingangstür. Jake und ich folgen ihnen. Mila schnappt nach Luft, als Sofia vor einem hölzernen Schild stehen bleibt, das rechts von der Eingangstür unter der Verandalampe hängt. Darauf steht *New Hope House, The Charlotte Scott Foundation.*

„Der Club, nun ja, Jake hat das Haus gekauft, und wenn der Papierkram erledigt und die Genehmigung erteilt ist, wird das Haus deiner Großmutter zu einem sicheren Haus für Frauen und ihre Kinder, die ein neues Leben beginnen wollen", erklärt Sofia ihr.

„Ich weiß nicht, was ich sagen soll." Mila ist überwältigt.

Ich stelle mich hinter sie und nehme sie in die Arme. „Deine Großmutter wird auch weiterhin anderen helfen. Sie werden die Sicherheit und die

Liebe in diesen Mauern genauso spüren wie du“, flüstere ich ihr ins Ohr.

Sie löst sich von mir und umarmt Sofia, bevor sie zu Jake hinübergeht und sich bei ihm bedankt. „Ich danke dir!“

„Kümmere dich um ihn. Das ist Dank genug“, höre ich ihn zu ihr sagen.

Sie dreht sich um und sieht mir in die Augen. „Für immer.“

Autorinnen

Crystal Daniels und Sandy Alvarez sind ein Schwestern-Duo und die USA Today-Bestsellerautorinnen der beliebten "Kings of Retribution MC"-Serie.

Seit 2017 hat das Duo zahlreiche Romane veröffentlicht. Ihre gemeinsame Leidenschaft für Bücher und das Geschichtenerzählen führte sie auf eine aufregende Reise, um nicht nur all die unglaublichen Geschichten zu lesen, die sie so sehr lieben, sondern auch einige ihrer eigenen zu schreiben.

Website:
www.authors-cdaniels-salvarez.com

Facebook:
www.facebook.com/Authors.SandyAlvarez.Crystal Daniels